LES SŒURS ENNEMIES

Jonathan Kellerman

LES SŒURS ENNEMIES

roman

Traduit de l'anglais (États-Unis)
par Frédéric Grellier

ÉDITIONS DU SEUIL
25, bd Romain-Rolland, Paris XIVe

Ce livre est édité par Marie-Caroline Aubert

Titre original : *Killer*
Éditeur original : © Ballantine Books

ISBN original : 978-0-345-50575-0
This translation published by arrangement with Ballantine Books, an imprint of Random House, a division of Penguin Random House LLC.

ISBN : 978-2-02-131528-8

www.seuil.com

Un merci tout particulier à Vicki Greene, Esq.

1

– Je ne vais pas vous tuer, docteur, alors que j'aurais toutes les raisons de le faire.

Que répondre à ça ? *Merci de tout cœur ! C'est très chic de votre part... Pourvu que vous ne changiez pas d'avis !... Comme ça, on a des envies de meurtre ?*

Dans le doute, le mieux est encore de se taire. En tant que psychologue, j'applique quotidiennement ce principe, mais le conseil vaut pour n'importe qui. Calé dans mon fauteuil, je croisai les jambes d'un air nonchalant et gardai les yeux fixés sur la personne qui venait de proférer ces menaces de mort. Son regard était parfaitement serein. Pas un cillement de regret dans les yeux marron immobiles. Au contraire, un contentement glacial. J'avais vu la même confiance, figée et inquiétante, chez des psychopathes enfermés en quartier de haute sécurité. La personne en face de moi n'avait jamais fait de prison. Il n'y avait eu aucun des signes avant-coureurs habituels : pas d'hallucinations ni de voix intimant des ordres, pas de tics bizarres ni de sautes d'humeur comme un cerveau aux circuits défectueux peut en susciter. Nul excès, non plus, de testostérone susceptible d'entraîner un déchaînement de violence. La personne qui venait de me menacer était mal lotie côté testostérone. Elle s'appelait Constance Sykes mais préférait le diminutif Connie. Quarante-quatre ans, taille et corpulence moyennes, cheveux blonds grisonnants, visage gracieux à mâchoire carrée, voix douce et silhouette parfaite. Scolarité irréprochable, maîtrise de chimie avec mention, études de médecine dans une prestigieuse université, internat et spécialisation, pathologiste certifiée. Elle avait ouvert un petit laboratoire dans la Vallée ; dépistage des maladies sexuellement transmissibles et virus rares. Elle conduisait une Lexus et habitait une maison bien trop spacieuse pour une célibataire. On pouvait la qualifier de « riche », mais elle-même décrivait sa situation comme « confortable ».

Elle avait quelques failles, mais rien qui laisse présager un accès de violence. Elle se présentait comme une solitaire et ne semblait pas regretter d'avoir vécu seule depuis le début de ses études. D'un ton détaché, elle m'avait confié qu'elle se suffisait à elle-même, n'avait jamais ressenti ni le besoin ni l'envie de faire une place dans sa vie à quelqu'un d'autre. Tout avait changé avec le « bébé ». Ce n'était pas elle la mère, elle ne l'avait pas porté et mis au monde, mais elle « voulait » cet enfant, estimait le « mériter ». Elle avait consacré beaucoup d'efforts et beaucoup d'argent pour « obtenir » ce bébé.

Sa démarche était vouée à l'échec, que j'aie mon mot à dire ou non. En l'occurrence, on m'avait consulté comme expert. Or, Connie Sykes venait d'apprendre qu'elle serait à coup sûr déboutée. Peu habituée à perdre, elle cherchait un responsable. Je ne pouvais m'empêcher d'éprouver une certaine compassion pour elle, alors même qu'elle avait causé une souffrance inutile. Mon meilleur ami, un policier gay, soutient que nous autres psychologues avons la manie de positiver. « Vive Dr Yes, à bas Dr No. » Il a raison, bien entendu. Si les thérapeutes étaient portés sur l'anathème ou l'interdiction, ils se tourneraient plutôt vers la religion ou la politique.

Après son échec, je m'attendais un peu à recevoir un appel de Connie Sykes. Je saurais me montrer compréhensif, arrondir les angles. Au lieu de décrocher son téléphone, elle s'était présentée en personne. J'avais un peu de temps, je l'avais donc fait passer dans mon cabinet. Comme la première fois, elle prit place sur le vieux divan en cuir, le dos droit et assise tout au bord.

Ce matin-là, sa mise était soignée et ses vêtements d'un chic discret. Elle portait des bijoux dont je me demandai s'ils serviraient au même rituel que lors de notre première rencontre. À un moment, elle avait retiré bracelets, broches et boucles d'oreilles, et les avait contemplés comme des débris qu'elle aurait ramassés sur une plage. Elle avait fini par les remettre d'un air réticent – se faire belle était un devoir autant qu'une corvée et la dame n'était pas du genre à se dérober.

Elle retira ses lunettes, les rangea dans un étui rigide qu'elle laissa tomber dans un grand sac fermé par un cordon, élégant article italien. Elle me sourit.

– Quel bon vent vous amène ? dis-je.

Elle perdit son sourire et se racla la gorge, comme pour entamer un discours soigneusement préparé. Et me sortit donc qu'elle n'allait pas me tirer dessus, alors qu'elle était tentée de le faire. Je ne dis rien, affichai ce qui me semblait être un air calme tandis que nos regards s'aimantaient. Ce fut elle qui rompit le contact la première. Elle défroissa son pantalon de gabardine noire. Caressa le cuir ambré du sac, le tapota et laissa courir l'index sur un renflement. Eut un large sourire et guetta ma réaction. Telle une comédienne qui ménage ses effets. Elle suggérait qu'elle était venue armée. L'index continuait de se promener autour de la bosse. Mon cœur s'emballa et mon estomac se noua. La sidération transparaissait certainement sur mon visage. Connie Sykes s'esclaffa, puis se leva et quitta la pièce. Je raccompagne d'ordinaire les patients, mais cette fois-ci je m'en abstins. Je me barricadai dans mon cabinet et gardai l'oreille collée au panneau de chêne jusqu'à ce que j'entende claquer la porte d'entrée. Je ne sortis pas pour autant. Le Chivas n'eut pas l'effet escompté. L'écoulement des minutes et une dose de rationalisation me soulagèrent davantage. Je finis par me convaincre que Connie Sykes voulait simplement se défouler. Avec ma longue expérience d'expert judiciaire, la vraie surprise était qu'un tel incident ne soit pas survenu plus tôt.

Je restai sur mes gardes plus d'une semaine, mais rien ne se produisit : pas de Connie Sykes en train d'épier ma maison, pas de coup de fil mystérieux, pas de lettre anonyme. Au bout d'une dizaine de jours, je me dis qu'il fallait tirer un trait.

Malgré tout, je n'étais pas près d'oublier la bataille qui m'avait valu de rencontrer Connie Sykes. J'espérais n'être pour elle qu'un souvenir désagréable, mais je subodorais que sa déception et sa blessure ne cicatriseraient pas de sitôt, voire jamais.

2

Au début d'une procédure de divorce, il y a des époux qui sont pressés d'en découdre, comme un taureau furieux lâché dans l'arène. D'autres commencent par professer leurs bonnes intentions et finissent par passer à l'attaque. Une petite minorité parvient à préserver la civilité, mais la guérilla est la norme. Pour les combattants qui en ont, les enfants deviennent souvent un enjeu obsessionnel. Y compris des gens qui se fichent de leur rôle de parent, même s'ils prétendent le contraire. Avouer son indifférence pour sa progéniture, assumer publiquement le fantasme que l'on nourrissait depuis des années d'être affranchi de la vie de famille, voilà qui déroge à la norme. Les parents les moins soucieux du bien-être de l'enfant sont généralement ceux qui luttent le plus âprement, car seule compte la victoire. Dans les divorces vraiment haineux, les petits chéris servent de grenades. Les accusations de violence, de sévices et de maltraitance volent de toutes parts, le plus souvent mensongères. S'agissant d'enfants, il faut néanmoins tout vérifier. Le tribunal sollicite alors l'avis d'un expert comme moi.

En parallèle, j'aide le lieutenant Milo Sturgis à élucider des meurtres épouvantables. Une partie de plaisir, en comparaison.

Quand j'ai quitté l'hôpital Western Pediatric pour ouvrir mon cabinet, je refusais les expertises en matière de garde d'enfant, au point d'aiguiller vers des confrères tout patient susceptible d'être mêlé à une bataille judiciaire. Je savais que je me privais d'un débouché lucratif, mais je ne manquais pas de travail. Qui plus est, j'entendais souvent des experts désabusés dénoncer ce grand n'importe quoi, une vraie loterie bricolée par une bande de crétins et de sadiques. Quant à l'intérêt de l'enfant…

Autant dire que mon cabinet suffisait à mon bonheur. J'y recevais principalement des parents estimables qui m'amenaient leurs sympathiques gamins dont les problèmes pouvaient se régler à brève échéance. Le genre de patients qui vous donne le sentiment d'accomplir des miracles, ce qui est toujours agréable. Tout changea le jour où la justice eut à statuer sur la garde d'une enfant que je suivais. Amy, quatre ans, était élevée par sa mère célibataire. Celle-ci, qui se débrouillait plutôt bien dans l'ensemble, avait sollicité quelques conseils quant à son éducation et son développement, ainsi que pour l'orientation scolaire de sa fille. La petite était le résultat d'une aventure d'un soir et n'avait jamais rencontré son père, marié à l'époque et policier dans l'État de Washington. Il avait été licencié par la suite, coupable d'avoir accepté des pots-de-vin et soupçonné de forfaits encore plus graves. Il n'avait joué aucun rôle dans la vie de sa fille, n'avait pas versé le moindre dollar de pension. La mère d'Amy avait saisi la justice pour obtenir quelque chose, mais elle n'avait pas insisté. Elle se débrouillait comme ça et le *statu quo* lui convenait. Un soir, on sonna à sa porte et c'était le père. Il tenta de l'embrasser et de l'attirer contre lui, afficha un sourire salace quand elle se déroba et lui présenta une assignation devant le magistrat chargé de statuer sur sa requête d'une garde partagée. Récemment divorcé, il s'était vu refuser tout droit de visite pour ses deux autres enfants, devait se contenter de petits boulots depuis son renvoi de la police et avait décidé de « s'occuper un peu de la gosse. En plus, elle me ressemble ! ». On imaginerait que son coup de force était voué à l'échec.

C'était compter sans les crétins et les sadiques. Le père engagea un avocat rentre-dedans, fin manœuvrier qui fit appel à une psychologue dont le rapport verbeux préconisa la garde partagée. Une solution qui supposait qu'Amy fasse l'aller et retour en avion entre Spokane et Los Angeles toutes les semaines, « dans l'intérêt manifeste de l'enfant, au plan psychologique et de sa socialisation ». L'auteur de cette brillante recommandation, une consœur du nom de Joan Mort, n'avait pas jugé utile de rencontrer Amy et sa mère, préférant s'en remettre « aux études bien étayées sur les effets délétères de l'absence du père, en particulier chez les filles prépubères ». Comme la mère d'Amy faisait déjà de gros sacrifices pour les consultations, j'acceptai de lui fournir mon expertise gracieusement.

Le juge Steve Yates, l'un de ces magistrats qui prennent le temps de lire tout ce qui atterrit sur leur bureau, convoqua les deux avocats et les experts à son cabinet. Je croisai Joan Mort dans le couloir du tribunal. C'était une femme d'un certain âge, léger strabisme et démarche sautillante, bardée de diplômes et affublée d'une voix de thérapeute dont la douceur affectée a vite fait d'écœurer. Elle serra ma main entre les deux siennes, se dit ravie de faire ma connaissance et « enchantée de ma contribution ». Comme si nous étions du même camp. Devant le juge, elle proposa de s'exprimer la première. D'un débit lent et clair, dans une langue savante bien huilée et truffée de jargon, elle parvint à habiller sa thèse absurde d'un vernis scientifique. Elle serait presque arrivée à vous convaincre qu'il était raisonnable de livrer une enfant de quatre ans à la merci d'un étranger peu fréquentable. Elle referma son rapport, me tapota la main et eut un sourire rassurant.

– À vous, jeune homme.

Je commençai par réfuter point par point son petit laïus, puis gardai un ton égal pour me livrer à une parenthèse sur les charlatans et les mercenaires qui acceptaient de dire n'importe quoi moyennant rémunération. En des termes plus choisis, bien entendu :

– Les évaluations qui n'en ont que le nom, réalisées superficiellement sans même tenir compte du sujet, flirtent au mieux avec les frontières de la science et de l'éthique, et au pire les franchissent allègrement avec des conséquences dévastatrices. Je trouve cela inexcusable en toutes circonstances et d'une cruauté particulièrement inqualifiable quand le bien-être d'un enfant est en cause.

Mort pâlit, de même que l'avocat qui l'avait engagée et celui de la mère d'Amy. Le juge, quant à lui, luttait fort pour ne pas sourire. Il nous remercia et leva la réunion. Joan Mort fut la première à sortir, d'un pas qui me semblait nettement moins léger qu'à son arrivée. Le juge m'appela le lendemain matin et demanda à me voir.

– Puis-je savoir pourquoi, monsieur le juge ?

– J'aimerais vous parler.

– D'Amy ?

– Non. L'affaire est tranchée, dans un sens qui ne devrait pas vous déplaire. Je voudrais avoir une conversation d'ordre général. Si vous souhaitez être dédommagé pour votre temps, le tribunal dispose de fonds discrétionnaires.

– Pas besoin, mais je suis d'accord pour déjeuner avec vous.

Nous nous étions retrouvés dans un grill à proximité du palais de justice, l'une des cantines de Milo quand il doit témoigner à la barre ou rencontrer un procureur adjoint. Nullement soucieux de son tour de taille, mon ami engloutit des quantités de viande rouge qui suffiraient à nourrir une chambrée de garçons vachers. Je ne l'ai jamais vu quitter l'établissement en question avec un *doggy bag*. Sexagénaire svelte, le juge dégusta une portion raisonnable de faux-filet accompagnée d'un dry martini. Il me confia qu'il appréciait ma « façon de faire » et me proposa de rejoindre le panel d'experts que le tribunal consultait pour les dossiers de garde d'enfant.

– Joan Mort en est-elle ? m'enquis-je.

– Oui.

– Dans ce cas, non merci.

– Ce n'est qu'une liste, docteur. Aucune liste n'est parfaite.

– Certes, mais voilà un club auquel je ne tiens pas à appartenir.

– Vous avez des principes.

– J'essaye.

– Hum… vous n'êtes pas du genre évasif, contrairement à bien des psys.

– Oui, on me le dit souvent.

– Votre décision est arrêtée ? Pourtant, vous devriez y réfléchir, précisément à cause de personnes comme Joan Mort. Il y a beaucoup à faire pour améliorer le système.

– Je n'en doute pas, mais mon cabinet suffit à mon bonheur. Et puis, je n'ai pas très envie de me plonger dans ce…

« Cloaque » était le mot que j'avais sur les lèvres. Alors que je cherchais un synonyme moins préjudiciable à notre appétit, le juge dit :

– Dans ce merdier ? En effet, ce n'est pas toujours ragoûtant. Seulement, d'ici quelques semaines, je serai promu président du tribunal et je voudrais faire le ménage. Vous pourriez m'y aider, docteur.

– En dénonçant les incompétents ? Je n'ai pas une vocation de délateur.

– Non, pas du tout. Je ne vous demande pas de rompre l'*omerta,* seulement d'accomplir un travail sérieux de façon régulière, contribuant ainsi à relever notre niveau d'exigence. Aujourd'hui, mes dossiers sont les seuls dont j'ai la certitude qu'ils sont traités correctement. J'aurai davantage de pouvoir comme président, en théorie. À la vérité, une fois les affaires réparties entre les juges, je n'aurai plus mon mot à dire. Car chacun d'entre nous règne en despote sur sa chambre. Pour que l'un de mes estimés collègues soit renvoyé, il faudrait qu'il viole une chèvre dans la salle des pas perdus !

L'image me fit sourire.

– Je n'avais jamais envisagé la vigueur de la loi sous cet angle.

– Excellent !

– Vous croyez vraiment qu'un seul psychologue ferait une différence ?

– Ce serait un début. Il existe d'autres évaluateurs consciencieux, dont certains travaillent même pour nous, mais je n'ai jamais rencontré d'expert comme vous… avec autant d'aplomb. Quelqu'un qui se mouille, ça nous changerait.

– Vous me flattez, monsieur le juge.

– Appelez-moi Steve.

– L'expertise judiciaire, ce n'est vraiment pas mon truc, Steve.

Il haussa les épaules, découpa un morceau de viande en plusieurs petits trapèzes, mastiqua longuement et but une gorgée de martini.

– Voilà ce que je vous propose, Alex. Vous ne figurerez pas sur la liste des experts. Pour commencer, je vous soumettrai certains de mes dossiers et j'encouragerai mes collègues les plus éclairés à en faire autant. Vous ne serez pas perçu comme un mercenaire vu que vous travaillerez directement pour le tribunal, pas pour l'une des parties. Un expert objectif, attaché à décrire la réalité.

– Les fonds discrétionnaires y suffiront ?

– Non, vous serez dédommagé comme tout le monde.

– Par les parties.

– Moitié moitié, pour éviter tout favoritisme.

– Le payeur attend généralement une contrepartie, Steve.

– J'indiquerai clairement quelles sont les règles.

– Tout de même, nous parlons de sommes conséquentes. J'estime que l'approche habituelle… un rapide entretien, quelques tests, un rapport standard… est une vaste blague. Faire les choses sérieusement, cela prend du temps. Et le temps, c'est de l'argent.

– Libre à vous de fixer vos tarifs.

– Entendez-moi bien, je vous facturerais mes déplacements au domicile et à l'école du sujet, mes entretiens avec la famille étendue et les amis, toute personne que je jugerais utile de rencontrer. Y compris le temps des trajets, comme un avocat.

– Le compteur se déclenche dès que vous quittez votre cabinet et ne s'arrête qu'à votre retour. Ça me paraît raisonnable.

– J'exigerais un à-valoir.

– Même réponse.

– Le tarif sera le double de celui de mes patients. Ça chiffrerait sérieusement, Steve.

Il posa sa fourchette.

– Vous ne souhaitez pas travailler à titre bénévole ? Parfait. De toute façon, ces dossiers-là ne traînent jamais en longueur.

– Quand il n'y a plus d'argent, les avocats sont moins zélés.

Il sourit.

– Vous n'avez vraiment pas envie d'accepter, donc vous cherchez à vous rendre inabordable. Désolé, Alex, mais ce n'est pas un argument recevable. Si quelqu'un rechigne à vous payer, qu'il se plaigne à moi. Honnêtement, je ne demande pas mieux que vous y trouviez votre intérêt. C'est normal de gagner de l'argent. Vous avez passé un certain temps au Western Pediatric et je sais combien les salaires y sont modiques car mon fils y a travaillé comme pharmacien. Preuve que l'intérêt général, ça vous connaît.

– Vous vous êtes renseigné sur moi.

– J'ai voulu m'assurer que votre prestation dans mon cabinet s'appuyait sur du solide. Votre C.V. est impressionnant. Vous avez le profil qu'il faut pour être crédible à la barre.

La dernière gorgée de gin et de vermouth disparut dans son fin gosier.

– Oui, c'était là mon ultime carte pour tenter de flatter votre ego. Cela a-t-il pris ?

Je restai muet.

– Bien, je vois que vous êtes intraitable. C'est dommage, vous auriez pu changer les choses.

Il demanda l'addition.

– C'est bon, j'accepte de tenter l'expérience.

– Magnifique ! Un dessert ?

– Non merci.

– Dans ce cas, moi non plus. Et rangez-moi cette carte, je vous invite.

– Pas nécessaire.

– Non, simple question d'élégance. Une valeur que vous et moi cherchons à promouvoir, attachés que nous sommes à la justice, à la vérité et aux traditions de notre beau pays.

Dehors, le voiturier prit nos tickets. Le juge conduisait une Porsche 911 noire assez récente. Quand il aperçut ma vieille Cadillac Seville, il siffla et dit :

– Une apparition surgie du passé glorieux de Detroit ! Vous êtes un garçon du genre fidèle !

Sans me laisser le temps de réagir, il se mit au volant et fit rugir son moteur. Il roula quelques mètres, s'arrêta et me fit signe d'approcher. Je me penchai vers lui.

– Soyez certain que Joan Mort ne tardera pas à remettre sa démission, dit-il avec un large sourire. Au moins, elle sait tenir compte des critiques constructives !

3

Il s'écoula près de deux mois sans que le juge me rappelle et j'en conclus que le projet était tombé à l'eau. Puis j'appris par le *L.A. Times* que Steve Yates avait été nommé président du tribunal, et peu de temps après il me confia une première affaire. Le conflit opposait des parents attentifs et bien intentionnés, mais chauffés à blanc par des avocats teigneux. Renseignements pris, l'un et l'autre conseil avaient fait l'expérience d'un divorce pénible. Je rencontrai d'abord le père et la mère séparément, ce qui me valut une surdose de vitriol. Je vis ensuite les trois enfants qui me parurent équilibrés, malgré une anxiété compréhensible. J'ignorai les appels insistants des avocats et demandai à revoir les parents, leur confiai qu'ils me semblaient être des gens raisonnables que l'on avait fourvoyés, et que, s'ils ne mettaient pas la pédale douce, leurs enfants risquaient d'en pâtir psychologiquement à long terme. Tous deux le prirent mal et contestèrent ce point de vue. L'épouse alla même jusqu'à douter de mes compétences professionnelles et seule l'animosité entre eux retint son mari d'abonder dans son sens. Je tins bon dans le rôle du méchant et cela les rapprocha peu à peu, alliance de circonstance en tant que « bons parents ». Au bout de quelques séances, il était acquis que l'on continuerait à se battre sur l'aspect financier, mais que les enfants seraient préservés. Je remarquai sévèrement que c'était bien la moindre des choses. Il y eut encore quelques séances hargneuses, mais au bout du compte on parvint à un accord satisfaisant pour la garde. Dans mon rapport, je soulignai « l'implication constructive » des parents. Steve Yates me cita nommément dans les attendus du jugement et les distribua – expurgés du nom des parties – à ses collègues à titre d'exemple instructif. L'issue avait été plus rapide que je ne le pensais, aussi l'avance de cinq mille dollars dépassait mes honoraires. J'adressai un chèque à chaque parent. La mère m'envoya un flacon d'eau de Cologne Armani accompagné d'une carte parfumée, le père un livre sur le baseball. Les cadeaux en nature sont proscrits par l'éthique judiciaire ; j'offris l'eau de toilette à l'employé qui nettoie notre bassin à carpes et le bouquin à une bibliothèque municipale.

Steve Yates ne me soumit un nouveau dossier qu'un mois et demi plus tard. Le délai m'avait arrangé car j'étais assez occupé au cabinet. Les données étaient différentes : deux avocats consciencieux, au service de clients pénibles. Un accord fut trouvé à la longue, mais je ne jurais pas de sa pérennité. J'avais malgré tout le sentiment d'avoir fait de mon mieux, et le modeste espoir que cela ait un effet positif dans la vie de deux enfants déjà bien nerveux et compulsifs. L'avance ne couvrait pas mes honoraires cette fois-ci, mais je m'abstins de réclamer le solde.

La troisième affaire se présenta huit jours plus tard et les quatre suivantes se succédèrent rapidement. J'en étais à treize expertises en fin d'année et je voyais à peu près comment fonctionnait le système, dans toute son imperfection. Dans le comté de Los Angeles, si les parties ne parviennent pas à résoudre leur différend rapidement, le tribunal recourt à la conciliation. Les médiateurs, salariés des services judiciaires, ont une formation d'assistance sociale ou un master en psychologie, et certains d'entre eux fournissent un travail remarquable. Toutefois, ils sont débordés et la procédure se doit d'être expéditive. Il n'existe aucune sanction si les parties n'arrivent pas à se mettre d'accord. Les dossiers classés comme « non résolus » reviennent au tribunal qui sollicite alors l'avis d'un psychiatre ou d'un psychologue figurant sur la liste d'experts, ou bien d'un professionnel désigné conjointement par les parties. Voire de quelqu'un qui leur est chaudement recommandé par le président du tribunal. Il arrive que cette nouvelle étape porte ses fruits. Le plus souvent, c'est peine perdue. Deux personnes qui communiquent péniblement ne sont pas aptes à gérer ensemble une chose aussi compliquée que l'éducation d'un enfant, pas plus qu'un chimpanzé n'est apte à occuper une chaire de physique nucléaire. Et puis, comme le juge Yates m'en avait averti, chaque magistrat règne en despote sur sa chambre. Si certains exercent sagement leur pouvoir, d'autres ne sont que des dictateurs en robe noire, très peu en prise avec la réalité. Les dossiers que Steve gardait pour lui trouvaient le plus souvent une solution satisfaisante. Quant à ceux qu'il était obligé de transmettre à un collègue, le résultat était aléatoire, quoi que je fasse. Voilà qui aurait dû suffire à me faire jeter l'éponge, mais j'eus la surprise de constater que les ratés m'atteignaient beaucoup moins que les succès ne me comblaient. De plus, même quand ça se passait mal, je me débrouillais pour apporter un peu de soutien aux enfants. Et pour être franc, j'avais une motivation supplémentaire. La nouveauté permet d'en apprendre beaucoup sur soi. Titulaire d'un doctorat à vingt-quatre ans, j'avais brièvement envisagé d'entreprendre des études de droit, y avais renoncé parce que je n'étais pas fait pour la foire d'empoigne manière col blanc. J'avais une vocation de soignant et non de pugiliste. Voilà que je découvrais, à ma grande surprise, combien il pouvait être jouissif de se mesurer à des avocats. Je prenais plaisir à batailler. Même les rares fois où il me fallait déposer devant la cour. Le baptême du feu eut lieu au cours de la huitième affaire. J'étais particulièrement nerveux en me présentant à la barre et je peinais à le dissimuler. Cela se déroula parfaitement. L'exercice est à la fois gratifiant et excitant. Il faut dire que la plupart des avocats sont loin d'être à la hauteur de Perry Mason[1]. Persuadés que tous les psys sont stupides, ils sont mal préparés pour affronter quelqu'un de confiant et péremptoire. J'acquis bientôt la réputation d'être un « sacré client », minutieux et coriace. Résultat, on était peu enclin à m'interroger à la barre.

Ma renommée n'était pas arrivée jusqu'aux oreilles du principal associé d'un prestigieux cabinet de Beverly Hills spécialisé dans le droit de la famille. Sterling Stark prit l'initiative de m'appeler à propos de la onzième affaire qui m'était échue. Lui-même n'était pas directement impliqué, le dossier était suivi par l'un de ses associés, mais il estimait « avoir son mot à dire ».

– À quel sujet ? demandai-je.

– J'ai lu votre rapport, docteur… (Silence appuyé.) Il ne me convient pas.

– Bon.

– Vous allez le modifier.

– Pardon ?

– Je souhaite que vous l'amendiez.

– C'est impossible.

– Vous ne voulez pas savoir en quel sens je veux que vous le corrigiez ?

– Nullement.

– Vous n'êtes même pas un peu curieux ?

– Mon évaluation est parfaitement objective.

– Selon vous. Faites-moi confiance, docteur, vous allez la modifier.

– Quelle raison aurais-je de revenir sur mes conclusions ?

– Sinon, je vous ferai comparaître comme témoin et non comme expert. Savez-vous ce qui vous attend, docteur ?

1. Avocat, héros d'une série télé des années cinquante, adaptée des romans d'Erle Stanley Gardner.

– Éclairez-moi, maître.

– Vous ne serez pas dédommagé pour votre temps.

Je restai coi.

– Je ferai en sorte que vous soyez retenu pendant des semaines, docteur Delaware ! J'y ajouterai des poursuites pour manquement à l'éthique professionnelle, je multiplierai les dépôts de plainte, les dépôts de conclusions et les demandes de report. À force de patienter sur les bancs durs des couloirs du palais de justice, vous en aurez les fesses toutes bleues !

– Pas très réjouissant.

– Je serai sans pitié, docteur. N'ayez aucune illusion. Bien. Avons-nous trouvé un terrain d'entente ?

– Hum…

– Quand puis-je espérer avoir… ?

– Jamais.

Silence ahuri, puis :

– Vous m'avez mal écouté ? Je viens de vous mettre en garde.

– Eh bien… Ne te prive pas d'essayer, connard !

Clic. Je n'entendis plus jamais parler du grand avocat.

Je pensais être au bout de mes surprises quand se présenta une affaire qui s'annonçait pour le moins curieuse : le Dr Constance Sykes réclamait que lui soit attribuée la garde de la petite Rambla Pacifico Sykes, sa nièce de quinze mois, fille de sa sœur Cheri. N'étant pas la mère, Connie n'avait pas la possibilité de saisir le tribunal des affaires familiales et aucun autre recours ne lui était ouvert. Son avocate avait eu l'idée ingénieuse de s'adresser au juge des tutelles, au motif que Cheri était incapable de s'acquitter de son rôle de mère et l'avait implicitement admis en confiant la fillette à sa sœur pendant trois mois. Steve Yates, désormais à la retraite, avait soufflé mon nom à la juge Nancy Maestro, qui se trouvait être sa belle-sœur. Je bénéficierais du même statut qu'au tribunal des affaires familiales : expert impartial, j'agirais pour le compte de la cour et non de l'une des parties. J'acceptai de rencontrer la juge Maestro car l'affaire m'intriguait. J'étais déjà en centre-ville pour mettre la touche finale à une déposition qui m'avait accaparé toute la semaine, dans le cadre d'une enquête pour homicide que Milo avait bouclée l'année précédente. Il me fallut à peine quelques minutes pour me rendre à pied du bureau du procureur adjoint John Nguyen dans West Temple au palais de justice Stanley Mosk de North Hill.

Je trouvai sans peine le tribunal de Nancy Maestro, salle déserte et bien éclairée. Le cabinet de la magistrate était situé derrière l'estrade. Un huissier en surveillait l'accès, solide gaillard vêtu de l'uniforme beige des services du shérif[1]. Bras musclés croisés devant un puissant torse. Il portait des lunettes aux verres suffisamment teintés pour dissimuler ses sentiments. Il n'esquissa aucun geste à mon approche et demeura impassible quand je lui souris. « H.W. Nebe » annonçait son badge. La cinquantaine, cheveux blancs, visage épais et marqué par le soleil, sans doute sympathique quand son propriétaire daignait desserrer les mâchoires.

– Je suis le Dr Delaware. J'ai rendez-vous avec la juge Maestro.

Il ne montra ni surprise ni déférence.

– Une pièce d'identité, s'il vous plaît.

Les yeux scrutèrent mon permis de conduire, puis ma personne.

– Veuillez vous asseoir, docteur.

L'année précédente, un magistrat d'une juridiction pénale avait été poignardé dans son bureau après l'audience. Les rumeurs d'un triangle amoureux allaient bon train, mais l'enquête n'avait toujours pas abouti. Quoi qu'il en soit, la

1. La fonction d'huissier (*bailiff*) est souvent dévolue à un adjoint des services du shérif.

méfiance de Nebe était sans doute justifiée. Je m'installai au premier rang dans la salle d'audience, du côté réservé d'ordinaire à la défense. L'huissier s'entretint par émetteur-récepteur, sans se presser. Quand la conversation chuchotée fut terminée, il me fit signe de l'index. Je le suivis dans une petite antichambre où il frappa à une porte marquée d'une inscription en lettres noires abîmées, « Cabinet du juge ».

– Entrez ! lança une voix féminine.

Nebe se tourna vers moi.

– Je pense que ça s'adresse à vous.

Le juge Steve Yates avait eu droit à un magnifique bureau aux boiseries en chêne, le genre de sanctuaire feutré qui sied à un magistrat de juridiction supérieure. La juge Maestro devait se contenter d'une pièce de quatre mètres sur cinq à murs blancs et faux plafond. Mobilier des plus sommaires : étagères grises rudimentaires, bureau en contreplaqué aux pieds métalliques cabossés, chaises peu confortables. Une seule petite fenêtre, vue sur la crasse urbaine surplombée d'un ciel au bleu douteux. Un ordinateur portable était posé devant la magistrate qui se leva le temps de me serrer la main. Petite quarantaine, jolie brunette un peu enveloppée. Touches généreuses d'ombre à paupières mauve au-dessus des yeux marron perçants, fard pêche sur les pommettes rebondies, épaisse couche de gloss sur les lèvres charnues. Des senteurs d'eau de Cologne flottaient dans l'air. Deux robes noires étaient accrochées dans un angle. La juge portait un tailleur bleu pâle et un foulard blanc cassé négligemment noué autour du cou. Collier de perles et boucles d'oreilles assorties. Une bague à grosse pierre à chaque main, pas d'alliance.

– Bonjour, docteur. Je peux enfin mettre un visage.

Devant ma mine interloquée, elle précisa :

– Vous êtes le « clairvoyant ». C'est ainsi que mon beau-frère vous désigne. Sans compter d'autres qualificatifs.

– Le teigneux.

– Oui, quelque chose d'équivalent. Justement, vous êtes peut-être l'homme de la situation. C'est vraiment n'importe quoi. Elles sont toutes les deux frappadingues. Ce que je plains la petite !

– Rambla.

– Rambla Pacifico. Vous savez d'où lui vient son prénom ?

– Je connais une rue qui porte ce nom, à Malibu.

– Je vois que vous êtes calé en géographie, docteur.

Elle se laissa aller contre son dossier, prit deux barres chocolatées dans une bonbonnière posée sur le bureau et m'en proposa une. Je secouai la tête.

– Dans ce cas, les deux sont pour moi.

Elle les croqua délicatement et plia les emballages avant de les jeter dans une corbeille cachée sous le bureau.

– Il s'agit de la rue où l'enfant a été conçue. Le seul point sur lequel les deux folles sont d'accord. Un prénom choisi en hommage à cet instant mémorable. La gamine peut s'estimer heureuse que ça ne soit pas arrivé dans l'arrière-salle du bar-grill Au chaud lapin.

Je ne pus m'empêcher de rire. Elle contempla un instant la bonbonnière, puis la repoussa.

– C'est la seule plaisanterie que vous m'entendrez faire sur cette triste affaire. Vous connaissez un peu le tribunal des successions et des tutelles ?

– Pas vraiment.

– Une bonne partie de notre activité ne suscite guère de controverse, valider des testaments et des successions, des mesures conservatoires pour des personnes en état d'incapacité. Il nous arrive de statuer sur la garde d'un enfant, mais le plus souvent la décision n'est pas contestée. Des gens qui ne demandent pas mieux que d'être débarrassés de leurs gamins : parents schizophrènes ou toxicomanes qui ne parviennent plus à faire face, parents condamnés à une longue peine de prison, ce qui oblige en général à s'en remettre à un membre de la famille, une grand-mère ou une tante par exemple. Vous comprenez ?

– Rien à voir avec les affaires familiales.

– On me paierait des mille et des cents que je refuserais d'y siéger. Je préférerais encore juger des racailles que de subir le fiel des gens qui décident de divorcer. Comment faites-vous pour le supporter ?

– Ce n'est qu'une partie de mon activité.

– Vous exercez aussi comme thérapeute.

J'acquiesçai d'un simple hochement de tête ; inutile d'entrer dans les détails.

– Mais bon… revenons à l'affaire Sykes contre Sykes. Il s'agit ni plus ni moins de trancher un différend à propos d'une garde d'enfant, de façon détournée. J'aurais volontiers transmis illico le dossier au tribunal des affaires familiales, voire jeté direct à la corbeille, car ça ne mérite pas mieux.

– Dans ce cas, pourquoi avez-vous accepté de statuer ?

– Parce que la loi m'y oblige… Vous savez garder un secret ? dit-elle en avançant son siège. Oui, forcément, en tant que thérapeute ! Je me tiens à carreau parce que je vise une promotion. Un transfert au tribunal pénal. Bien plus qu'un simple changement de spécialisation car j'aurai à statuer sur de gros dossiers financiers, des fraudes et des malversations de grande ampleur. La criminalité en col blanc a toujours été mon domaine de prédilection. J'y ai débuté comme procureur, avant de passer un temps de l'autre côté comme avocate pour des entreprises. Quand j'ai été nommée ici, il était convenu que c'était pour parfaire mon expérience et que je serais prioritaire pour un poste à responsabilité du côté financier. Vous comprenez donc que je cherche à ne pas faire de vagues. Éviter coûte que coûte les pourvois, sans parler du cauchemar d'être désavouée en appel. J'ai donc accepté de statuer sur Sykes contre Sykes, et je compte maintenant sur vous pour régler ce casse-tête en douceur et le plus rapidement possible.

– Je comprends, mais j'ai besoin d'aller à mon propre rythme.

– Naturellement. Je ne cherche pas à vous dire comment faire votre travail, je veux seulement expliciter mes priorités. Ce dossier *doit* avancer. En d'autres termes, je ne lui allouerai pas une nanoseconde de plus qu'il ne mérite. Dans cette optique, une évaluation psychologique objective m'aidera à atteindre mon but. D'accord ?

– Oui.

– Vous ne voulez vraiment pas de chocolat ? C'est le meilleur des antidépresseurs !

Je souris.

– Bien. Sykes contre Sykes. Ou la harpie contre la pouffiasse, comme j'aime dire. Sykes n° 1, ou la harpie, se prénomme Constance. Médecin, gros moyens financiers, belle demeure à Westwood évaluée à plus d'un million. Elle pourrait offrir à un enfant tout ce qu'il y a de mieux. Comme cette pauvre Constance n'a pas eu le bonheur d'être mère, une solution pratique lui est venue à l'esprit, à savoir chiper le rejeton de sa cadette.

Légère rotation du fauteuil, petite caresse à un sourcil épilé.

– Ce qui nous amène à Sykes n° 2, Cheri. Pas d'emploi stable, quelques incartades dans sa jeunesse, vit d'allocations. A conçu son enfant sous le beau ciel bleu de Malibu, mais refuse de nommer le père. Appartement miteux à East Hollywood. Je doute fort que Rambla Pacifico fréquente un jour les meilleures écoles privées. La petite pourrait bien suivre les pas de maman, ajouta-t-elle avec une moue pensive, mais ce n'est pas à moi de m'en soucier.

– Cheri a eu quelques problèmes, mais rien qui justifie qu'on lui retire son enfant.

– Si seulement ça pouvait être aussi simple ! soupira Nancy Maestro. Qu'on me prouve que la mère est colérique, mieux encore sujette à des accès de violence, ou qu'elle a commis des délits graves ou prend des drogues dures, enfin qu'elle fait courir un danger à son enfant, et j'aurai les moyens de trancher et nous pourrons tous passer à autre chose, la conscience tranquille.

– Vous pensez que l'enfant serait mieux avec Connie.

Elle fronça les sourcils.

– Je n'ai pas dit ça ! Attendez d'avoir rencontré Connie et vous comprendrez ce qui me retient de le dire. Je cherche simplement une solution indiscutable pour garantir le bien-être et la sécurité de l'enfant, dans le respect des directives fixées par la loi.

– Connie ne doit pas être facile, si vous la surnommez la harpie.

Elle caressa la bonbonnière.

– Avez-vous des enfants, docteur ?

– Non.

– Moi non plus. Je me suis mariée jeune, j'ai divorcé et j'ai mûri. Ça me convient à merveille. Connie Sykes, en revanche, me donne l'impression d'avoir sacrifié sa vie personnelle à sa carrière. Maintenant qu'elle souffre de la solitude, elle voudrait se créer une famille d'un claquement de doigts.

– Au détriment de sa sœur.

– Oui, c'est un autre aspect. L'absence de lien affectif entre les deux sœurs, ce qui n'a pas empêché Cheri de laisser la gosse à Connie pour batifoler avec un groupe de rock.

– Combien de temps ?

– Quatre-vingt-huit jours. L'avocate de Connie parlait de trois mois. L'avocat de Cheri a fait le décompte précis pour contester ce point apparemment crucial. Des pages et des pages d'une prose très ennuyeuse. Vous voyez à quoi je suis confrontée ?

J'opinai.

– Cheri prenait-elle des nouvelles de sa fille ?

– Connie prétend qu'elle a reçu deux coups de fil,

point final. Cheri soutient qu'elle appelait souvent, mais que ça ne répondait pas. Quand elle est venue chercher sa fille, sa sœur n'a pas voulu la lui rendre. Esclandre sur le lieu de travail de Connie.

– À son cabinet.

– Une sorte de laboratoire, en fait. Connie est pathologiste. Elle soutient que garder la petite près d'elle était la meilleure solution pour l'enfant, qu'elle et ses employés pouvaient s'en occuper assidûment, plutôt que laisser cette pauvre Rambla chez une baby-sitter ou à la crèche. Quoi qu'il en soit, Cheri a débarqué au laboratoire et a bousculé quelques personnes pour récupérer sa fille.

– Connie s'est attachée, Cheri lui a repris l'enfant, les deux sœurs sont devenues des ennemies mortelles.

– Un bon résumé, docteur. Vous permettez que je vous appelle Alex ?

– Je préfère.

– Je suis certaine que Connie supporte mal d'être séparée de la petite, mais elle a eu l'intelligence de ne pas le mentionner dans sa requête, car le tribunal n'a que faire des souffrances psychologiques des autres adultes que les parents. Connie soutient que lui avoir confié la gamine est la preuve, primo, que Cheri est incapable d'assumer son rôle de mère, et secundo, qu'elle avait l'intention de la lui laisser définitivement. Il y aurait eu un accord verbal le stipulant, que Cheri n'aurait pas respecté parce qu'elle maîtrise mal ses pulsions. Pour parachever le tout, Connie brandit les allégations classiques : la drogue, le mode de vie dissolu, l'environnement délétère. Cheri serait une droguée parce qu'elle a été arrêtée deux fois pour détention de cannabis, sauf que ça remonte à douze et quatorze ans. Elle a aussi commis un vol à l'étalage quand elle avait dix-huit ans, soit il y a presque deux décennies. Si encore il s'agissait d'héroïne, de crack, ou d'amphés, d'une mère séropositive chez qui traînent des aiguilles usagées… mais du shit et de la fauche, c'est que dalle.

– Les manquements imputés à Cheri sont trop minimes pour peser sur votre décision.

– Et pour être franche, elle me semble davantage qualifiée comme mère que Connie.

– Elle est plus sympathique.

– Plus sympathique, plus gentille, plus sociable. Et puis l'enfant était visiblement à l'aise quand je l'ai vue avec sa mère. Je n'ai pas eu le temps d'organiser une rencontre avec Connie et Rambla, mais je me demande s'il est vraiment nécessaire de l'imposer à l'enfant. Qu'en pensez-vous ?

– Vous avez raison.

– Parfait. La prochaine fois que l'avocate de Connie me harcèlera, je m'appuierai sur votre expertise pour refuser à sa cliente l'opportunité de me démontrer ses aptitudes de mère.

– Une avocate insistante ?

– Une emmerdeuse, n'ayons pas peur des mots. Une certaine Medea Wright, du cabinet Stark & Stark. Vous connaissez sans doute leurs méthodes, des requins qui ne font pas de sentiments.

– Voilà qui risque de poser un problème.

– Pourquoi donc ?

Je lui rapportai mon entretien téléphonique avec Sterling Stark.

– Vous plaisantez ? Comme ça, ce vieux chameau vous a incité à commettre un parjure. Vous l'avez dénoncé ?

– Non, je l'ai traité par le mépris.

– Dommage. Vous auriez pu attirer de gros ennuis à ce salopard.

– Pas mon rôle.

– Vous voulez savoir la bonne nouvelle pour nous, Alex ? Sterling Stark est mort. Tombé raide il y a deux ans, en traversant le parking du palais de justice. Enterrement en grande pompe à Hancock Park, toute la magistrature était conviée. J'ai des collègues qui ont fait le déplacement. En tout cas, vous n'avez pas à vous désister et vous aurez le plaisir d'avoir affaire à Me Medea Wright.

– Et qui représente Cheri ?

– Un certain Myron Ballister, avocat à son compte installé dans la Vallée.

Elle fronça les sourcils.

– Pas une grosse pointure, commentai-je.

– Loin de là. Ses honoraires doivent être autrement plus raisonnables que ceux de Stark & Stark. Les deux sœurs ne se battent pas à armes égales, de toute évidence. Mais la loi est du côté de Cheri et cela n'empêche pas Medea de s'en donner à cœur joie, multipliant les requêtes absurdes et engrangeant les heures facturées.

– Des requêtes que vous ne pouvez pas vous contenter de mettre directement à la corbeille.

Elle prit un chocolat, le déballa lentement et le goba.

– Vivement que je quitte ce poste minable, que je puisse enfin juger de vrais criminels. Alors, vous acceptez la mission ?

– Oui.

– Génial. Comme ça, vous n'avez pas d'enfants. Cela vous rend plus objectif ?

– Non, c'est juste ainsi.

Elle me dévisagea.

– Marié ?

– Quasiment.

– Fiancé ?

– Une relation de longue durée.

– Vous prenez votre temps pour vous engager, à ce que je vois ! Après tout, la vie est trop courte pour se tromper bêtement. Bien. Je vous ferai parvenir le dossier.

– J'ai une question. Quel âge avait Rambla quand Cheri l'a confiée à Connie ?

– Six mois.

– La période où le bébé commence à s'asseoir, à crapahuter. Vers neuf mois, il peut même arriver qu'il se mette debout et tente de marcher. C'est aussi le moment où le gazouillis devient babillage, où le bébé dit « maman ».

– Et alors ?

– C'est une période enthousiasmante pour les parents. Connie a dû se régaler.

– Vous trouvez ça pertinent ?

– Je cherche à me faire une idée de son vécu, pour mieux comprendre ce qui motive sa démarche.

– Pourquoi pas. Moi, j'ai surtout l'impression qu'elle ne peut pas piffer sa sœur.

4

Le surlendemain de ma rencontre avec la juge Maestro, un greffier déposa la photocopie du dossier à mon domicile. Une bonne dizaine de centimètres d'épaisseur, des requêtes et des recours à n'en plus finir, et qui n'ajoutaient rien au résumé fourni par Nancy Maestro. Je le lus malgré tout de la première à la dernière ligne, car survoler peut vous jouer des tours à la barre. Medea Wright et Myron Ballister appelèrent mon secrétariat pendant que j'étais plongé dans cette tâche fastidieuse. Je m'abstins de les rappeler et informai la juge par courriel que j'étais disposé à rencontrer les deux sœurs, dès que mon avance me serait versée. J'inclus un devis en pièce jointe, sur la base de mes honoraires estimés. Le montant était inférieur à celui que je demandais d'ordinaire pour une expertise car l'affaire me paraissait simple : il semblait peu probable que Cheri Sykes se voie retirer l'autorité parentale, sauf à prouver qu'elle constituait une menace imminente et sérieuse pour la santé, la sécurité ou le développement affectif et psychologique de son enfant. Maestro m'appela le lendemain matin.

– Je vois que vous êtes très carré, Alex. Vous tenez à être réglé d'avance et non sur facture ?

– J'ai constaté à l'usage que c'était la meilleure solution.

Elle pouffa.

– On se prémunit contre les plaignants irascibles ? D'accord, je vais valider l'émission du chèque et vous pourrez contacter Wright et Ballister. Tous deux ont hâte de vous parler.

– Ils m'ont déjà laissé des messages. Je n'y ai pas donné suite et je ne compte pas le faire.

– Ah bon ?

– Ils ne feront que répéter leurs conclusions écrites et chercheront à m'influencer. Et puis, si je devais leur consacrer du temps, la note serait autrement plus salée pour vous. La prime de pénibilité.

– Vous avez peu de tendresse pour les membres du barreau ?

– Là n'est pas la question, Nancy. La vie est trop courte.

Le chèque arriva la semaine suivante. Je composai le numéro personnel de Cheri Sykes, tombai sur un répondeur. « Salut, c'est Cheri ! Laissez-moi un petit message ! Bisous bisous ! » Rire mutin, musique en fond sonore, du rock dans l'esprit de Lynyrd Skynyrd, en plus lent et embrouillé. Je décidai de lui accorder vingt-quatre heures pour se manifester avant d'appeler sa sœur. Deux heures plus tard, je l'avais au bout du fil.

– Salut, c'est Cheri ! Vous êtes le psychologue, non ?

Trente-sept ans, mais une voix flûtée et chantonnante d'adolescente.

– Tout à fait.

– Il me tarde de vous rencontrer ! Qu'on en finisse avec ces conn… avec ce que me fait subir ma sœur.

– Seriez-vous disponible demain à dix heures ?

– Parfait. À demain !

– Vous avez mon adresse ?

Silence.

– Euh… ça pourrait être utile. Voilà, vous allez penser que je ne suis pas fiable.

Je lui fournis les indications.

– Alors ? insista-t-elle. Vous vous dites que je ne suis

pas fiable ? C'est faux, quoi que racontent les gens. Je suis juste nerveuse.

– Il n'est jamais agréable d'être jugé.

– Oui, mais ce n'est pas la raison principale, docteur. J'ai du mal avec ma sœur. Elle est sournoise et zarbie.

Ce qui ne vous a pas empêchée de lui confier votre fille pendant quatre-vingt-huit jours.

– Nous en discuterons demain.

– J'y compte bien ! Il y a beaucoup à dire !

Elle arriva cinq minutes en retard, s'excusa avec un large sourire :

– Ces rues qui tournicotent dans tous les sens, on a vite fait de se perdre !

J'habite une curieuse maison, blanche et géométrique, perchée au bout d'une route non signalée à laquelle on accède par une ancienne piste cavalière qui serpente au nord-ouest de Beverly Glen. Très simple de s'y rendre une fois qu'on connaît le chemin, mais ce n'est pas gagné du premier coup. Quand ils découvrent les lieux, beaucoup de gens s'extasient sur la vue et la luminosité. Cheri Sykes, pour sa part, s'avança timidement dans le salon et garda les yeux fixés sur le sol. Je lui serrai la main. Sa paume était fraîche et moite. Elle effleura à peine la mienne, comme si elle craignait d'être trahie par sa transpiration. Grande et solidement charpentée, elle faisait ses trente-sept ans, voire un peu plus. Ses longs cheveux, teints en un orange Fanta, étaient coiffés en une natte qui lui tombait dans le creux du dos. Quelques mèches délicates surplombaient un front bronzé. Piercing à l'oreille gauche, un clou noir. Boucles d'oreilles, un maillage en acier auquel se mêlaient quelques lettres, des « X » d'un côté et des « O » de l'autre. Fan de morpion ? Long visage étroit, agrémenté de pommettes hautes. Les yeux noirs aux coins légèrement tombants et les lèvres généreuses laissaient penser qu'elle avait été belle autrefois. La cicatrice en biais sur le menton, la peau tannée et les rides prononcées témoignaient d'une vie de patachon. Un serpent bleu tatoué – sans doute une sorte de vipère, à en juger d'après la tête triangulaire – ornait la partie gauche de son cou. Malgré la chaleur, elle était vêtue d'une chemise western à manches longues et à boutons-pression. L'étoffe marron et l'empiècement noir avaient le lustre du neuf. Le jean moulant mettait en valeur les hanches rondes et les longues jambes. Grands pieds chaussés de sandales en cuir d'un vert éclatant, munies de talons qui ajoutaient quelques centimètres au mètre soixante-dix dont l'avait dotée la nature. Avec sa stature et ses larges épaules, ses traits marqués, elle rappelait les femmes photographiées par Walker Evans dans le Midwest de la Grande Dépression. Les tatouages exceptés. Je subodorais que les manches étaient destinées à dissimuler d'autres œuvres à l'encre. Sans succès : des boucles rouges, bleues et vertes dépassaient sur ses mains et se prolongeaient sur les phalanges. Ongles courts et coupés droit, dont certains conservaient de minuscules traces de vernis noir. Une gothique au pays des *Raisins de la colère* ?

J'attendis quelques instants sans rien dire. Il est toujours intéressant de voir comment les gens réagissent dans l'incertitude. Elle pivota vers une fenêtre latérale, me présentant ainsi de nouveaux tatouages. Une colonne d'idéogrammes, bien centrée sur le cou côté droit. Pour moi, c'était de l'hébreu ! Elle me fit de nouveau face. Nos regards se croisèrent. Je lui souris.

– La vue est magnifique, dit-elle.

– Oui.

– Je suis vraiment désolée pour le retard.

– Aucun problème, Cheri.

Certaines personnes n'apprécient guère qu'on les appelle d'emblée par leur prénom, une familiarité jugée prématurée. Cheri Sykes, elle, se détendit et s'avança, comme pour échanger une nouvelle poignée de main, puis se ravisa et laissa retomber ses bras.

– Merci de me recevoir, docteur. Je compte tellement sur vous !

Elle s'assit sur mon vieux divan en cuir et se tripota nerveusement les mains. Cordelette rouge au poignet droit, bracelet de cuir à rivets au gauche.

– Ça ne doit pas être facile, dis-je.

– C'est l'enfer ! Et ça me coûte les yeux de la tête ! Myron me fait pourtant un prix.

– C'est gentil de sa part.

– J'ai trouvé son numéro dans l'annuaire. Il a dû me prendre pour une folle, que je m'adresse à lui juste comme ça, dit-elle en se tortillant, mal à l'aise. Il est jeune. Jamais je ne croise le moindre client à son cabinet. La réceptionniste a l'air d'une ado.

– Vous craignez que Myron ne manque d'expérience.

– Non, pas du tout. Il est super. Vraiment à l'écoute. Vous savez, quand on sent que l'autre pige tout ?

À voir son expression, elle espérait que je partageais cette qualité.

– C'est agréable d'être compris, dis-je.

Elle s'enfonça un peu plus dans le canapé.

– C'est vraiment dégueulasse de juger les autres. J'ai toujours pensé que ceux qui n'ont rien de mieux à faire que vous juger sont encore pires.

– Comme votre sœur.

Acquiescement appuyé.

– Elle a toujours été comme ça. À me prendre de haut. Ce procès, c'est typique d'elle.

Elle articula un juron en silence et enchaîna :

– Sa vie est nulle, alors elle veut se taper la mienne, comme on s'enfile un *burrito* au petit-déjeuner.

Elle me fixa, bouche bée.

– Ne me demandez pas d'où c'est sorti ! Je ne parle

jamais comme ça, en employant des… comment on dit déjà, oui, des métaphores.

– Vous avez l'impression que Connie cherche à vous dévorer.

– Oui ! C'est exactement ce que je ressens ! Vous commencez à saisir, docteur ? Cool comme nom, Delaware. C'est indien ? Moi aussi, j'ai du sang indien. Ojibwé. Enfin, c'est ce que maman racontait. Vous aussi ? Vous venez du Delaware ? Un des rares États où je ne suis jamais allée. Ça doit être joli. C'est comment ?

– Il est préférable que nous restions concentrés sur vous, Cheri.

Elle pâlit. Pas de façon uniforme, compte tenu de l'épaisse couche de fond de teint qui lui tapissait le visage.

– Désolée pour mon indiscrétion.

– Ce n'est rien, Cheri. Si nous nous en tenons au sujet, cela devrait être réglé assez rapidement.

– Oui, bien sûr. Le plus rapidement sera le mieux. J'espère.

Je commençai par retracer le développement de son enfant. Cheri sut me décrire les grandes étapes de la croissance de Rambla et de l'évolution de son comportement. Sans fierté ni perspicacité particulière. J'ai rencontré des mères plus au fait, d'autres moins bien informées. Côté appétit et sommeil, tout semblait normal. Idem pour les étapes clés et l'éveil. Cela concordait avec le bilan établi par un pédiatre dans un dispensaire de Silver Lake ; un document d'une seule page, probablement rédigé à partir d'un modèle à en juger d'après les formules passe-partout.

– C'est le Dr Keeler qui la suit ? demandai-je.

Nouvel accès de pâleur.

– Pas vraiment. En fait, on voit celui qui est de permanence ce jour-là. Ce n'est pas grave, tous sont de bons médecins. Rambla est en parfaite santé, ses vaccins sont à jour. Je ne suis pas comme ces parents irresponsables qui refusent de faire vacciner leur enfant. Je prends soin de ma fille.

Elle plongea la main dans son sac et me tendit une photo prise dans un Photomaton. Cheri Sykes portant dans ses bras un beau bébé, joues rebondies et cheveux noirs. Bouille adorable et souriante, petit salut de la main. Mis à part les yeux foncés aux paupières tombantes, pas de ressemblance criante avec sa mère.

– Elle est adorable, dis-je.

– C'est mon petit cœur…

Sa voix vacilla.

– Décrivez-moi une journée typique de Rambla.

– Comment ça ?

– Que fait-elle quand elle se réveille ?

– Je la change et je la nourris, on joue…

J'attendis.

– Puis on reste à la maison, ou parfois on fait un tour.

– Quels sont ses jouets préférés ?

– En fait, les jouets, ça n'est pas trop son truc. Elle aime mieux les boîtes de céréales vides ou les rubans pour les cheveux, ce genre-là. Donnez-lui une petite cuiller et elle s'amuse comme une folle à taper partout. C'est trop mignon !

Je souris.

– Et il vous arrive aussi de faire un tour.

– On va faire les courses ou se promener. Elle marche super-bien, faut la voir gambader sur ses petites jambes ! Elle refuse de rester dans sa poussette, sauf quand elle est vraiment fatiguée. J'ai acheté un modèle très sûr, sans défaut de fabrication. Je l'ai eue d'occasion, mais elle était en parfait état, avec juste deux petites bosses de rien du tout. (Elle cita la marque.) C'est de la qualité, non ?

J'acquiesçai.

– Vous passez donc beaucoup de temps ensemble.

– On ne se quitte jamais. Juste elle et moi. Comme de

vraies amies. C'est vraiment une super-gosse… Mon petit cœur !

La gorge nouée, Cheri se tapota la poitrine et projeta sa natte dans son dos, comme on lance une corde d'amarrage.

– On s'adore ! Dès que j'ai su que je la portais dans mon ventre, j'ai… fait attention. J'ai commencé par prendre des vitamines.

– Un traitement pour femme enceinte.

Elle détourna le regard.

– Pour être honnête… je tiens à être réglo avec vous, docteur. Je ne vous dirai que la vérité, toute la vérité… Donc, au début, j'ai pris des vitamines ordinaires. Achetées en pharmacie. Je ne savais pas qu'il en existait des spéciales. Puis j'ai vu un médecin dans une clinique de Malibu. Je travaillais à Malibu à l'époque. Vous allez me demander ce que j'y faisais au juste, forcément. J'étais femme de ménage chez des gens riches. Des belles baraques en bord de mer. Moi, je n'avais pas la vue sur la plage. Je créchais dans une caravane un peu au-delà de Cross Creek. Vous connaissez Malibu ?

– Oui.

– Donc vous voyez de quel terrain de camping je parle. C'est propre, pas du tout glauque. Très pratique.

Elle inspira et se laissa aller contre le dossier.

– Vous vous êtes donc rendue dans une clinique.

– C'est ça et on m'a expliqué que je devais prendre des vitamines spéciales grossesse. J'ai aussitôt jeté celles que j'avais et j'ai acheté les bonnes. J'ai vraiment pris soin de moi, Rambla était un beau bébé. Elle pesait près de quatre kilos à la naissance. Croyez-moi, ça n'a pas été une mince affaire de la faire sortir !

Elle eut le même petit rire que sur le message de son répondeur.

– Accouchement difficile.

– Pas une partie de plaisir ! Mais j'y suis arrivée et c'était un bébé bien portant et magnifique. Je ne dis pas que je mérite une récompense pour avoir pris soin de moi, c'est normal.

– Tout le monde n'est pas aussi sérieux.

– Exactement. Pour moi, c'était important. La grossesse, la santé de mon bébé. J'ai fait attention.

– Votre vie a changé.

– Vous êtes au courant ?

– De quoi ?

– Des bêtises que je faisais avant. Oui, je ne m'en cache pas. Comme je vous l'ai dit, je veux être parfaitement sincère. Oui, c'est vrai que j'ai changé. Parce que Rambla est mon petit cœur adoré et l'a toujours été. Et je ne comprends pas pourquoi je devrais le prouver à un juge ! Elle est comment, la juge ?

– Elle m'a l'air raisonnable.

– Pourvu qu'elle le soit ! C'est quand même fou, être jugée par quelqu'un qui ne me connaît pas. Mais bon, c'est son métier. Moi, jamais je ne ferais ça comme boulot !

Ses yeux se mouillèrent. Je lui tendis un mouchoir.

– C'est vraiment dur, docteur. Je ne lui ai rien fait. Elle m'en veut.

– Votre sœur.

– Cette salope ! Désolée si je vous choque, mais c'est exactement ce que je pense d'elle ! Connie n'est qu'une salope, depuis toujours ! Jalouse de tout le monde. Pas fichue de se trouver un mec parce qu'elle est trop occupée à gagner du fric et à jouer les petits chefs ! Et voilà qu'elle veut me piquer ce qui m'appartient !

– Vous ne vous êtes jamais entendues.

– Jamais… enfin, si. Quand on était petites, parfois ça se passait bien. On n'a jamais été proches, à se faire un tas de câlins et de bisous, mais chacune laissait l'autre vivre sa vie. On ne se chamaillait pas.

– Constance a sept ans de plus que vous.

– Comment… bien sûr, le dossier. C'est ça, sept ans, même presque huit. Vu l'écart, on ne faisait jamais rien ensemble. Il y a un frère entre nous. Je jouais plus avec lui, alors que c'est un garçon. Connie restait dans son coin.

– Une solitaire.

– C'est exactement ça, docteur. Vous avez mis le doigt dessus, Connie est une solitaire. Elle ne comprend rien aux gens et même elle ne les aime pas. Elle a toujours préféré les chiffres. Les maths et les sciences. Elle était tout le temps fourrée dans ses bouquins, quand papa la laissait tranquille.

– Votre père n'aimait pas les livres ?

– Quand il avait bu, il se fâchait pour un rien. À la première bière, il était tout sourire. À partir de trois, il devenait silencieux. Après sept ou huit, il était tout rouge et il rentrait les épaules. Mieux valait ne pas se trouver sur son passage, sous peine d'être aplati. Comme ces engins qui servent pour refaire les routes, c'est quoi le nom, déjà ?

– Un rouleau compresseur.

– Exact ! Il ne nous frappait pas, mais il faisait vraiment peur à voir, il criait et il cassait tout. Quand papa était dans cet état, valait mieux se mettre aux abris ! Parfois, Connie était à son bureau dans notre chambre, plongée dans un livre de la bibliothèque, et papa déboulait et ça pouvait le prendre de déchiqueter le bouquin. Le plus fou, c'est qu'il aimait lire.

– Ça devait être effrayant.

– Oui. Très angoissant, mais on apprend à filer doux.

– Où était votre mère pendant ces crises ?

– Ivre morte. Elle s'effondrait plus rapidement que papa et s'endormait.

– Vous et Connie avez eu une enfance difficile.

– Connor aussi. Notre frère a appris à courir vite parce que papa s'en prenait surtout à lui. Il faisait partie de l'équipe de demi-fond au lycée et à la fac. Il a remporté des médailles, il était capable de courir pendant des heures et des heures.

– Où habite-t-il ?

– Dans le nord de la Californie. Il a une famille merveilleuse.

– Quand vos parents n'étaient pas ivres, ils étaient comment ?

– Ils bossaient dur. Maman comme secrétaire dans une entreprise de transport, pour laquelle papa conduisait un semi-remorque.

– Il était donc souvent absent.

– Dieu merci !

– Se comportait-il différemment avec vous et avec Connie ?

– Hum… oui, je dois dire. Avec elle, il réduisait les bouquins en charpie. Moi, pour être franche, je n'étais pas une grosse lectrice. Mon truc, c'était les copains. Avoir une vie sociale. Dans mon cas, il ne pouvait pas se défouler sur des livres.

– Exprimait-il sa colère d'une autre façon ?

– Pas vraiment. Honnêtement, je dois reconnaître qu'il m'épargnait un peu parce que j'étais sa préférée. Il me le disait. Quand il était sobre. « Cheri, toi t'es jolie. Prends soin de ta beauté et tu trouveras un mari. Ta sœur Connie, elle restera le nez fourré dans ses bouquins pour faire croire qu'elle est plus intelligente que tout le monde, et ce n'est pas ça qui attirera les hommes ! »

– C'était donc Connie qui en pâtissait le plus.

– Si elle avait été plus gentille, sans doute qu'elle en aurait moins bavé.

– Plus gentille avec votre père ?

– Avec lui et avec tout le monde ! Je vais vous dire, docteur, Connie est née avec une cuiller de vinaigre dans la bouche. Maman répétait toujours ça. Connie ne souriait jamais. Elle restait dans son coin, à faire semblant de ne pas vous écouter. Elle se croyait meilleure que tout le monde.

– Toujours le nez dans un bouquin.

– Elle passait plus de temps en bibliothèque qu'à la maison. Du coup, ça faisait plus de corvées pour moi. Si papa et maman n'avaient pas été ivres en permanence, ils seraient sans doute allés la chercher pour qu'elle aide à la maison.

– Comme ils buvaient, Connie pouvait agir à sa guise.

– Exactement.

– Et vous, Cheri ?

– Quoi ?

– Vous en profitiez aussi pour faire ce qui vous plaisait ?

– Seulement quand j'ai quitté la maison.

– À quel âge ?

– Ça remonte à longtemps, répondit-elle en baissant les yeux.

– C'est-à-dire ?

– J'étais jeune, j'avoue.

Je patientai et elle finit par ajouter :

– J'avais quinze ans.

– Vous avez fugué.

– Non, je suis partie et personne ne m'a retenue, dit-elle avec un sourire amer comme une endive. Ils ne se sont jamais donné la peine de signaler ma disparition.

– Cela vous a-t-il affectée ?

– Est-ce que je l'ai mal pris ? Pour ce que ça pouvait me faire ! Si on m'avait retrouvée, je me doutais que ça continuerait pareil.

– La violence de votre père quand il buvait.

– Oui, ça aussi. Mais c'est surtout qu'on se faisait chier. Il ne se passait jamais rien. Si je restais chez eux, j'avais peur que toute ma vie soit comme ça.

– En quittant la maison, il vous est arrivé un tas d'aventures.

Elle me regarda fixement.

– Des expériences, oui. Ce point jouera en ma défaveur ?

– Pourquoi donc ?

– La garce d'avocate qui représente ma sœur m'a traitée de « marginale ». Elle me prend pour une tarée. Je me contente de vivre ma vie comme je l'entends, sans faire de tort à personne. Je vous en supplie, ne me jugez pas juste pour ça ! Et puis, si on parlait du présent plutôt que du passé ? Le passé, c'est du passé, non ?

– Il faut tout de même que je vous pose quelques questions.

– Par exemple ?

– Y a-t-il eu des liens financiers entre vous et votre sœur ?

– C'est-à-dire ?

– Vous a-t-elle prêté de grosses sommes ?

– Parce qu'elle est riche et moi pas ?

– Parce que les histoires d'argent peuvent être compliquées.

– Pas pour moi. Ma vie me va très bien comme elle est. Si je rêvais d'être riche, je chercherais à le devenir. J'ai préféré avoir de l'amour et de la joie. Ma sœur a pris un autre chemin et voyez où ça l'a menée !

– Elle est seule.

– Seule, racornie et méchante comme une teigne ! Non pas qu'elle s'en plaigne, elle n'aime vraiment pas les gens. C'est pour ça qu'elle a choisi de bosser en laboratoire, elle préfère de loin ses microscopes aux patients. De toute manière, elle a toujours été comme ça, le boulot, rien que le boulot. Zéro ami, zéro fête, zéro amusement. Quand ma génie de sœur était plongée dans ses manuels, mieux valait ne pas mettre les pieds dans la chambre.

– Il n'y a donc pas de disputes d'argent entre vous.

Elle se tripota nerveusement les doigts.

– Ça m'est arrivé de lui emprunter de petites sommes,

mais j'ai toujours remboursé. Et voilà qu'elle cherche à me faire payer alors que je ne lui dois rien !

– Selon vous, qu'est-ce qui motive son action en justice ?

– La haine. La haine et la jalousie. J'ai toujours été la plus jolie, j'ai toujours eu beaucoup d'amis. Elle ne l'a jamais digéré.

– Pourquoi a-t-elle attendu maintenant pour saisir les tribunaux ?

– C'est à elle qu'il faut le demander !

– La requête a été déposée six mois après que vous lui avez repris Rambla. Engager un avocat et monter un dossier, cela demande du temps. Elle a dû entamer les démarches aussitôt après.

– Et alors ?

– Peut-être commençait-elle à se prendre pour la mère de Rambla.

– Je me fiche de ce qui peut passer par la tête de cette salope !

Je m'abstins de tout commentaire. Cheri Sykes tira sur sa natte.

– Pardon. Cette histoire me… Ma sœur cherche à me faire souffrir. Ça me ronge de l'intérieur. Elle veut m'achever. Mais bon… Oui, elle mijotait probablement son coup depuis le début, mais ce n'est pas par attachement à Rambla, docteur. Connie ne pense qu'à elle-même. Elle a cru qu'elle pourrait m'arracher le cœur et m'écorcher, mais je me défends et ça lui est insupportable. Elle s'imaginait que je me soumettrais, parce que ça se passait souvent comme ça quand on était petites.

– Connie était directive.

– Elle essayait et je me laissais faire. Puis je suis devenue moins bête en grandissant. Pour dire la vérité, ajouta-t-elle en se penchant en avant, je me suis enfuie aussi pour lui échapper.

– Pour ne plus être sous son emprise.

– Oui. Maintenant, elle s'imagine qu'avec son fric elle peut… me terroriser ! Avec sa connasse d'avocate m'as-tu-vu de Beverly Hills ! Mais petite Cheri ne s'est pas couchée devant sa grande sœur, petite Cheri s'est pris un avocat ! dit-elle en faisant claquer ses doigts. Bien fait pour sa gueule ! Je pourrais avoir quelque chose à boire ? À force de parler, j'ai la gorge toute sèche.

J'allai lui chercher un verre d'eau.

– Merci, docteur. Avez-vous autre chose à me demander ?

– Parlons des trois mois durant lesquels Connie s'est occupée de Rambla.

Sa mâchoire se crispa.

– Elle répète que c'était trois mois alors qu'elle l'a eue pendant quatre-vingt-huit jours.

– D'accord, Cheri. Racontez-moi comment cela s'est fait.

– J'avais peur que vous me posiez cette question. Quelle importance ça peut avoir ?

– Connie soutient que vous comptiez lui confier définitivement la garde de Rambla.

Elle posa violemment le verre.

– Quelle mytho !

– Comment la solution s'est-elle mise en place ?

– Ce n'était pas une solution vu que je n'ai rien demandé ! Un jour, j'étais en train de jouer avec Rambla et voilà Connie qui débarque à l'improviste. Toute gentille, pas du tout la Connie habituelle. Elle avait même des cadeaux, des habits pour Rambla et des couches. Comme si je n'étais pas fichue de prendre soin de ma fille. Les couches étaient trop grandes et de la mauvaise marque, mais j'ai tout de même dit merci parce que je suis comme ça, je vois toujours le côté positif des choses. Et pour être franche, docteur, j'étais bien dans ma peau et je n'avais aucune raison d'être désagréable.

– Connie faisait preuve de gentillesse.

– Pour une fois, elle donnait l'impression de s'intéresser

à moi. Elle m'a même sorti que j'étais une bonne mère, alors que sa connasse d'avocate prétend aujourd'hui le contraire ! Quand elle m'a demandé de prendre le bébé dans ses bras, j'ai accepté, bien évidemment. Alors qu'elle ne savait pas comment faire. Rambla s'est mise à pleurer et j'ai montré à Connie comment détendre les bras pour que la petite se sente en confiance. (Ses yeux noirs devinrent deux cailloux d'obsidienne.) Grave erreur. Il ne faut rien lâcher à ma sœur. Elle manigançait déjà son coup.

– Pour récupérer votre enfant.

– C'est évident ! Elle qui ne passait jamais, voilà qu'elle s'est soudain mise à nous rendre visite.

– À quelle fréquence ?

– Je ne sais pas, à peu près une fois par semaine. De toute façon, elle ne venait pas pour garder Rambla ou me donner un coup de main. Je n'en ai pas profité une seule fois, pas la moindre sortie. Je prends mes responsabilités au sérieux. Connie a aussi voulu me donner de l'argent.

– Voulu ? Vous n'avez pas accepté.

– Bien sûr que si, j'ai accepté ! Pourquoi refuser ? Des cadeaux, pas des prêts. C'est elle qui m'a proposé, jamais je ne lui demanderais quoi que ce soit. Devoir du fric à ma frangine, j'ai déjà donné. Les embrouilles financières, terminé. Mais comme elle insistait et qu'elle ne sait pas quoi faire de son argent, je me suis dit qu'après tout ça me servirait pour Rambla.

– Il y a donc eu une période où vous vous entendiez mieux avec Connie.

– Elle jouait la comédie, docteur. Une vraie hypocrite. Je suis d'un naturel confiant, c'est un peu mon problème, je ne reste pas assez sur mes gardes. Quand l'occasion s'est présentée de partir en tournée avec LM… c'est un groupe de rock, des potes à moi, Connie m'a dit : « Tu devrais accepter, t'éclater un peu. »

– LM.

– C'est l'abréviation de Lonesome Moan[1]. Ils jouent des reprises de Lynyrd Skynyrd, Stevie Ray Vaughan, Sir Douglas Quintet. Aussi des compos originales. On se connaît depuis des années. Ça m'arrive de chanter avec eux, de filer un coup de main aux percus, ce genre de trucs. Ils se produisent dans les clubs de la région, parfois jusqu'à Reno. Mais là, c'était la première fois qu'on les engageait pour une vraie tournée. Quinze jours en Arizona et au Nouveau-Mexique, une série de concerts dans des casinos de réserves indiennes. Ils m'ont proposé de les accompagner, comme chanteuse et assistante. Moi, je leur ai dit : « Je crois pas que ça va le faire, les gars. Je suis maman. » Mais Connie a insisté : « Accepte, Cheri ! Ça ne se refuse pas ! T'as besoin d'un break ! Je peux garder Rambla, pas de problème. » Je lui avais montré comment s'en occuper et ça se passait mieux avec elle. Malgré tout, je n'étais pas très chaude.

Elle croisa les jambes, reprit le verre et le vida d'un trait.

– Connie n'arrêtait pas de remettre ça sur le tapis, docteur. Elle me répétait que je ne devais pas m'en faire. Et puis… bon, autant jouer franc jeu : elle m'a donné un peu d'argent. Pour que je puisse m'amuser pendant la tournée. J'ai cru qu'elle le faisait par gentillesse, parce qu'elle voyait bien le mal que je me donnais avec Rambla et trouvait que je le méritais. Je comprends maintenant sa manœuvre. L'argent n'était qu'un piège pour m'éloigner et prendre ma place.

– Pendant quinze jours.

Les taches pâles réapparurent.

– La tournée s'est un peu prolongée. Les concerts marchaient fort, il y avait de nouveaux engagements, d'autres villes où se rendre. Mais j'appelais régulièrement. La plupart du temps, Connie ne répondait pas. Les rares fois où je l'ai eue, paraît-il que Rambla dormait. J'avais l'impression que

1. Littéralement : gémissement solitaire.

tout se passait bien. Je me suis dit que je pouvais rester une semaine de plus… puis une autre.

Les quinze jours annoncés étaient devenus quatre-vingt-huit. Je m'efforçai de garder une expression neutre, avec un succès mitigé : elle leva les mains en l'air, soupira et se mit à pleurer à grosses larmes.

– J'ai vraiment foiré grave, docteur… J'ai choisi de continuer la tournée en car, de m'accorder ce petit bonheur…

– Qu'est-ce qui vous a poussée à rentrer ?

Elle s'essuya les yeux avec un mouchoir.

– Je devrais vous répondre que c'est Rambla et rien d'autre, pour vous donner une bonne image de moi. C'est ce que Myron m'a conseillé, il m'a sorti des formules à mémoriser.

– Comme quoi ?

– L'angoisse de la séparation, l'instinct maternel… c'est vrai que ça jouait, forcément. Ma petite me manquait trop, c'est pour ça que j'appelais si souvent, mais Connie me répétait toujours la même chose : « Ne t'en fais pas, amuse-toi, ne passe pas à côté d'une telle occasion, ça pourrait ne jamais se représenter, ta fille va super-bien, elle t'aime toujours autant, elle se porte à merveille… » alors, je me disais que…

– Une autre raison a motivé votre retour.

Par trois fois, elle hocha lentement la tête. Je patientai et elle finit par lâcher :

– Je vous dis toute la vérité pour vous montrer que je suis honnête, que vous pouvez me croire.

– Bien.

– La raison, docteur, c'est que LM n'avait plus de concerts.

– La tournée a pris fin.

– Et on est tous rentrés.

5

Je posai quelques questions complémentaires à Cheri Sykes sur son enfant : langage, sommeil, appétit, motricité fine et globale. On se situait dans la norme.

– Rambla est merveilleuse.

– J'ai hâte de faire sa connaissance.

– Vous tenez à la voir ?

– Oui.

– Pourquoi ?

– Il me semble difficile d'émettre un avis sans l'avoir vue.

– Elle n'aime pas être séparée de moi.

– Vous serez présente, Cheri.

Elle eut un curieux sourire. Crispé, sceptique et vindicatif.

– C'est le vrai motif ? La connaître un peu mieux ?

– Tout à fait.

– Bon.

– Vous n'en êtes pas convaincue ?

– Si. C'est vous l'expert.

Elle glissa la main droite sous sa fesse, comme pour coincer ses doigts et les empêcher d'agir librement. Je gardai le silence.

– Parfait. Je vous l'amène quand vous voulez.

– En fait, je préfère passer chez vous.

Elle détourna le regard.

– Ça vous pose un problème, Cheri ?

– Non… okay, je vais être honnête : je suis sûre que

vous voulez nous voir ensemble pour vérifier si je suis une bonne mère.

– Je présuppose que vous l'êtes, Cheri.

– Ah bon ?

– Jusqu'ici, je n'ai rien entendu qui m'indiquerait le contraire.

– Ça ne va pas tarder. Avec Connie, ce sera un autre son de cloche !

– Je n'en doute pas.

– Vous me croyez quand je vous dis que c'est une folle et une menteuse ?

– Chaque chose en son temps, Cheri.

Elle accepta la date que je lui proposais.

– Faut-il que j'achète de nouveaux jouets ?

– Ceux que vous avez feront très bien l'affaire.

Elle prit l'air contrarié.

– Eh bien, pourvu que vous fassiez preuve d'intelligence ! Ne le prenez pas mal, je me doute que vous êtes intelligent, pour être médecin et expert auprès du tribunal. Je dois vous faire confiance.

La main droite fut libérée. Elle l'observa un instant, serra le poing et le posa sur son genou. Les tendons de son cou étaient raides comme des haubans. Ses yeux s'étrécirent.

– Après tout, ça ne peut qu'être positif, me rencontrer avec Rambla, voir à quel point elle m'est attachée. Faudra-t-il aussi que vous l'observiez avec Connie ?

– Sans doute pas.

– Il y a tout de même une petite possibilité ?

– C'est peu probable.

– Je ne veux pas laisser ma fille seule avec Connie. La dernière fois, elle ne voulait pas me la rendre.

– Le jour où vous êtes passée récupérer Rambla au laboratoire.

À nouveau le triple hochement de tête.

– Connie était complètement folle. J'ai cru qu'elle allait

me frapper. Elle brandissait les poings comme des serres, déterminée à s'emparer de ma fille. Heureusement que Winky était là, un pote à moi. Je lui ai confié Rambla et j'ai tenu tête à Connie.

Elle mima le geste, les poings serrés et le souffle court.

– Je lui ai lancé : « Essaye un peu ! Ce n'est plus comme quand on était petites, je te défoncerai la gueule ! » Elle ne savait pas quoi répondre, elle était dans tous ses états. Winky a installé Rambla dans la voiture… sur le siège bébé, je précise… et il a mis le contact. J'ai avancé d'un pas vers Connie et quand elle a reculé j'en ai profité pour détaler et on s'est tirés de là !

– Un moment éprouvant.

– Tout ça pour récupérer *ma* fille, vous imaginez ? Mais bon, j'ai cru que c'était réglé une bonne fois pour toutes. Six mois plus tard, voilà qu'un mec se présente à ma porte, soi-disant pour relever les compteurs, et il me remet une assignation en main propre. Vous voyez à qui je suis confrontée ? Une salope de sœur, menteuse et bourrée de fric, et une salope d'avocate qui ne vaut pas mieux ! Mais je sais que je peux compter sur vous, docteur. Quand devez-vous rencontrer Connie ?

– Bientôt.

– Vous refusez de me le dire ?

– Qu'est-ce qui pourrait justifier que je vous tienne au courant ?

– Rien… Si, en fait. Pour que je sache à quoi m'attendre, pour que je ne me réveille pas en pleine nuit avec le cœur qui bat la chamade et tant de pensées effrayantes qui m'empêchent de me rendormir !

– L'incertitude est pénible.

– C'est le plus dur, plus dur même que… Vous pouvez y faire quelque chose, docteur. Il ne dépend que de vous que ça se termine bien.

Nouveau sourire, charmant et séducteur. Je me levai.

– Je comprends que vous êtes tenu au silence, docteur. Mais j'ai bon espoir. Elle est comment, la juge ?

Une question à laquelle j'avais déjà répondu.

– C'est quelqu'un de bien, il me semble.

– J'espère ! Vous avez raison, docteur, entièrement raison : le pire, c'est l'incertitude. Enfin, perdre serait encore pire. Mais bon, je ne vais pas perdre. Myron m'assure qu'au plan juridique je devrais l'emporter.

Elle scruta mes traits, en quête d'une confirmation.

– Nous nous revoyons donc jeudi prochain, dis-je. Je serai ravi de rencontrer Rambla.

Elle se leva d'un bond.

– Oui. Bon, il faut que je rentre. Ma fille a besoin de moi.

– Qui la garde ?

– Mon pote Winky. Il n'a pas à s'en occuper, Rambla fait sa sieste. Mais je préfère être présente à son réveil, ce qui ne devrait pas tarder. Je ne veux pas qu'elle se demande où est passée sa maman. Rambla pleure dès qu'elle est séparée de moi.

Elle se précipita hors du cabinet, s'était envolée avant que je n'atteigne la porte d'entrée.

Le lendemain, j'appelai le laboratoire de Connie Sykes pour fixer un rendez-vous.

– Le docteur attendait votre appel, me dit la secrétaire. Je vais vous indiquer ses créneaux…

– Si je commençais par vous donner les miens ?

– Ah… c'est que le docteur a un emploi du temps très chargé.

– Sans aucun doute.

Je lui proposai deux horaires.

– Euh… ça me semble compliqué…

– Je n'ai que ça.

– Ça risque d'être problématique…

– Rappelez-moi pour me dire quel jour a sa préférence.

– Patientez un instant, s'il vous plaît…

Après quarante secondes de silence, la même voix revint au bout du fil, adoucie mais un rien crispée.

– Le Dr Sykes dit que le plus tôt sera le mieux. Va pour demain.

– Parfait.

– Je vous souhaite une bonne journée, docteur.

Le ton glacial en disait long sur la sincérité du propos.

Le lendemain matin, on sonna à ma porte dix minutes plus tôt que prévu. J'eus la surprise de découvrir deux femmes sur le seuil. Une quadragénaire de taille moyenne, blonde au visage carré, coiffure à vagues passée de mode depuis quelques décennies. Vraisemblablement le Dr Connie Sykes ; même ossature de visage que sa sœur, sans les marques d'une vie dissipée. Tailleur-pantalon lie-de-vin et mocassins en daim assortis, lunettes à monture dorée, mallette en veau se balançant au bout d'une main sans bijoux ni vernis. Le pied droit tapotait nerveusement le sol. L'autre femme se tenait légèrement en avant et esquissa un pas vers moi. Dans les vingt-huit, trente ans, brunette d'un mètre cinquante, taille svelte, poitrine fière et jambes musclées, le tout mis en valeur par une robe courte sans manches en maille blanche et des sandales à talons aiguilles en peau de serpent émeraude. Magnifiques perles sauvages autour d'un cou gracieux. Longs cheveux soyeux et foncés, élégamment coupés. Bel assortiment de bracelets aux poignets, montre Patek Philippe à diamants. L'étincelant de la dentition ne déparait pas le bling-bling de l'ensemble. Deux voitures étaient garées à côté du pick-up de Robin, une berline Lexus coloris vanille et une Mercedes noire décapotable.

– Docteur Sykes ? dis-je.

– En tant que principale avocate de l'équipe juridique du docteur Sykes, dit la brunette, j'assiste au rendez-vous.

Elle brandit sa carte. Medea L. Wright, avocate.

– Le rendez-vous ne concerne que Mme Sykes, maître.

Les ravissants yeux bleus de Wright marquèrent de l'hésitation, puis se durcirent.

– Navrée, docteur, mais il ne peut pas en être autrement. Cet entretien a lieu dans le cadre d'une procédure judiciaire et je suis là en qualité de conseil.

Je portai le regard vers sa cliente. Connie Sykes observait les pins, sycomores et séquoias en bordure de l'allée.

– Désolé, maître.

– C'est inadmissible ! s'insurgea Medea Wright.

– Vous pouvez entrer, docteur. Sinon, c'en est terminé pour aujourd'hui et je verrai avec le tribunal pour la suite.

Connie Sykes plissa le front, les yeux toujours fixés sur les arbres. Medea Wright s'avança d'un pas, empiétant sur mon espace vital. Il ne manquait qu'un peu de musique et nous aurions pu danser le tango. Je perçus l'odeur de son fond de teint, à laquelle se mêlait un parfum fleuri. Un relent âcre vint s'y ajouter, de la sueur imprégnée d'adrénaline. Elle secoua la tête avec exaspération.

– Visiblement, docteur, il est nécessaire que je vous éclaire.

– À quel sujet ?

– La procédure judiciaire. L'objectivité et la parité, pour commencer.

– La parité entre qui et qui ?

Cette question l'enchanta, occasion pour elle de prendre l'initiative.

– Vous avez parlé à Me Ballister et me devez donc la pareille.

– Je n'ai jamais adressé un mot à Me Ballister.

– Il prétend le contraire.

– Alors il ment.

– Vraiment ? pouffa-t-elle.

Je consultai ma montre. Geste qui incita peut-être Connie

Sykes à tourner la tête. Elle me fit face. Regard marron, imperturbable et blasé.

– Medea, jugez-vous vraiment opportun de l'indisposer d'entrée de jeu ?

– Le Dr Delaware nous a été présenté comme un professionnel objectif, mais si les faits devaient le démentir…

– Peu importe, Medea. J'ai envie qu'on en finisse avec cette comédie.

– Connie…

– Vos préoccupations juridiques, Medea, j'en assume l'entière responsabilité. Allez, j'ai moins de temps à perdre que vous deux !

L'avocate grimaça légèrement.

– Dois-je comprendre que vous affirmez, docteur, n'avoir eu aucun contact quel qu'il soit avec Myron Ballister ? Vous le certifiez, qu'il s'agisse d'un appel téléphonique ou d'une rencontre *de visu* ?

À mon tour de sourire.

– J'ai déjà répondu à cette question.

Connie Sykes avança, sa sacoche fendant l'air. Elle passa devant son avocate et pénétra à l'intérieur. Aucune odeur dans son sillage. Alors que chez Wright l'adrénaline avait pris le dessus. Comme pour corriger sa posture crispée, l'avocate se déhancha et posa deux doigts à la manucure impeccable sur mon poignet. Torride à souhait.

– Je regrette si mes paroles ont pu vous paraître agressives, docteur. Dès lors que Ballister n'a pas cherché à mettre son grain de sel, il n'y a aucune raison de…

Elle se tut. Connie Sykes attendait au centre de mon salon, dos tourné.

– Vous pouvez patienter à l'intérieur, maître, pendant que le docteur Sykes et moi-même nous entretenons dans mon bureau.

– Non, je dois y aller. Vous n'imaginez pas la quantité

de choses que j'ai à faire. Je vous laisse vous débrouiller seule, Connie ! Bonne journée, docteur.

C'était la deuxième fois en l'espace de vingt-quatre heures que l'on me sortait cette formule tout sauf sincère. Cela tournait à la malédiction.

6

Je précédai Connie Sykes. Elle me dépassa à longues enjambées et continua sur sa lancée, telle une locomotive, alors que je m'étais arrêté devant mon bureau. Elle finit par pivoter et revint sur ses pas sans la moindre trace de gêne. Je lui tins la porte. Elle entra, l'air de connaître parfaitement les lieux, choisit la place précise sur le canapé en cuir où s'était assise sa sœur et garda les genoux serrés. Visage de marbre, aucun tic révélateur, yeux marron figés comme ceux d'une bête empaillée. Mais elle commença à se tripoter les mains, comme l'avait fait Cheri, tandis que je brassais délibérément des papiers. Elle aussi se toucha les cheveux. Faute d'une natte avec laquelle jouer, un pouce recourbé caressa le bas d'une ample vague.

– Ce petit contretemps avec Medea est regrettable, dit-elle. J'ose espérer que vous ne me tiendrez pas rigueur de son ton péremptoire.

– N'ayez crainte.

– Facile à dire ! J'aurais beaucoup à perdre si Medea échouait. Je lui ai déjà versé une petite fortune et elle refuse de me garantir le moindre résultat. De vrais filous, ces avocats ! Nous autres soignants sommes d'une autre trempe.

S'il s'agissait bien d'une tentative pour établir une complicité, aucune cordialité ne l'appuyait. Elle avait un curieux débit d'automate, sec et précis. Comme je restais muet, elle esquissa ce qui aurait pu être un sourire si ses lèvres avaient accepté de jouer le jeu.

– Vous pensez que je devrais me séparer d'elle ?

– Il ne m'appartient pas d'émettre un avis sur la question.

– Bien entendu. Vous n'êtes qu'un Salomon titulaire d'un doctorat, soucieux de partager le bébé en versant le moins de sang possible.

– Expliquez-moi pourquoi vous avez saisi la justice, docteur.

– Pourquoi ?

Comme si ma question était absurde.

– Parce que j'en avais le devoir, question de principe.

– Quels principes ?

– Un enfant a droit à la meilleure éducation possible, j'ai un devoir envers cette petite fille. Vous avez rencontré ma sœur.

Je me gardai de tout commentaire.

– Je sais, vous êtes tenu à la discrétion.

Connie Sykes ouvrit sa mallette, mais la laissa par terre.

– À vous de poser les questions et à moi d'y répondre ? dit-elle. Parfait. Mais inutile de faire des mystères. Je sais que vous avez vu ma sœur, Medea me l'a confié. Cela dit, elle était convaincue que vous aviez parlé à son avocat minable, ce Ballister. Peu importe, même si vous n'aviez pas rencontré ma sœur, vous avez dû lire les documents que nous vous avons transmis et comprendre ce qui me préoccupe.

– À savoir ?

– Nous y voilà, la riposte classique du psychiatre ! Répondre à une question par une question. J'ai appris ces techniques quand j'ai fait un stage en psychiatrie pendant mes études de médecine. Cela porte un nom, si je me souviens bien… l'entretien directif avec le patient ? Pas ma tasse de thé, la psychiatrie, dit-elle en croisant les jambes. Trop ambigu. Ça relève plus du chamanisme que de la science. Je me suis laissé dire que les psychologues s'attachent davantage aux données objectives.

– Qu'est-ce qui vous préoccupe chez votre sœur ?

– Elle est totalement irrationnelle. Un aspect primordial de son profil psychoaffectif. Je vous laisse le soin de poser un diagnostic précis. Un autre aspect vous a peut-être échappé, ma sœur est d'une moralité douteuse comme on disait autrefois, du temps où la morale avait encore son importance et où l'on ne collait pas un nom de syndrome sur chaque vice. Vous souhaitez que je sois plus précise ? Elle résiste mal à ses pulsions. Quand s'y ajoute un Q.I. plutôt faible, le résultat est loin d'être salutaire. Au final, elle est incapable de s'assumer, financièrement et psychologiquement, sans parler d'assumer un enfant.

Elle retira ses lunettes et les agita en les tenant par une branche.

– J'en viens au coup de grâce : des années de toxicomanie et un parcours de délinquante.

– Quelle substance prend-elle ?

– J'ignore laquelle a sa préférence actuellement, mais je peux vous dire qu'au fil des ans elle m'a avoué avoir essayé divers opiacés, la cocaïne, les amphétamines, les hallucinogènes et ainsi de suite. Sans compter une consommation d'alcool bien trop excessive. Naturellement, aujourd'hui, elle nie tout en bloc. À votre place, dit-elle en enroulant une mèche autour de son index, j'exigerais un test capillaire, qu'on soit fixés une bonne fois pour toutes.

– Mis à part trois infractions mineures, a-t-elle un casier ?

– Ah… vous êtes donc au courant. Trois infractions, cela ne suffit-il plus à établir l'inaptitude de nos jours ? Ne me dites pas que l'on est tombé si bas… En tant qu'expert des tribunaux, vous savez sans doute que pour chaque délit donnant lieu à une condamnation, on estime que le coupable en a commis cinq ou six autres impunément. Ce sont les chiffres du FBI.

– Vous vous êtes soigneusement renseignée.

– N'y va-t-il pas de mon devoir, dans l'intérêt de l'enfant ?

Avant que je puisse réagir, elle repartit à la charge.

– Je souhaite maintenant vous fournir davantage d'éléments sur le profil psychiatrique de ma sœur.

« Ma sœur », « l'enfant ». Dans l'univers de Connie Sykes, on ne s'embêtait pas avec les prénoms. Au début d'une expertise, je veille à garder l'esprit ouvert. Certaines impressions se forment malgré tout et les faits viennent le plus souvent les conforter. Après seulement quelques instants en compagnie de Connie Sykes, avec son regard inerte et sa voix de robot, il me vint malgré moi l'image d'une laborantine penchée sur son microscope, occupée à étudier un échantillon sur une lamelle.

– Je vous écoute, dis-je.

– D'abord, elle fait preuve d'une dépendance affective pathologique. Une attirance immature pour un entourage peu recommandable.

– De mauvaises fréquentations.

– Elle fraye avec des minables, des garçons dégénérés et d'une moralité non moins douteuse que la sienne. Plus spécifiquement, deux individus méritent notre plus grande vigilance. L'un ou l'autre pourrait bien être le père de l'enfant.

Elle sortit une chemise cartonnée de la mallette et la posa sur ses genoux.

– Commençons par un personnage équivoque du nom de William J. Melandrano, dit Winky[1]. J'ignore l'origine du sobriquet, mais j'ai mon hypothèse, sachant que l'individu en question présente des troubles manifestes de l'attention. Ensuite, nous avons le sieur Bernard V. Chamberlain, surnom Boris.

Elle eut un rire grinçant.

– Vous pensez que l'un d'eux est le père de Rambla.

1. *To wink* signifie cligner de l'œil.

– Ni l'un ni l'autre n'est disposé à reconnaître sa paternité et ma sœur refuse de s'exprimer sur le sujet, mais elle a eu des relations par le passé avec ces deux hommes. À la même période, ce qui en dit long.

– Comment êtes-vous au courant ?

– Je les ai vus en sa compagnie, les gestes qu'ils se permettent. Ma sœur adore être le centre d'attention.

– Cheri refuse de dévoiler qui est le père.

– Une preuve supplémentaire de son immoralité. Tout enfant n'a-t-il pas le droit de savoir qui est son père ? Un facteur essentiel pour son développement normal, non ?

– Ces deux individus ont une mauvaise influence, mais il faut que Rambla sache lequel est son père, selon vous.

– Ce qui lui permettrait tout du moins de s'en méfier.

– Comment avez-vous fait la connaissance de Melandrano et de Chamberlain ?

– Ma sœur me les a présentés. Elle a insisté pour que je vienne les écouter. Ça se prétend musicien ! lâcha-t-elle avec dédain. Ils ont un groupe, un bien grand mot ! Et attendez que je vous dise le nom : Lonesome Moan ! Les seuls qui gémissent, ce sont les pauvres spectateurs agressés par leur cacophonie !

– Pas des virtuoses.

– Quel supplice ! dit-elle en se couvrant les oreilles. Tout est à l'avenant, ma sœur baigne dans un environnement des plus répugnants. Depuis toujours, elle n'a cessé de faire des choix qui l'ont privée des nutriments matériels et psychologiques indispensables aux honnêtes gens. Et voilà qu'elle commet l'erreur suprême d'avoir un bébé en dehors des liens du mariage. Je ne peux accepter, en conscience, que son enfant supporte le poids de ses fautes.

– Vous pensez qu'elle présente un danger pour Rambla.

Une perche tendue pour qu'elle appelle la petite fille par son prénom.

– Je ne *pense* pas, je *sais*. Contrairement à vous, à la juge et aux avocats, qui êtes tous raisonnablement intelligents et, j'espère, bien intentionnés, je suis la seule à pouvoir m'appuyer sur des données exhaustives qui brossent un tableau complet.

Son pied tapota la mallette.

– Les années de vie commune avec votre sœur.

– Pourquoi faut-il que vous reformuliez tout ce que je dis ? Nous sommes ici pour établir les faits, pas pour mener une psychothérapie !

– Qu'y a-t-il dans votre mallette ?

– La chronique de ma vie avec ma sœur. Vous permettez que je vous livre un résumé ?

– Je vous en prie.

– J'avais presque huit ans quand elle est née. Il est vite apparu qu'elle n'avait pas les mêmes capacités intellectuelles que Connor et moi.

– Elle avait moins de facilités.

– Ma remarque vous semble sans doute peu charitable, mais les faits en attestent. J'ai toujours eu d'excellentes notes, j'aurais mérité de terminer major de ma promotion au lycée, sauf qu'il me manquait quelques points en « participation à la vie scolaire », une vraie fumisterie. J'ai décroché une bourse intégrale à Occidental College où j'ai obtenu mon diplôme avec mention très bien et les félicitations du jury en chimie. J'ai ensuite fait médecine à UC San Francisco, où j'ai également accompli mon internat et suivi une spécialisation en pathologie.

Vous avez donc eu un excellent parcours scolaire.

– Tout à fait. Après avoir travaillé un temps à l'hôpital Harbor, j'ai occupé un poste à responsabilité dans un laboratoire privé. J'ai fondé mon propre laboratoire il y a dix ans, avec un succès immédiat qui ne s'est jamais démenti. Nous sommes aujourd'hui spécialisés dans le dépistage des maladies tropicales rares, ainsi que certains déficits immunitaires, dont le VIH, mais pas seulement. Les patients me sont adressés par des médecins et des cliniques privées, ainsi que plusieurs établissements publics, et je jouis d'une réputation irréprochable en matière de confidentialité. Depuis que je travaille, j'ai toujours touché un salaire à six chiffres, j'ai su placer mon argent intelligemment et j'ai un train de vie confortable, étant notamment propriétaire d'une maison de trois cent vingt-cinq mètres carrés à Westwood. Je suis en mesure de pourvoir à tous les désirs d'un enfant, ce dont ma sœur était parfaitement consciente quand elle m'a abandonné le sien pendant trois mois alors qu'elle-même batifolait aux quatre coins du pays avec Melandrano et Chamberlain, et je préfère ne pas connaître les détails. C'est seulement à son retour, en proie à un vague semblant de remords maternel, qu'elle s'est ravisée et a fait des histoires.

Elle remit ses lunettes, se cala dans le canapé. Ce long laïus devait m'inciter à demander des précisions quant aux « histoires ».

– Parlez-moi de votre frère, dis-je.

– Connor était lui aussi bon élève. Sans atteindre mon niveau, il obtenait des résultats honorables. Il a étudié la comptabilité à Cal State North Ridge, diplômé avec mention… je ne sais plus laquelle. Ma sœur n'était pas présente à la cérémonie, il faut croire qu'elle avait mieux, ou pire, à faire. Quoi qu'il en soit, Connor a toujours été un garçon sérieux.

– Il est comptable ?

– Bien mieux que ça, docteur : il dirige une start-up à Palo Alto. Une très belle réussite. Voilà, vous voyez.

– Il y a vous et Connor. Et il y a Cheri.

– Elle ne nous arrivait pas à la cheville et je suis sûre que la disparité l'affectait. D'ailleurs, elle a fugué à *quinze* ans. L'a-t-elle évoqué ?

– Qu'est-ce qui l'a poussée à s'enfuir ?

– C'est à elle qu'il faut poser la question, dit Connie avec un sourire rusé. Si ce n'est déjà fait. Ne vous imaginez pas que je vais tomber dans ce piège, docteur. N'attendez pas que je colporte des allégations infondées, des rumeurs et des insinuations. Tout ce que je vous dis repose sur des faits, vous pouvez me croire. Pourquoi a-t-elle fugué ? Elle était malheureuse, à l'évidence.

– Dans le cadre familial.

– Une famille tout à fait convenable. Si ma sœur ne s'y trouvait pas à sa place, c'est triste pour elle. Mais ce n'est pas à son enfant d'en subir les conséquences.

– Parlez-moi de vos parents.

– Des gens bien. Travailleurs.

– Quel métier ?

– Mon père était routier, ma mère comptable.

– Tout le monde s'entendait.

– On vous a raconté le contraire ? demanda-t-elle en plissant les paupières.

– Quels souvenirs gardez-vous de la vie en famille ?

Elle serra fort les bras contre sa poitrine, écarta la mallette du pied.

– Bon. Cela n'excuse en rien *son* comportement. Nous étions trois enfants et elle seule est une dépravée.

– Qu'est-ce qui n'excuse rien ?

– L'alcool. Nos deux parents buvaient. Jamais la journée, cela ne nuisait pas à leur travail. Ils se sont très bien occupés de nous toute notre enfance. Il y avait toujours à manger, du linge propre, une maison ordonnée. Ma mère était une parfaite ménagère. À l'époque, ces valeurs avaient encore un sens.

– Ils buvaient de façon occasionnelle.

– Le soir, après une longue et épuisante journée de travail. Oui, ils buvaient de façon excessive. Non, cela n'excuse en rien les choix qu'*elle* a faits dans sa vie. J'ai grandi dans le même environnement et je ne bois pas une goutte d'alcool. Quant à Connor, je l'ai toujours vu se limiter à une seule bière, voire un cocktail ou un verre de vin. Il le souligne expressément quand un serveur insiste pour qu'il reprenne quelque chose : « Je me limite toujours à un seul verre ! » Ma sœur n'a pas à fuir ses responsabilités en racontant que c'est la faute de nos parents !

– Leur comportement changeait quand ils avaient bu ?

– Pas vraiment.

Je restai silencieux.

– Je vous dis, docteur, qu'il n'y avait pas de changement radical.

– Que se passait-il ?

– Elle s'endormait. Lui aussi. Sauf les rares fois où cela influait sur son humeur, ajouta-t-elle en jouant avec une mèche. De toute façon, cela n'a aucun rapport avec la question qui nous occupe : ma sœur est-elle oui ou non apte à être mère ?

J'imaginai Connie Sykes faisant ses devoirs à son bureau, redoutant chaque soir de voir ses manuels réduits en charpie. J'avais moi-même connu pire et comprenais que l'on puisse garder tout ça enfoui. Si elle n'avait pas cherché à s'emparer du bébé de sa sœur, elle n'aurait pas été confrontée à son passé. Mais à qui la faute ?

– L'humeur de votre père changeait quand il avait bu.

– Comme chez n'importe qui, non ? Bon, d'accord, il devenait parfois un peu… renfrogné. Mais jamais violent, quoi qu'on ait pu vous dire.

– Il ne maltraitait jamais ses enfants.

– Pas une seule fois. Elle vous a raconté ça ?

– Malgré tout, l'imprévisibilité peut être angoissante pour un enfant.

– Ce n'était pas imprévisible, docteur. Quand il buvait, on savait qu'une saute d'humeur pouvait survenir.

Elle me gratifia d'un sourire très avenant. Cette fois, les lèvres coopérèrent.

– D'ailleurs, poursuivit-elle, cette question a éveillé mon intérêt, la fréquence précise des sautes d'humeur. J'ai adopté une approche scientifique, j'ai pris des notes, je suis parvenue à un résultat. Il se renfrognait trente-deux virgule cinq fois sur cent.

– En gros, un tiers du temps.

– Restons précis, docteur. Trente-deux virgule cinq fois sur cent. J'ai collecté les données méticuleusement, je les ai épluchées pour tenter d'y repérer des tendances, en fonction du jour ou de l'heure ou d'une autre variable. Je n'ai rien trouvé et je crois que c'est là que j'ai décidé de me vouer à la biologie moléculaire pour m'épargner le flou du comportement humain. Ainsi, comme vous pouvez le constater, mon père m'a rendu un fier service. Je lui suis très reconnaissante de m'avoir orientée vers une carrière qui s'est révélée fort gratifiante.

– À quelque chose malheur est bon.

– Convenez, docteur, que le contraste est saisissant avec ma sœur. Ce sont toujours les autres qui sont responsables de ses manquements. Il est heureux que le sujet ait été abordé, vous percevez ainsi la différence entre ma sœur et moi : je fais face à la réalité tandis qu'elle la fuit. Eh bien, cette fois, elle ne va pas s'en tirer à si bon compte, n'est-ce pas ? Bon, puis-je clarifier autre chose ?

– Inutile.

Elle cilla. Sourit.

– Je vous ai fourni davantage d'éléments que vous ne vous y attendiez ? Parfait. Et voici une présentation détaillée du contexte que je viens de vous résumer. Prenez votre temps, lisez-la attentivement, informez-vous en profondeur.

Un classeur noir fut sorti de la mallette. Elle le posa sur mon bureau, à côté de mon agenda. L'aligna soigneusement avec le bord du meuble.

– L'heure que nous venons de passer ensemble a été très profitable, docteur. Bonne journée.

7

Étape suivante, une visite au domicile de Cheri Sykes. Elle louait un studio de quarante-cinq mètres carrés près du carrefour entre Hollywood et Western. Petit immeuble assez miteux, quartier excentré. Elle m'attendait sur le seuil, m'invita à pénétrer à l'intérieur d'un ample geste. Elle avait fait le ménage, comme en témoignait l'odeur de détergent. Le rangement n'avait pas dû lui prendre beaucoup de temps. L'espace exigu était entièrement occupé par un clic-clac, agrémenté d'un drap blanc et de deux coussins en batik qui semblaient neufs, un lit de bébé et une causeuse au tweed élimé. À cheval entre la kitchenette et la pièce principale, une table pliante deux places. Un aspirateur reposait contre le mini-réfrigérateur, une chaise haute devant l'évier. Au sol, des jouets soigneusement empilés. Dans un placard à la porte entrouverte, j'aperçus des paquets de couches, des petits pots, des biscuits de dentition et du jus de pomme bio, ainsi qu'une poussette pliée.

– On se croirait à la crèche ! bredouilla Cheri.

Vibrato prononcé dans la voix, digne d'un orgue Hammond. Elle portait dans ses bras une petite fille qui bâilla.

– Rambla dormait ou bien c'est l'heure de sa sieste ? demandai-je.

– Elle vient de la faire. Elle se réveille toujours en douceur, sans pleurer. Des fois, j'ouvre les yeux le matin et elle est déjà debout dans son lit, en train de m'observer. J'aime bien la prendre dans mes bras un moment, lui laisser le temps de s'épanouir comme une fleur.

Elle caressa les boucles foncées. Le visage poupin m'était en partie visible, coloré par le sommeil et légèrement en sueur. La petite fille portait un pyjama rose à motifs de chats, de chapeaux de clown et de ballons. Collée à sa mère, elle avait les traits comprimés et les lèvres contractées en bouton de rose. Je me livrai à une première appréciation. Jolie, taille moyenne, bien nourrie, détendue. Elle poussa un soupir qui souleva son petit torse. Une menotte toucha une joue maternelle. Cheri déposa un bisou sur les doigts. Rambla gardait les yeux fermés.

– Voici mon petit cœur, dit Cheri.

Je pris place sur la causeuse et Cheri Sykes s'assit au bord du clic-clac, sa fille toujours lovée contre elle. La respiration de l'enfant s'accéléra, puis s'apaisa comme elle replongeait dans le sommeil.

– On dirait qu'elle n'a pas terminé sa sieste ! dit Cheri. Rambla est une grosse dormeuse. Elle faisait ses nuits à deux mois.

– Parfait. Avez-vous remarqué un changement après l'avoir confiée à votre sœur ?

– Est-ce que ça l'a perturbée, vous voulez dire ? J'aimerais pouvoir vous répondre que oui, mais honnêtement, non. Quand je suis venue la chercher, elle était folle de joie, elle s'est jetée dans mes bras. Je me demandais comment allaient se passer les retrouvailles, si elle ne m'avait pas oubliée. Pas du tout.

– L'attachement était intact.

– Oui… Enfin, pas tout à fait, dit-elle en regardant le plafond. Elle était un peu chose, elle détournait la tête quand je voulais lui faire des bisous. Mais ça n'a pas duré longtemps, même pas une journée. Ensuite, j'ai retrouvé ma Rambla.

Medea Wright s'en servirait probablement pour établir

que sa cliente avait été une bonne mère de substitution. Si Myron Ballister avait un peu de métier, il riposterait que c'était la preuve des liens solides entre Cheri et sa fille. Je me contentai d'en prendre note, l'interprétation viendrait plus tard.

– Il faut que je vous dise un truc, docteur, bafouilla-t-elle en se mordillant la lèvre, sinon vous allez me prendre pour une folle ou une sadique. C'était une connerie de partir, de laisser ma fille si longtemps. Mais Connie me répétait sans cesse que tout se passait à merveille. Et puis… c'était la première fois qu'on s'entendait bien, ma sœur et moi. Vous comprenez ? J'étais contente. Pas seulement d'avoir une solution pour Rambla, qu'entre Connie et moi ça se passe mieux. Enfin…

– Vous aviez le sentiment que Rambla vous rapprochait.

– J'espérais, en tout cas. On n'a jamais… ma sœur m'a toujours fait sentir que j'étais bête. Je sais bien qu'elle est plus intelligente que moi. J'aurais dû travailler à l'école, mais j'avais des difficultés en lecture et en calcul, partout. J'avais vraiment du mal. Je faisais de mon mieux, c'était dur. Quand même, ma sœur n'avait pas à me rabaisser.

Ses yeux s'emplirent de larmes. Elle se mit à bercer sa fille. Une main miniature attrapa la natte.

– Elle adore jouer avec mes cheveux. Ça doit la sécuriser, non ?

– Tout à fait.

– Mais bon…

– Vous espériez vous rapprocher de Connie.

– Oui, parce qu'elle se comportait différemment. Je sais maintenant qu'elle jouait la comédie, mais comment j'aurais pu m'en douter ? Je fais toujours confiance.

– En quoi était-elle différente ?

– Elle faisait attention à moi, docteur. On avait des conversations d'adultes, comme des sœurs normales. Alors, quand elle a proposé de garder Rambla… à force de l'entendre me répéter au téléphone que tout se passait à merveille, que j'avais bien droit à un petit break, qu'il n'y avait aucune raison de me priver... j'avais l'impression, pour la première fois de ma vie, d'avoir droit à son estime.

– C'était prometteur.

– Je ne dis pas que ça excuse quoi que ce soit, jamais je n'aurais dû laisser mon petit cœur aussi longtemps. J'avoue, je n'ai pas été entièrement honnête avec vous. Rambla ne m'a pas sauté dans les bras. Au début, elle avait l'air effrayée et j'en ai eu la gorge toute nouée, j'ai compris que j'avais vraiment foiré. Je me suis traitée de tous les noms, j'avais enfin quelque chose de précieux dans ma vie et je trouvais le moyen de le gâcher ! En fait, Rambla ne m'a pas vraiment rejetée, elle était juste timide. Très vite, elle a fondu et elle s'est blottie contre moi, comme là. Elle a attrapé ma natte, comme maintenant. Fallait simplement que la flamme se rallume, une fois que c'était reparti, c'était bon. Je t'aime si fort, mon ange ! Je t'aime ! Je t'aime ! Je t'aime !

Cheri Sykes contempla sa fille et lui fit un bisou. Rambla se tortilla, ouvrit les yeux et posa un regard endormi sur sa mère. Elle geignit et se cramponna à elle dès qu'elle remarqua ma présence. Attachement normal, angoisse de la séparation prévisible chez un enfant de cet âge.

– D'habitude, je lui donne un petit en-cas quand elle se lève.

– Bonne idée.

Je me contentai d'observer, le plus effacé possible. Cheri prit une banane et un biscuit, commentant le moindre de ses gestes.

– Rien que du bio, docteur. Des produits sans colorants ni additifs.

Au bout d'un moment, Rambla s'intéressa à moi. Plusieurs regards furtifs dans ma direction. Je lui souris. Elle se cacha, mais sourit à son tour au quatrième coup d'œil.

Je me levai, m'approchai et me penchai, tout près de son visage. Elle cria et se blottit contre sa mère. Je reculai.

– N'aie pas peur, ma chérie. Désolée, docteur. Elle n'est pas bien réveillée.

Une fois de plus, rien que de très normal et attendu.

Rambla se calma, mais évita soigneusement mon regard. Quelques instants plus tard, elle voulut bien s'intéresser au dessin que j'avais rapidement croqué – un visage souriant, couleurs vives. La fillette s'illumina, s'empara de la feuille, la froissa et la jeta par terre avec un rire espiègle. Je restai dix minutes à côté de sa chaise haute, à jouer avec elle. Quand je me redressai, elle me fit au revoir de la main. Je lui envoyai une bise et elle m'imita.

– Bye bye ! lançai-je.

– Bah bah !

Une menotte potelée se plaqua sur la bouche, fendit l'air énergiquement. Je me dirigeai vers la porte d'entrée.

– Que fait-on maintenant ? s'enquit Cheri.

– Rien. Ça me suffit.

Je lui serrai la main et m'en allai.

Le soir même, mon rapport était prêt. Jamais je n'avais rédigé expertise plus succincte. La première phrase plantait le décor : « Il est demandé au tribunal si cette petite fille âgée de quinze mois, bien portante et au comportement normal, doit être retirée à sa mère biologique pour être confiée à sa tante maternelle. » Et je concluais par mon avis : « Rien ne semble justifier, tant au plan psychologique que juridique, une modification de la situation de l'enfant. Ainsi, nous recommandons fermement que soit rejetée la requête de Constance Sykes. » Quelques paragraphes de remplissage entre les deux, des observations de bon sens à la portée du premier venu, car je suis payé pour être pédagogue. La juge Nancy Maestro n'avait plus qu'à trancher.

Une semaine plus tard, je rentrai d'un footing et découvris Connie Sykes installée sur la terrasse à l'avant de la maison, dans l'un des fauteuils en osier que Robin et moi y avons disposés pour les matins où l'envie nous prend d'admirer le lever de soleil. Il faisait assez chaud, mon débardeur et mon short dégoulinaient de sueur.

– Jolie musculature, docteur.

– Que puis-je faire pour vous, Connie ?

– Je suis anéantie, forcément.

– J'en suis désolé.

– Je comprends.

Son ton était nettement plus doux que lors de notre première rencontre, mais elle conservait cette voix hachée d'automate, comme si chaque mot devait être soupesé au préalable.

– Je savais dès le départ que c'était loin d'être gagné. Vous permettez que j'entre ?

Je marquai une hésitation.

– Un peu de soutien me ferait du bien. Vous êtes psychologue, après tout. Ce ne sera pas très long, j'ai simplement besoin… de surmonter ma déception. D'évoquer d'autres plans. J'envisage l'adoption.

– Vous y aviez déjà songé avant ?

Elle fut prise d'un haut-le-corps.

– S'il vous plaît, il faut vraiment que je vous parle. Ce sera bref, je vous paierai le prix d'une séance normale.

– Pas besoin. Entrez.

Cette fois-ci, elle ne me passa pas devant. Elle choisit une place différente sur le canapé, posa son sac en cuir à droite et croisa les mains sur ses genoux.

– Je vous écoute.

Elle sourit.

– Je me dis que les choses arrivent parce qu'elles le doivent. Malgré tout, je ne suis pas très optimiste pour cette pauvre enfant.

– Rambla.

– Je vous assure qu'elle est en danger, docteur. Quoi que vous et le tribunal puissiez en penser. Je doute même d'avoir su en convaincre ma propre avocate. Je dispose pourtant de facultés analytiques hors du commun, depuis toujours. Je perçois des choses, je sens ce qui échappe aux autres gens.

Plus aucune douceur dans la voix. Du changement aussi dans le regard, comme un frémissement… d'irrationalité ?

– Vous envisagez donc d'adopter, dis-je.

Elle partit d'un éclat de rire.

– Pourquoi irais-je faire une bêtise pareille ? Vous croyez que je vais prendre le risque de me retrouver avec un gamin aux gènes médiocres ? Pas question. J'ai juste dit ça… pour rompre la glace, mettons. Histoire d'engager la conversation et de vous mettre en confiance, pour que vous me laissiez entrer. C'est votre technique, non ? Inspirer confiance. Vous m'avez bien enfumée ! Je repars convaincue d'avoir été comprise et voilà que vous rédigez un avis qui m'est entièrement défavorable. Bravo pour l'éthique, docteur !

– Connie…

– Docteur, s'il vous plaît ! me coupa-t-elle. Si vous avez droit au titre, moi aussi. Compris ? C'est bien la moindre des choses ! J'ai le droit que vous me respectiez.

– Bien entendu, dis-je sans la quitter des yeux. Docteur, je n'ai jamais…

– Jamais ! Jamais ! Jamais ! Vous n'avez que ce mot-là à la bouche ! Par votre faute, cette enfant n'aura *jamais* droit à la vie qu'elle mérite.

Elle défroissa son pantalon de gabardine noire, tendit la main droite et caressa le beau cuir ambré de son sac.

– Je ne vais pas vous tuer, docteur Delaware, alors que j'aurais toutes les raisons de le faire.

Elle tapota le sac, effleura de l'index un renflement prononcé et attendit, tout sourire. Une comédienne qui ménageait ses effets, s'assurait que son public avait compris. Comme je ne réagissais toujours pas, elle tapota plus fort sur le cuir. Cela produisit un son mat et sourd. Un objet lourd et dur se trouvait en dessous. Elle me laissait entendre qu'elle avait apporté une arme. Si c'était le cas et qu'elle décidait de s'en servir, j'étais trop loin pour l'en empêcher et bloqué par mon bureau. Sale situation. J'avais baissé la garde et enfreint les précautions les plus élémentaires, elle me tenait à sa merci. Situation difficilement prévisible. Non, l'excuse valait pour bien des victimes, mais pas pour moi. De par ma formation, j'étais justement censé toujours m'attendre à l'inattendu. Je me croyais préparé, mais en fait la désinvolture est toujours mauvaise conseillère. J'observai l'étrange femme aux yeux figés assise en face de moi. Son regard était serein, empreint d'une satisfaction glaciale. Elle avait suscité de la peur et le savait, exactement ce qu'elle recherchait. Dans sa menace, elle avait pour la première fois prononcé mon nom. Intimité inédite. Je restai silencieux. Connie Sykes lâcha un rire mauvais, puis se leva brusquement et se précipita dans le couloir. Je me dépêchai de me barricader dans mon cabinet, telle une proie traquée.

8

L'élue de mon cœur est une femme ravissante, profonde et passionnée, qui prise la solitude et gagne sa vie comme luthier, à confectionner de superbes guitares et mandolines. Enfermée dans son atelier, elle s'exprime avec ses propres instruments : défonceuse, ciseaux, varlopes, racloirs, scie à ruban et scie sauteuse. Et une scie circulaire qui dépèce l'ébène et le bois de rose dans un rugissement de prédateur affamé. Les doigts délicats de ma douce manipulent des lames coupantes comme des rasoirs. Un faux geste et c'est la catastrophe. Robin vit avec ce risque au quotidien. Mais ce n'est rien comparé au danger auquel nous exposent mes activités. Assis à mon bureau, j'hésitais à lui parler de Connie Sykes. Au cours de nos longues années de vie commune, je me suis toujours interrogé sur ce que je devais lui dire. Robin sait bien qu'il n'est pas question d'évoquer mes patients, mais pour le reste – les expertises judiciaires et les meurtres que Milo m'apporte tels des présents macabres – rien n'est verrouillé et je veille aussi à ne pas la surprotéger. J'ai fini par adopter une approche qui semble donner satisfaction : évaluer son degré de réceptivité, ne lui divulguer que ce qu'elle souhaite savoir, édulcorer les détails. D'autant que, pour une solitaire plus à l'aise avec ses puissants outils qu'en société, elle ne manque pas de perspicacité. Il est arrivé que les réflexions de Robin nous apportent la solution d'une énigme.

Nous avons aussi connu de vraies frayeurs. Il y a des années, un psychopathe a incendié notre demeure. Le choc initial passé, Robin a vite repris le dessus, comme toujours. Elle a dessiné les plans de la nouvelle maison et en a supervisé les travaux. Un cadre magnifique où nous avons fini par nous sentir pleinement chez nous. Depuis cette époque pénible, je ne m'étais plus jamais senti menacé par un patient installé sur mon vieux divan en cuir. Jusqu'à Connie Sykes. *Je ne vais pas vous tuer...* Pas une menace, pas au sens propre. La main qui caresse la bosse sur le sac. Subtil. Connie Sykes ne s'était pas privée d'utiliser les tribunaux comme une arme. Sa visite n'était peut-être qu'une ruse, manière de m'inciter à porter des accusations qu'elle réfuterait en me réclamant des dommages et intérêts. *Un revolver ? Ridicule. Dans mon sac, je n'ai que du maquillage, des mouchoirs et mon portable. Je suis victime de diffamation et de harcèlement. Manifestement, le docteur n'est pas un expert fiable.* Si elle tentait une manœuvre de ce genre, elle serait déboutée. Une fois de plus. N'importe, elle était capable de se persuader qu'elle obtiendrait gain de cause. J'aurais pu appeler Milo, mais cela ne ferait que compliquer la situation. La riposte pourrait bien être une plainte contre lui, rédigée en tout petits caractères et remise en main propre à ses supérieurs. Milo, qui a le don d'agacer ses chefs à force d'outrepasser ses attributions, se retrouverait en fausse position. Medea Wright, qui ne me vouait pas une franche sympathie, s'en donnerait à cœur joie. *Un revolver dans son sac à main ? Voyons, la plaignante est médecin, pas une criminelle, tandis que votre prétendu expert psychologue semble être sujet à des délires paranoïaques qui font douter de ses compétences professionnelles et de son aptitude à exercer comme thérapeute. Qui plus est, par pur dépit, il fait jouer ses relations au sein de la police pour nuire à ma cliente, une attitude on ne peut plus perverse.* Faute de gagner sur le fond, on peut toujours accabler l'adversaire de procédures.

Plus j'y réfléchissais et plus cela me paraissait expliquer la visite de Connie. Déboutée au tribunal, elle cherchait à grappiller quelques miettes de pouvoir. Car, pour Connie Sykes, seul comptait le pouvoir. Le mobile qui l'avait poussée à convoiter l'enfant de sa sœur. Pour elle, il fallait un vainqueur et un perdant. Je décidai que le mieux était de ne pas réagir à son petit numéro. Lui laisser le temps de se calmer. Quoi qu'il en soit, même si elle m'oubliait, elle reviendrait à la charge pour disputer la revanche contre sa sœur devant un juge. Elle en avait le droit et les moyens, d'autant que le système judiciaire favorise les procédures d'appel à n'en plus finir. Inutile donc d'alerter Milo, l'ours mal léché pouvait rester dans son cagibi.

En revanche, je devais en parler à Robin qui vivait elle aussi sous le toit où avait surgi la menace. Je me servis un café pour me donner du courage, lui trouvai un goût excessivement amer. Je retournai dans mon bureau où je fis un peu de rangement et consultai des dossiers qui n'avaient rien d'urgent. À court de manœuvres dilatoires, je finis par remplir un mug de café pour Robin et sortir dans le jardin. Je m'arrêtai un instant devant le bassin, profitai du glouglou de la cascade et nourris les carpes koï. Puis j'enfilai l'allée de pierre jusqu'au studio.

Journée calme, aucun grondement d'outillage. Robin était installée à l'établi, masque de protection et boucles auburn attachées négligemment. Très sexy dans sa salopette rouge et son tee-shirt noir. Divers flacons de vernis et d'huiles posés à côté d'elle. L'extracteur d'air fonctionnait à plein régime. Au moyen d'un chiffon de coton auquel elle imprimait de petits mouvements circulaires, elle vernissait le dos en érable marqueté d'une guitare française du XVIe siècle. Un de ces instruments miniatures destinés à la musique de chambre, davantage conçus pour faire joli que pour sonner bien. Ce magnifique spécimen appartenait à un collectionneur qui serait incapable d'en tirer une note, mais s'entourait exclusivement de choses belles et rutilantes, dont sa troisième épouse. Robin était absorbée par son travail. Blanche, notre bouledogue français, ronflait à ses pieds. Je m'éclaircis la gorge. Robin posa le chiffon, retira son masque et me sourit. Blanche cilla et ouvrit les yeux.

– Mon prince m'apporte un peu de caféine. Tu tombes à pic. Comment as-tu deviné ?

– Un coup de chance.

J'embrassai Robin et lui tendis le mug. Blanche se leva et s'approcha. Sa maîtresse prit un morceau de bœuf séché dans un pot sur une étagère et se pencha. La chienne attrapa délicatement la friandise dans sa gueule et patienta.

– Bon appétit !

Blanche s'éloigna d'un pas dandinant, s'installa dans un coin et dégusta la récompense avec une gourmandise retenue. Je sentis Robin qui tirait gentiment sur le col de ma chemise.

– Qu'est-ce qui te tracasse ?

Inutile de lui demander comment elle le savait, rien ne lui échappe. Je lui racontai ce qui m'était arrivé.

– Quelle méchante teigne ! Comme quoi tu as eu raison de ne pas lui confier l'enfant.

– N'importe qui aurait été du même avis.

– N'empêche, c'est toi qui as eu à te prononcer.

Nous nous sommes assis cuisse contre cuisse dans le canapé adossé au mur.

– Tu crains qu'elle ne passe à l'acte ? demanda Robin.

– J'en doute fort, mais je préférais te mettre au courant.

– Merci. Et quelle attitude va-t-on adopter ? On se barricade chez nous, en alerte rouge ?

– Orange devrait suffire.

Elle prit ma main dans la sienne.

– Désolée, ce n'est pas un sujet de plaisanterie. Selon toi, ce n'était qu'une menace en l'air ?

– C'est quelqu'un de narcissique et d'asocial, mais elle n'a jamais eu d'accès de violence.

– Tu comptes en parler à Milo ?

Je lui expliquai pourquoi ça ne me paraissait pas utile.

– Oui, très juste. Je te propose que pendant une semaine, ou même plus longtemps, à toi de voir, on ferme le portail au bout de l'allée. Comme ça, si quelqu'un veut s'introduire chez nous, ce sera à pied. On laissera aussi la lumière allumée la nuit. On verrouillera les serrures quand on sort et on sera vigilants.

– Parfait.

Mon ton était loin d'être convaincu. Robin me caressa la joue.

– C'est vraiment injuste. Tu fais ton boulot et voilà comment tu es récompensé. Cela dit, quelqu'un allait tôt ou tard te prendre comme bouc émissaire.

– Ça t'embête que je travaille pour les tribunaux ?

– Pas du tout. Tu te rends utile. Le système minable a besoin de gens comme toi, dit-elle en posant la tête sur mon épaule. L'enfant n'est jamais qu'un prétexte pour des adultes qui se font la guerre, non ? Je me souviens des fois où j'étais persuadée que mes parents allaient divorcer.

– Ça arrivait souvent ?

– Deux ou trois fois par an. Ils se chamaillaient sans cesse, mais parfois les disputes s'envenimaient et on pouvait sentir à quel point ils se haïssaient. Au sens propre, Alex. La maison s'emplissait d'une odeur de fauve. Puis chacun se retranchait et essayait de me rallier à son camp. Comme papa me prêtait toujours attention, sa gentillesse paraissait naturelle. Maman, en revanche… tu la connais, l'instinct maternel n'est pas son fort. Alors imagine quand elle se mettait à avoir mille projets, un tas de choses à faire « entre filles »… dit-elle en réprimant un frisson. Je ne disais rien, mais je n'en pensais pas moins !

Elle dénoua ses cheveux, écarta les mèches de son visage et soupira.

– Ils finissaient par se réconcilier et faire l'amour, si peu discrètement que je me réfugiais dehors en m'imaginant que j'étais sur la planète Mars. Ensuite, lui recommençait à m'apprendre à manier le rabot et elle retrouvait son égoïsme glacial. C'est épouvantable de dire ça de la personne qui vous a donné la vie. Mais bon, tu connais maman.

Ma propre mère avait été capable de tendresse, mais le plus souvent elle était passive et déprimée, impuissante ou peu encline à me protéger des colères éthyliques de mon père.

– On ne choisit pas sa famille, dis-je.

Robin ne put s'empêcher de rire.

– La sœur de ta folle est bien placée pour le savoir !

9

La vie suivit son cours normal pendant une dizaine de jours, si l'on excepte le portail clos et la lumière nocturne. Il y avait un autre changement à mes habitudes dont je n'avais rien dit à Robin : je profitais de mon jogging matinal pour repérer les bosquets derrière lesquels un tueur aurait pu se poster avec une carabine. Histoire de dédramatiser, j'imaginais Connie Sykes en treillis, le visage maculé de boue, surgissant pour jouer les Rambo. Image d'un parfait ridicule qui ne manquait pas de me décrisper les maxillaires. Au bout d'une semaine, j'arrivai à me passer de cette thérapie cognitivo-comportementale. Certain qu'il n'y avait rien à craindre, je décidai bientôt qu'il était temps de rouvrir le portail. J'étais sur le point d'aborder le sujet avec Robin quand l'interphone sonna.

– C'est moi, Alex.

La voix de Milo. J'actionnai l'ouverture. Lui qui me reproche toujours mon laxisme en matière de sécurité n'avait fait aucune remarque sur le portail clos. Sans doute avait-il l'esprit occupé par une nouvelle énigme. Parfait, je me sentais d'attaque pour réfléchir à d'autres problèmes que les miens.

Je sortis sur la terrasse et vis approcher une Ford LTD noire. La portière s'ouvrit côté passager et l'imposante silhouette de Milo émergea. Coupe-vent marine, pantalon marron avachi et pataugas esquintés. Chemise blanche et fine cravate aux tons criards, motifs cachemire mandarine sur fond caca d'oie. Son vieil attaché-case en vinyle vert olive se balançait au bout de son bras.

– Salut, mon grand.

Il me répondit d'un vague geste. La trentenaire qui descendit côté conducteur, petite et trapue, portait un tailleur-pantalon gris acier. Cheveux foncés coupés court, visage potelé, posture impeccable comme si elle s'efforçait de grandir son mètre cinquante-cinq. Badge d'enquêteur accroché à la poche de poitrine. La veste déboutonnée laissait entrevoir un chemisier blanc et la sangle noire d'un holster. Elle me regarda droit dans les yeux, l'expression neutre. Nous ne nous connaissions pas. Milo la précéda dans l'escalier. Avant d'avoir atteint la dernière marche, il lança :

– Je te présente l'enquêtrice Millie Rivera, central de North Hollywood. Millie, voici le Dr Alex Delaware.

Elle me tendit la main. Ses doigts n'étaient guère plus épais que ceux d'un enfant, mais sa poigne était ferme et elle gardait le pouce précautionneusement placé sur la partie charnue de son vis-à-vis, comme apprennent à le faire les femmes agacées des machos qui leur broient les phalanges.

– Ravi de faire votre connaissance, dis-je. Qu'est-ce qui vous amène, mon grand ?

– Si on entrait ?

D'ordinaire, Milo commence par inspecter le frigo. Quand un problème particulièrement épineux lui accapare l'esprit, il se rend dans mon bureau où il réquisitionne l'ordinateur, ou bien s'allonge sur le divan pour réfléchir à voix haute et se plaindre du sort des policiers. Il y a quelques mois, je lui ai présenté une facture fantaisiste de plusieurs centaines de milliers de dollars pour « les heures passées à l'écouter ». Il y a jeté un rapide coup d'œil et a bougonné :

– Une pizza super-maxi, ça t'irait comme dédommagement ?

Ce matin-là, il ne dépassa pas le salon où il se laissa

pesamment tomber dans le premier fauteuil. Millie Rivera choisit un siège voisin.

– West L.A. *et* North Hollywood, dis-je. L'affaire doit être compliquée.

– Non, très simple, répondit Milo.

Il m'indiqua le canapé en face d'eux où je pris place.

– La mauvaise nouvelle, Alex, c'est que quelqu'un veut te tuer. La bonne nouvelle, c'est que ce n'est pas encore fait.

– Constance Sykes, dis-je.

Tous deux échangèrent un regard.

– Vous êtes au courant du projet ? s'étonna Millie Rivera.

– Je sais qu'elle m'en veut, mais je ne pensais pas qu'elle irait jusque-là.

Je leur racontai la « non-menace » du Dr Sykes.

– Vous ne vous en êtes pas inquiété ? demanda l'enquêtrice Rivera.

– J'ai pris quelques précautions.

– Le portail, dit Milo. C'est ça la sécurité, dans ton univers ? Pourquoi ne m'as-tu pas appelé ?

– J'ai supposé que c'étaient des paroles en l'air. Mais comme on ne sait jamais, je me suis un peu méfié.

– D'une certaine façon, ajouta Millie Rivera, vous l'avez donc prise au sérieux. Bonne intuition, docteur. Elle a tenté de recruter un tueur à gages.

– Vous l'avez arrêté ?

– Non, il nous a devancés.

– Je ne comprends pas...

– Vous avez une chance inouïe, docteur. Si le plan n'a pas été mis en œuvre, c'est que la personne à qui s'est adressée le Dr Sykes se voyait comme un simple intermédiaire et a proposé le contrat à un tueur qui vous connaît. Apparemment, ajouta-t-elle en souriant, certaines crapules vous tiennent en haute estime.

– Nous avons de belles fréquentations, marmonna Milo.

La jeune femme se tourna vers lui, mais il lui fit signe de continuer.

– Voici les grandes lignes, docteur. Sykes s'en est ouvert à un personnage peu recommandable du nom de Ramon Guzman, lequel travaille pour l'entreprise qui assure le nettoyage du laboratoire du docteur. Le lascar a un boulot stable aujourd'hui, mais aussi un beau pedigree. Il a fait un séjour à Lompoc pour coups et blessures aggravés. Nous ignorons à ce stade si Sykes savait qu'il avait un casier, mais vu que le bonhomme est couvert de tatouages et a vraiment une sale tronche, elle a très bien pu le supposer. À raison car Guzman n'a pas du tout rechigné à tremper dans un meurtre, seulement il préférait ne pas s'en charger lui-même parce que… vous n'allez pas le croire ! parce qu'il a une mauvaise vue ! Il avait peur de rater la cible ! Il a donc demandé un acompte de mille dollars à Sykes et il s'est adressé à l'un des caïds de son gang, un prince de la racaille. Et là, truc carrément improbable, le gars me contacte. Je connais toute la famille du loustic, des clients de longue date. Mais croyez-moi, docteur, c'est la première fois qu'un gros bonnet me contacte en personne. Il s'appelle Efren Casagrande.

J'écarquillai les yeux.

– Je vois qu'il disait la vérité et que vous vous connaissez effectivement, nota Millie Rivera.

Je restai silencieux.

– Docteur ?

– Il estime qu'il doit se taire, expliqua Milo. Au nom du secret médical et patati et patata. Devine quoi, Alex ? Tu es libre de t'exprimer parce que Casagrande nous a lui-même confié qu'il avait été ton patient. Pas pour un problème dans la tronche, a-t-il jugé bon de préciser.

Tous deux attendaient que je réagisse, mais je ne desserrai pas les lèvres.

– Efren vous autorise à nous parler, insista Millie Rivera.

– Allez, Alex. Mets-nous au parfum et peut-être que je n'aurai pas à faire ton éloge funèbre.

– Il a signé une décharge écrite ? demandai-je.

Milo lâcha un juron, sortit son portable et composa un numéro.

– Ici le lieutenant Sturgis. Envie de parler à une vieille connaissance, *amigo* ? Un instant...

Il me tendit le téléphone.

– Docteur Delaware à l'appareil...

Une voix familière me répondit. Plus mûre et plus grave qu'autrefois, et chargée de malice.

– Yo, doc ! Ça fait un bail ! La forme ? Je vois qu't'es toujours en vie !

– On dirait bien. Merci.

– Hé, je pouvais pas te laisser dans la... te laisser crever, quoi. Pas cool, doc. Pas cool du tout.

– Je t'en suis reconnaissant, Efren.

– Cool, mec. Y a d'autres oreilles qui écoutent ?

– Non.

– Alors je peux te dire que ça me bouffe grave, cette salope qui voulait faire ça. J'ai envie de la buter. T'es cool avec ça ?

– Non.

Éclat de rire.

– Un *joke,* mec ! Quoique... Bon, tant qu'on garde la *life* tous les deux. *Yolo.*

– Très juste. Comment ça va ?

– Plus de hauts que de bas. Ça fait depuis Noël dernier qu'je suis pas retourné aux urgences. Qu'est-ce tu veux, je suis qu'un gros fêtard !

Il pouffa.

– La bonne humeur a ses vertus. Écoute, si jamais tu voulais...

– C'est OK, doc. Je vais bien. Toi aussi. Prends soin de toi.

Fin de la communication. Je rendis son téléphone à Milo.

– Retrouvailles touchantes, dit-il.

Il siffla quelques mesures du *Hello* d'Adele.

– Tout charmant qu'il est, commenta Millie Rivera, Casagrande est soupçonné dans cinq affaires de meurtre au bas mot. Docteur, vous devez être l'homme le plus chanceux du comté de Los Angeles.

– Faisons en sorte que ta bonne étoile ne te quitte pas, dit Milo. Tu vas maintenant nous raconter tout ce qu'il y a à savoir sur cette folle cinglée qui s'est fichu dans la tête que tu ne mérites plus de respirer.

Folle cinglée ? Un rien redondant, mais ce n'était pas le moment de pinailler.

– Mille dollars en acompte ? dis-je. Combien à la livraison ?

– Quatre mille, répondit Millie Rivera.

– Ton scalp pour une bouchée de pain, grogna Milo.

Ses yeux verts décochaient des étincelles. La colère contractait son visage blafard et abîmé. Je ne pouvais m'empêcher de me sentir en partie visé.

10

À l'époque où je travaillais à l'hôpital Western Pediatric, je m'occupais surtout des enfants traités en cancérologie et de leurs proches. D'autres services m'adressaient parfois quelques patients, notamment l'endocrinologie, et cela continua quand j'ouvris mon cabinet. Le lien va de soi : les dérèglements glandulaires et du métabolisme, les troubles de la croissance, les complications liées à la puberté et le diabète juvénile s'accompagnent de difficultés psychologiques évidentes. Le diabète présente le défi supplémentaire que le patient doit s'astreindre à une discipline contraignante – surveiller sa glycémie, se faire les piqûres d'insuline, suivre un régime strict – particulièrement lourde pour un enfant. Et cela peut se corser à l'adolescence, période où le jeune cherche à affirmer son identité, à se différencier et à s'affranchir des figures d'autorité. Pour autant, tous les adolescents diabétiques ne jouent pas avec leur santé, nombre d'entre eux s'autonomisent en douceur.

Et puis il y a les cas comme Efren Casagrande. On me l'avait adressé en désespoir de cause. Un garçon de quatorze ans, à fleur de peau, contraint de se piquer plusieurs fois par jour et de suivre un régime draconien dont se lasserait même un bodybuilder professionnel. Le diagnostic avait été posé à huit ans et Efren s'était à peu près plié au traitement jusqu'au déclenchement de la puberté. « Fait chier » était alors devenu son maître mot et le garçon avait cessé de jouer le jeu. En six mois, il avait été transporté treize fois aux urgences et avait failli y rester à deux reprises. Son médecin avait tenté de le raisonner. Efren l'avait écouté attentivement, avait promis de faire attention. Mensonge effronté. Même résultat face aux supplications de sa mère, de ses deux sœurs aînées, d'une tante aide-soignante qui était en quelque sorte le gourou familial en matière de santé, et même d'une fabuleuse assistante sociale du nom de Sheila Baxter qui avait accompli des miracles avec d'autres patients. Trois jours après avoir certifié à Sheila qu'il avait changé pour de bon, Efren sombrait dans un quasi-coma. Elle m'appela le jour de sa sortie d'hôpital.

– Aurais-tu un peu de temps pour un cas particulier, Alex ?

– Ce doit être l'oiseau rare pour que tu baisses les bras.

D'une voix éprouvée, elle me raconta le parcours du garçon.

– Veux-tu que je sois d'une franchise brutale ? dis-je.

– Sans espoir ? soupira-t-elle.

– Je garde toujours espoir, Sheila, mais je ne suis pas magicien.

– Ah bon ? Je croyais que la thérapie n'était que magie, une affaire de sortilèges, d'incantations et de mauvais sorts vaudous. Au point où j'en suis, Alex, je ferais peut-être bien de sortir mon tarot divinatoire. Ça ne serait pas moins efficace.

– Tu sais combien de psys il faut pour changer une ampoule ?

– Oui, un seul. Pourvu que l'ampoule soit décidée à changer. Je veux bien être fataliste quand l'enjeu est l'indiscipline scolaire, mais pas là. Un gamin sympathique et intelligent, quand il ne déconne pas. Il va mourir.

– Je veux bien tenter le coup, Sheila.

– Je ne demande que ça ! Et tu sais quoi ? En plus, la famille a les moyens de payer. Ce ne sera pas du bénévolat… Il faut que je te dise autre chose à propos du contexte, reprit-elle après un silence. Ce n'est pas une famille monoparentale au sens propre, mais tout comme. Le père est enfermé à Pelican Bay depuis qu'Efren a trois ans. Il lui reste vingt ans à faire.

– Pelican Bay est réservée aux tueurs en série et aux racailles de haut vol.

– Le père d'Efren entre dans la deuxième catégorie. Un gros bonnet du trafic d'héroïne.

– Les affaires continuent derrière les barreaux, on a donc les moyens de me payer.

– J'espère que ça ne te donne pas de scrupules, Alex. Quelle que soit la provenance de l'argent, Efren a vraiment besoin de ton aide. Crois-moi si tu veux, sa mère est quelqu'un de bien. De ces femmes qui endurent les épreuves. Et consciencieuse : Efren a deux sœurs aînées qui font des études supérieures.

– Prévoit-on de me rémunérer en sachets de *black tar*[1] ?

Nouveau soupir au bout du fil.

– J'en doute fort, Alex.

– Dans ce cas, sois tranquille. Les scrupules, c'est pour les mauviettes.

– Efren partagerait certainement ton avis ! s'amusa-t-elle. Qui sait, peut-être allez-vous vous entendre.

Rosalinda Casagrande appela mon secrétariat deux heures plus tard et prit rendez-vous pour le lendemain. Ponctuelle à souhait, une Chevrolet à châssis bas s'immobilisa en milieu de matinée devant mon portail. Carrosserie jaune zébrée de vert, aigle aztèque noir sur le hayon. Tandis que le moteur tournait au ralenti, un garçon menu descendit côté passager, tenue baggy d'ado. Il gratta les plis kaki sur son arrière-train et cligna des paupières, ébloui par le

1. Héroïne d'origine mexicaine.

soleil. Les vitres fumées empêchaient de voir qui d'autre se trouvait dans la voiture. Le garçon porta le regard partout sauf vers moi, alors que j'étais parfaitement visible. Voyant qu'il se retournait, je lançai :

– Efren !

Il pivota à contrecœur.

– Tu peux monter…

Il ne bougea pas.

– Enfin, libre à toi.

Il resta bouche bée.

– On peut se parler à l'intérieur, ou bien dehors. Si tu veux, ajoutai-je sur le ton de la plaisanterie, tu peux même rester en bas et on n'aura qu'à crier ! Bon entraînement pour les cordes vocales !

Son visage s'orienta vers moi.

– Sympa, la caisse, dis-je. Un jour, peut-être que ce sera toi au volant.

Ses lèvres se contractèrent en un nœud façon bretzel.

– Je conduis déjà !

– Super.

Le garçon tressaillit quand le moteur de la Chevrolet rugit. Au deuxième grondement, il agita la tête comme pour se débarrasser du vacarme. Le troisième le fit s'engager dans l'escalier d'un pas traînant. Qui se mua en une démarche chaloupée assez cocasse le temps d'arriver en haut. De près, il était tout sauf d'une carrure intimidante : petit pour son âge, davantage d'os que de muscles, menton effacé, joues envahies par l'acné. Même son crâne rasé arborait une éruption de boutons. Bras longs et mous, torse peu développé. Petits pieds qu'il dissimulait dans d'énormes bottes de chantier, d'un effet presque comique. Ongles propres, pas de relents corporels. Toutefois, ses vêtements dégageaient l'odeur caractéristique de renfermé des chambres d'adolescents. Je lui tendis la main. Il se contenta de la regarder. J'entrai dans la maison et me dirigeai vers mon cabinet sans m'assurer qu'il me suivait. J'attendais à mon bureau depuis une minute et trente-quatre secondes quand il apparut enfin dans l'embrasure et balaya la pièce d'un rapide coup d'œil.

– T'as un tas de trucs, mec.

Sa voix se faussait par instants. Alto aspirant au ténor, sans grande réussite. Au téléphone, on devait parfois le prendre pour une fille. La testostérone viendrait peut-être à son secours. Contrairement à l'insuline.

– Un tas de trucs, répéta-t-il.

Pourtant, comme il sied à un lieu voué à la thérapie, le cabinet était entièrement dépourvu de souvenirs personnels.

– Tu trouves ?

– Ouais. Les tableaux à côté.

– Tu t'intéresses à l'art ?

– Non.

Il hocha la tête à deux reprises, comme pour se caler sur le tempo d'un air dans sa tête.

– Et tu me fais confiance ?

– C'est-à-dire ?

Il sourit. Dentition irrégulière mais blanche.

– Tes trucs, mec. T'as des machins sympas. J'étais seul avec pendant que t'attendais ici.

– Tu veux mes affaires ?

– Je peux les avoir ?

– Pas question.

Il me dévisagea, surpris.

– Tu peux t'asseoir.

Il ne bougea pas.

– Fais comme tu veux, ajoutai-je en faisant mine de ranger des papiers et de consulter mon agenda.

Il resta debout.

– Voici comment je vois la situation, dis-je. À cause de ton diabète, tout le monde te tanne pour que tu sois sérieux. T'as l'impression d'un vacarme qui te prend la tête.

Alors tu réponds « Okay, d'accord », mais tu aurais envie de leur dire : « Je vous emmerde ! Foutez-moi la paix ! »

Mon langage peu châtié suscita un mouvement de recul. Le regard foncé s'aiguisa. La botte gauche se mit à tapoter le parquet.

– Tous à répéter la même chose. Le Dr Lowenstein, dis-je en énumérant avec mes doigts. Ta mère. Tante Inez, tante Carmen et tante Dolores. Mme Baxter. Peut-être un *curandero* dont on ne m'a pas parlé.

Aucune réaction.

– En gros, c'est un véritable bataillon qui te fait la guerre. Donc, toi tu dois te défendre.

Il secoua la tête.

– J'ai tort ?

– Tu me connais pas, mec.

– Ça, c'est clair.

– Hum.

Le mouvement de la botte s'accéléra. L'index droit se mit à tapoter le pouce gauche.

– Maintenant qu'ils n'ont plus d'autre solution, dis-je, ils t'envoient chez moi. Sais-tu quel genre de médecin je suis ?

Petit grognement. Je patientai.

– T'es psy.

– Ils espèrent tous que je vais trouver une trappe secrète pour m'introduire dans ta tête et faire comprendre à ton cerveau que tu dois être raisonnable. Le problème, c'est que même si je le voulais, je ne pourrais pas y arriver parce que… parce qu'il n'y a pas de trappe. Ton cerveau t'appartient. Personne ne peut te contrôler.

– T'es pas là pour ça ?

– M'introduire dans ta tête ? (Acquiescement.) Pas question, Efren. Ça doit être assez compliqué, là-dedans.

Il se raidit.

– Il se passe un tas de choses dans ta tête, le diabète n'est qu'une petite partie de qui tu es.

Il marmonna dans sa barbe. À en juger d'après le mouvement des incisives supérieures sur la lèvre inférieure, il avait dû lâcher quelque chose comme « *fuck* ». Il fixa le divan. Je reculai mon fauteuil et m'étirai.

– Pourquoi tu le fais, mec ?

– Quoi donc ?

– Pourquoi t'es psy, si ça te fait chier et que t'en as rien à foutre ?

– Une fois que je connais mieux le patient, je m'implique à fond.

Il eut un sourire narquois.

– Si tu connais pas le mec, tu t'en tapes ?

– Et toi ? Les gens que tu ne connais pas, tu t'en soucies ?

– J'en ai rien à foutre de rien.

Je me levai.

– Veux-tu un café ?

– Non, trop dégueu.

– Moi j'aime ça. Attends-moi ici.

Je pris mon temps dans la cuisine. Quand je revins enfin avec mon mug, Efren était assis sur le bras du divan. Je bus une gorgée. Il s'humecta les lèvres.

– T'as soif ?

– Non.

Je me rassis, basculai le dossier du fauteuil au maximum et sirotai mon café. Le garçon vacilla et agrippa le divan d'une main. Son corps marqua un nouvel écart, plus prononcé. Ses pupilles s'agitèrent.

– T'aurais pas du jus de fruit ?

Voix ténue, affaiblie.

– J'ai du jus d'orange.

– Okay.

Je me dépêchai de remplir un verre. À mon retour, je trouvai Efren allongé sur le divan, pâle et en sueur. Il but lentement le jus, recouvra aussitôt des forces. Je regagnai ma place au bureau et repris mon café. Le verre vide serré entre ses paumes, Efren observa à nouveau les lieux.

– Tu te fais beaucoup de thunes ?

– Assez.

– Assez pour faire quoi ?

– M'offrir des trucs sympas.

– Genre le tableau à côté, avec les gars qui se bourrent le pif ?

– Ce sont des boxeurs, une gravure d'un artiste qui s'appelle George Bellows.

– Cher ?

– Pas trop, parce que je l'ai achetée il y a longtemps. Et il y en a beaucoup d'exemplaires, alors que le tableau d'origine vaut des millions de dollars.

– À qui il appartient ?

– Un musée.

– Où ça ?

– À Cleveland.

– C'est où ?

– À trois mille cinq cents kilomètres d'ici.

Ses pupilles se voilèrent. Par indifférence et non plus à cause d'un manque de sucre. J'aurais tout aussi bien pu lui répondre « Vénus ».

– Un peu loin pour s'y rendre à pied, dis-je.

Il faillit sourire, mais se reprit.

– Tu bosses toujours chez toi ?

– Il m'arrive de me déplacer à l'hôpital ou au tribunal.

Il se raidit.

– Au tribunal ? Genre comme un flic ?

– Non, je suis payé pour jouer les experts.

– Sur quoi ?

– Le plus souvent, ce sont des gens qui divorcent et se disputent la garde des enfants. On me paye pour que je donne mon avis. Ou bien il y a un procès parce qu'un enfant a été blessé, par exemple dans un accident de voiture. Là, on me paye pour que je dise que c'est grave.

Il me dévisagea, les yeux ronds comme des billes.

– Je sais, je n'ai pas à me plaindre, ajoutai-je.

– Qui gagne, alors ?

– Comment ça ?

– Qui gagne les enfants ?

– C'est au juge de décider.

– Et toi, tu fais quoi ?

– Je dis au juge ce que j'en pense.

– T'es plus intelligent que lui ?

– Je m'y connais mieux que lui en psychologie, ce qu'il y a dans la tête des gens et pourquoi ils font les choses.

Son petit menton se pointa, façon de parler tant il était peu prononcé.

– Y a quoi, alors ?

– C'est-à-dire ?

– Dans la tête des gens.

– Ça dépend des gens et du moment.

À voir son expression, je venais d'échouer à une sorte de test.

– Comme toi, Efren. Des fois, tu as l'impression d'être le maître du monde. Tu te sens grand et puissant.

Les yeux noirs demeuraient rivés sur moi.

– D'autres fois, tu ne maîtrises plus rien. Donc ça dépend.

Ses mains se relâchèrent et le verre lui échappa, rebondit sur le tapis persan. Il le ramassa.

– Désolé, mec.

– Tout le monde est pareil. Des fois on se sent fort, d'autres fois on se sent tout petit. On me paye pour être intelligent parce que j'ai fait de longues études et que j'ai beaucoup d'expérience, mais je n'ai pas de formule magique, ni de trappe secrète.

– T'as quoi, alors ?

– Ce que me disent les gens.

– Moi, j'ai rien à te dire.
– C'est ton choix.
Il secoua la tête.
– Ouais, c'est ça…
– Tu ne crois pas que tu as le choix ?
Pas de réponse.
– Contrairement aux autres médecins qui te cuisinent et te disent ce que tu dois faire, je ne te donnerai aucune consigne.
– Bien sûr.
– Je suis sérieux, Efren. Tu as bien assez de contraintes comme ça, je ne vais pas en rajouter.
Il contempla ses genoux.
– T'es pas là pour ça ?
– Pour quoi ?
– Genre… me faire la leçon.
– Je veux faire mon travail. J'adore mon métier. Tu m'as l'air d'être un garçon intéressant et ça me plairait de travailler avec toi. Mais si c'est pour ajouter au vacarme, alors pas question.
Il se leva, posa violemment le verre sur le bureau.
– T'as raison, mec ! J'en ai marre qu'on me fasse chier !
Sur ce, il sortit d'un pas rapide. Fin de la séance.

Je pensais ne jamais le revoir et peaufinais une explication navrée à l'intention de Sheila Baxter quand mon secrétariat m'appela.
– J'ai une Mme Casagrande qui demande à vous parler, docteur.
– Passez-la-moi.
Après un silence :
– Allô ?
– Docteur Delaware à l'appareil. Je vous écoute.
– *Yé* suis *la mama* à Efren.
– Enchanté. Comment va votre garçon ?

– Eh bien, il va *un poco* mieux. Depuis qu'il est rentré, s'est déjà contrôlé deux fois.

– Tant mieux.

– Toujours qu'il mange les bonbons en cachette, mais au moins il contrôle son taux et se pique. Quand il peut revenir chez vous ?

– Efren veut me revoir ?

– L'a oublié de vous payer. Je lui ai donné l'argent, mais il a pas pensé. Il apporte le double, okay ?

– D'accord. Donc, Efren…

– Y veut bien la semaine prochaine. C'est bon ?

J'avais un créneau de libre.

– Merci, docteur ! Efren, y dit *qué* vous êtes *oun* « gros bâtard ».

– Vraiment ?

– Pour lui, c'est *oun* compliment. Veut dire *qué* vous êtes fort. Efren, l'a été élevé *qué* par des femmes. C'est le petit dernier, *sí ?*

– On le chouchoute.

– Maintenant, lui faut un bon coup de pied dans les fesses ! *Muy bien.* Il vous voit la semaine prochaine.

Pendant trois mois, la Chevrolet jaune à châssis bas s'était présentée chez moi une fois par semaine, toujours ponctuelle. Le rendez-vous n'était jamais fixé à l'avance, pour qu'Efren ait le choix. Je voulais que la démarche vienne de lui. Malgré tout, son cas me tenant à cœur, je veillais à lui réserver le créneau, à son insu. Il rata une seule fois le rendez-vous hebdomadaire ; grippé, il appela lui-même pour se décommander soixante-douze heures à l'avance. Les premières séances furent consacrées davantage aux questions qu'aux réponses. Il voulait tout savoir sur moi, quelles études j'avais suivies, combien je gagnais, où j'avais vécu. Je lui livrais très peu de renseignements et cette réserve n'était pas pour lui déplaire : quelqu'un qui tenait à préserver sa vie privée saurait respecter la sienne. J'avais veillé à préciser d'emblée ce qu'il en était pour le secret médical, à savoir que je ne pouvais garantir la confidentialité absolue à un mineur de quatorze ans. Je m'étais toutefois engagé à ne rien dévoiler contre son gré, quelles que soient les pressions.

– Des flics ?

– De n'importe qui. Pourquoi la police m'interrogerait-elle sur toi ?

Sourire malin.

– Je sais pas. S'ils débarquent, tu leur parleras forcément, non ?

– Pas du tout.

– Même si on t'emmène au poste et qu'on te passe à tabac ?

– Je n'aurais rien à leur raconter. Regarde, voici les notes que je prends à chaque séance.

Je lui tendis son dossier. Il feuilleta les pages, lut partout le même commentaire : « Le patient va bien. »

– C'est du *bullshit,* mec ! Je suis ravagé !

Il rigola et resta d'humeur enjouée jusqu'à la fin de la séance.

Quand il était d'une disposition sereine à son arrivée, nous nous installions dans mon bureau. Quand il était à cran, nous sortions dans le jardin. Ça l'amusait de nourrir les carpes et il m'assurait que la fois suivante il apporterait sa canne à pêche pour « les choper et en faire une bonne friture ! ». Il me demandait un jus de fruit dès qu'il se sentait flancher. Quand il fut plus à l'aise, cela donna lieu à des plaisanteries.

– Cool, un jus bien frais. T'aurais pas une mousse, mec ?

– À ton âge, pas question.

– Pfff !

– Pourquoi pas une vodka ?

– Sérieux ?

– Non.

Il y eut deux séances où il ne tenait vraiment pas en place. Du coup, je lui proposai de marcher un peu ; nous avions le temps de faire l'aller et retour jusqu'à Beverly Glen.

Au fil des semaines, j'appris à le connaître : films et programmes télé préférés, goûts alimentaires. J'eus même droit à des confidences sur une copine de classe :

– Mec, elle a des seins gros comme ça ! Et je te parie qu'elle a la chatte bien poilue !

Le sujet du père ne fut jamais abordé, ni celui du milieu interlope dans lequel Efren avait grandi. Aucune allusion aux fusillades dans son quartier de Boyle Heights, notamment deux règlements de comptes rapportés dans le journal et dont j'avais pu constater sur un plan qu'ils étaient survenus à deux pas de chez lui. Le diabète faisait également partie des sujets tabous. À la douzième séance, je pris le risque d'en parler.

– Permets-moi de te poser une question, Efren.

– Quoi ?

– Tu es un garçon intelligent. Mieux que ça, même. Tu es vif et perspicace, tu saisis les choses.

– Je connais le sens de « perspicace », c'est quand on pige vite !

– En plus d'être intelligent, tu as une bonne image de toi. C'est une chose positive, un signe de force. Et tu comprends parfaitement ce qu'est le diabète, au plan scientifique.

– C'est pas compliqué, mec. Faut juste bien gérer le sucre.

– Exact. Mais alors, comment se fait-il que tu ne le gérais pas avant qu'on t'adresse à moi ? Je serais curieux de connaître la raison.

Il s'étendit sur le divan, de tout son long.

– T'as vu ? Je m'allonge.

– Oui. Et alors ?

– J'ai vu ça à la télé. C'est comme ça qu'on doit faire chez le psy.

Je souris.

– Surtout, mets-toi à l'aise.

Il ferma les yeux et sa respiration se ralentit. Je me dis qu'il allait s'endormir ou faire semblant, pour s'épargner de répondre.

– Pourquoi je faisais le con ?

Il rouvrit les yeux, pivota vers moi et m'adressa une œillade.

– C'est la faute au diabète, mec ! Si tu veux une vie stylée, ça le fait pas trop !

Une vie stylée ? songeai-je. *Pauvre imbécile, estime-toi heureux d'être encore en vie tout court !* Je me contentai de dire :

– Oui, je comprends.

11

Millie Rivera n'en revenait pas.

– Vous pouvez vous féliciter de l'avoir eu comme patient, docteur. Ce doit être la première fois qu'Efren dit la vérité à la police ! Quand l'avez-vous vu pour la dernière fois ?

– Ça remonte à des années.

– Lui avez-vous diagnostiqué des troubles particuliers ?

Je refusai de répondre à cette question.

– Si vous avez cherché à le guérir de ses penchants asociaux, je regrette de vous dire que l'échec est patent. Efren est un grand caïd. Il a pris du grade au sein du gang à la mort de son père. Lequel est sorti de Pelican Bay les pieds devant. Vous connaissez ?

– Les pires criminels y sont enfermés.

– Efren pourrait bien y atterrir un jour, docteur. Qui sait, peut-être récupérera-t-il la cellule du paternel.

Millie Rivera s'enflammait. Enquêter sur les gangs est un sacerdoce rarement gratifiant. Rivera s'adressa à Milo.

– Notre assassin joue les citoyens responsables. On aura tout vu !

– Vous êtes du central de North Hollywood, relevai-je. Efren n'est plus basé à East L.A. ?

– Il a un commerce à North Hollywood, dit Milo.

– Louche, précisa Millie Rivera. Une boîte spécialisée dans l'autoradio. Méga-décibels pour *big gangsta*. Nous soupçonnons qu'il s'agit d'une société-écran. Comme ça, vous ne l'avez pas vu depuis longtemps ?

– Il était adolescent quand je l'ai eu comme patient.

– Il a vingt-sept ans aujourd'hui. Ça remonte donc à une dizaine d'années ?

– À peu près.

– Pas le moindre contact depuis, même par téléphone ?

– Je n'ai aucune relation avec lui ni avec quiconque de son gang.

– Eh bien, Efren considère que vous êtes liés, sans quoi vous ne seriez plus ici pour nous parler. Car le garçon ne répugne pas à tuer. Il est soupçonné dans cinq affaires de meurtre, comme je vous l'ai indiqué, et je suis sûre qu'il y a un tas d'histoires que nous ignorons.

– Pour vos cinq affaires, il était l'exécutant ou bien le commanditaire ?

– Quelle importance, docteur ? Quand Efren décide que quelqu'un doit mourir, la chose a une fâcheuse tendance à se réaliser. Il y a longtemps que nous cherchons à le coincer. Casagrande est une figure clé dans l'organisation, son arrestation aura un gros impact. Malheureusement, à cause de votre histoire, voilà que nous devons le traiter comme quelqu'un de bien, et donc mettre la pédale douce. En attendant que votre cas soit réglé.

– Désolé. La prochaine fois, je tâcherai d'être sauvé par Batman ou par les extraterrestres de la *Green Lantern*.

Millie Rivera cilla. Milo porta la main à sa bouche pour dissimuler un sourire.

– Comment proposez-vous de régler mon cas ? demandai-je.

– Il s'agit de solder une bonne fois pour toutes le dossier du Dr Sykes, dit Millie Rivera.

– Qu'attendez-vous de moi ?

– Rien du tout, Alex, répondit Milo. Nous sommes à ton service, ici pour te protéger.

– Le fait de vous avertir est une première mesure, précisa Millie Rivera. Mais vous ne devez en parler à personne. Surtout, ne cherchez pas à entrer en contact avec Efren Casagrande.

Je me permis un léger sourire.

– Même pas dans le cadre d'un soutien psychologique ?

– Son ego se porte à merveille, Alex, dit Milo. Une charmante petite canaille, au demeurant.

– Il faut que vous preniez les choses au sérieux, docteur. Rien ne doit filtrer tant que Sykes n'aura pas été neutralisée. D'ailleurs, votre éclairage sur elle nous serait utile. Elle est folle ou quoi ?

Je leur résumai mes impressions.

– Vous nous décrivez là davantage une sale garce qu'une cinglée.

Quant à poser un diagnostic clinique, il y avait l'embarras du choix.

– On peut voir les choses comme ça, dis-je.

– A-t-elle des tendances compulsives, docteur ? Le genre qui ne se décourage pas au premier échec ?

– Quand a-t-elle sollicité Guzman ? demandai-je.

– Il y a quatre jours, répondit Milo.

– Soit six jours après m'avoir menacé.

Il hocha la tête. Millie Rivera ne voyait pas où nous voulions en venir.

– Cette femme prend son temps, Millie, expliqua Milo. Un geste prémédité, pas une implulsion.

– Je déteste les criminels réfléchis, dit Rivera.

– Sa nature est de planifier et d'organiser, précisai-je. Il se pourrait donc qu'elle persévère. Que comptez-vous faire ?

– Pour Sykes, le contrat reste d'actualité, dit Milo. Guzman joue le jeu, elle s'imagine que c'est enclenché. Nous allons en profiter.

– Guzman coopère également.

– Lui aussi est un sacré client ! lâcha Millie Rivera. Sociopathe comme Efren, mais un Q.I. inférieur de cinquante points. Il coopère en effet, docteur, sauf qu'il n'a pas le choix. Nous pouvons l'arrêter à tout moment pour tentative d'assassinat, mais cela mettrait la puce à l'oreille de Sykes qui risquerait de passer entre les mailles. La parole d'un minable contre celle d'un médecin prospère. Nous avons donc demandé à Efren de donner rendez-vous à Guzman et nous nous sommes pointés. Efren lui a expliqué qu'il devait se montrer conciliant.

Elle grinça des dents. Sa main gauche se crispa sur sa cuisse.

– Nous n'avons pas pour habitude de coopérer avec des gaillards comme votre charmant patient, mais nous avions besoin d'un Guzman parfaitement docile, et Efren lui a vraiment fichu la trouille. Une réaction sincère, ce minable est incapable de jouer la comédie. Il est vraiment stupide, ce qui peut présenter certains risques. D'où l'importance de bien garder le secret. Cela étant, vous êtes la cible principale, concentrons-nous sur votre cas et les autres en bénéficieront.

– On va équiper Efren d'un micro, il rencontrera Sykes et leur conversation sera écoutée, dis-je.

Millie Rivera balaya l'air d'un geste vif.

– Efren ne va rencontrer personne. Sa participation est officiellement terminée, pas question de s'acoquiner avec lui. S'il doit être jugé un jour, on ne tient pas à ce que son avocat tire argument de cette coopération exemplaire pour dépeindre son client en boy-scout ! Soyons bien clairs, docteur, dit-elle en s'avançant sur son fauteuil. Votre situation nous complique la donne, mais Efren reste une cible prioritaire, quoi qu'il ait pu faire pour vous.

– Nous allons effectivement tendre un piège à Sykes, confirma Milo, mais avec un gars de chez nous. J'ai fait appel à Raul Biro du central d'Hollywood.

– Raul ? m'étonnai-je. Il n'a pas vraiment le type gang.

– Fais-lui confiance, Alex. Un garçon réactif et qui sait jouer les méchants.

– L'opération est prévue pour quand ?

– Dès que nous serons prêts, répondit Millie Rivera.

– Je veux être présent.

Elle s'esclaffa. Pas Milo.

– Lieutenant ? dit-elle.

– Cette femme a voulu me tuer, insistai-je. Je tiens à être présent pour son arrestation.

– Rassurant de constater que tu as le gène de la vengeance comme nous tous, dit Milo.

– Il faut que j'en réfère à mon supérieur, dit Millie Rivera.

– Bill White est un type bien, Millie. Je m'en charge.

– Parfait. Prends tes responsabilités, Milo. Ravie d'avoir fait votre connaissance, docteur. Tâchez de garder la santé.

Milo se leva également, mais laissa son attaché-case par terre. Millie Rivera se retourna.

– Autre chose, Milo ?

– Je vais rester pour m'expliquer avec le docteur.

– Je te souhaite bien du courage !

Je raccompagnai la jeune femme jusqu'aux marches. Elle venait de démarrer quand Milo me rejoignit sur la terrasse.

– Tu devras jouer les chauffeurs, me dit Milo.

– Après le petit sermon ?

– J'ai peu d'espoir d'être entendu ! pouffa-t-il.

– Tu penses que j'ai fait une connerie en n'appelant pas la police ?

– C'est ce que me souffle mon instinct protecteur, que tu étais dans le déni comme toujours. Mais à la vérité, Sykes s'est montrée désagréable et ne t'a pas vraiment menacé. Je n'aurais rien pu faire, si ce n'est lui intimer de te laisser tranquille. Difficile de savoir quel effet ç'aurait eu.

– J'ai songé à te prévenir, mais je me suis dit que ça

pourrait te mettre dans une position délicate si tu intervenais et qu'elle portait plainte.

– C'est sûr. Tu es un vrai ami.

– Plutôt tendue, Rivera. Je l'ai agacée sans vraiment le chercher.

– Ce n'est pas toi, Alex. Elle traverse une passe difficile.

– Épuisée de mener la guerre aux gangs ?

– Ça aussi, sans doute, mais la principale explication est un divorce houleux. Son ex est enquêteur à Van Nuys. Pas un méchant type, mais lui et Millie s'entre-déchirent. Il y a un enfant. Voilà pourquoi Millie en a gros contre les mecs en ce moment.

– Elle s'est confiée à toi ?

– J'ai mes sources.

De retour à l'intérieur, il fit une virée dans la cuisine. Après avoir englouti deux sandwichs au rosbif et un grand verre de lait, il me demanda :

– Ça ne te mine pas trop ?

– Quoi donc ?

Réponse idiote, mais j'étais pris au dépourvu.

– Le taux de pollen, quoi d'autre ?

Je me contentai d'un haussement d'épaules. Il lava le verre et l'assiette, revint s'asseoir.

– Avec Millie, tu t'es montré énigmatique comme le Sphinx. Je suis sûr que tu avais tes raisons, mais maintenant que nous sommes entre gens de bonne compagnie, sens-toi libre de t'épancher.

– Tout va bien.

Il ne réagit pas et retourna au frigo pour y dénicher un dessert. Je me répétais comme un mantra : tout va bien, mais une vague d'angoisse m'étreignit soudain du sternum jusqu'au gosier. Je suffoquai, ma vue se brouilla et je fus pris d'un vertige. J'agrippai le rebord de la table à deux mains, mais cela ne suffit pas. Je posai la tête sur mes bras, fermai les yeux et cherchai à respirer calmement.

– Alex ? dit Milo.

Sa voix semblait me parvenir de très, très loin. J'avais la peau moite. Mon pouls tambourinait dans mes tympans. Je me sentais tout mou, mais il fallait que je me ressaisisse, d'autant que j'allais devoir mettre Robin au courant. La porte du frigo se referma. Des pas s'approchèrent, de plus en plus forts. Mon cœur battait encore assez vite et j'avais trop le tournis pour me redresser. Milo et moi nous connaissons depuis des années. L'amitié et les nombreuses enquêtes menées ensemble ont certainement modelé notre façon de penser, à tel point que nous semblons souvent partager le même cerveau. Ce fut encore une fois le cas.

– Robin est dans son atelier ? dit-il. Reste ici et détends-toi. Je m'en occupe.

Une grosse paluche me tapota le dos. Les pas s'éloignèrent. La porte du jardin se referma doucement.

12

Il était dix-huit heures et nous patientions dans le grand parking à l'arrière de la Mexican Hacienda, un restaurant tex-mex sur Lankershim Boulevard à North Hollywood. Cinquante-deux heures s'étaient écoulées depuis la visite de Milo et de Millie Rivera. Ma nouvelle façon de décompter le temps. Robin et moi avions passé les deux jours à Santa Barbara. Nous avions pris une chambre dans un *bed and breakfast* d'Upper State Street et joui d'un repos forcé : balades en montagne et sur la plage, une virée en kayak sur l'océan et même un tour de manège sur Cabrillo Boulevard. Un couple parmi d'autres, qui semblait profiter de l'un des plus beaux endroits sur terre. Robin avait bien réagi, même si elle était un peu plus pensive que d'habitude. Je me sentais coupable de la situation, mais chaque fois que j'abordais le sujet elle me rassurait, bien entendu, et proposait une nouvelle distraction. Quelques heures de sommeil d'affilée m'auraient fait le plus grand bien, mais je devais me contenter de poignées de minutes.

À notre retour à L.A., Robin s'était rendue chez une amie à Echo Park et j'avais rejoint Milo. Je me trouvais à présent à l'arrière du véhicule banalisé qu'il conduisait, Millie Rivera à son côté. Le restaurant était une gigantesque bâtisse de stuc, édifié à l'époque où le terrain ne coûtait pas grand-chose et où les enseignes ne donnaient pas dans la subtilité. Le patron avait eu l'intelligence d'acheter et non de louer, ce qui l'avait prémuni contre la spéculation immobilière. Âgé de quatre-vingt-dix ans, Rubin restait aux commandes parce qu'il aimait ça. Grâce aux prix raisonnables et aux portions généreuses, les clients avaient toujours le sourire.

À dix-huit heures, le *happy hour* battait son plein : quatre dollars la maxi-margarita, goûteuse à souhait. Le parking se remplissait. La douceur du début de soirée à L.A. Ciel gris, pollution. La routine.

La Lexus vanille fut la première à arriver. Elle repéra une place libre et l'occupa. Un quart d'heure d'avance. À dix-huit heures trois, ce fut au tour d'un pick-up Ford gris de se présenter et de se garer à l'opposé de la Lexus, sans lui témoigner le moindre intérêt. Plateau encombré d'outils de jardinage et de sacs d'engrais, un enjoliveur manquant. Au volant, Gil Chavez, enquêteur en civil du central de North Hollywood, combinaison de travail crasseuse, barbe de deux jours. Il coupa le moteur, alluma une cigarette et braqua un appareil photo sur la Lexus. Zoom au maximum, gros plan sur la conductrice, une quadragénaire au visage carré. Celle-ci attendait, immobile, vitre baissée. Premier mouvement de sa part à dix-huit heures six : elle consulta sa montre. Puis elle sortit un téléphone et envoya un message – on saurait par la suite qu'il s'agissait d'un rappel adressé à sa secrétaire : qu'elle pense à commander des formulaires de prise en charge. Elle bâilla profondément, sans mettre la main devant sa bouche. Reprit le portable et consulta un site en ligne – les actualités boursières sur CNN, apprendrait-on. Après coup, Chavez noterait qu'elle l'avait frappé par sa décontraction : « Comme si elle était là pour s'enfiler une margarita bien fraîche et des tacos ! » La femme observait d'un œil distrait le va-et-vient des voitures. Elle s'inspecta dans le miroir du pare-soleil, rafraîchit son maquillage. Chavez la mitraillait de plus belle, obtint un cliché où elle souriait. Le portable fut remplacé par un magazine. Titre aux caractères trop petits pour être lus au zoom – la *Revue moderne de pathologie,* saurait-on plus tard. Deux nouveaux véhicules arrivèrent. La femme leur lança un regard distrait, bâilla de nouveau. Retira une saleté qu'elle avait dans l'œil.

À dix-huit heures quatorze, soit avec une minute d'avance, une Camaro noire pas très récente arriva enfin. Elle fit lentement le tour du parking, passa devant la Lexus. Après deux tours supplémentaires, elle se gara sur la place voisine. La vitre était baissée côté passager, pour faciliter la conversation avec la conductrice de la Lexus. Mais celle-ci garda son carreau levé, sans doute pour pouvoir détailler son interlocuteur à sa guise. L'une des quatre caméras dissimulées dans la déco intérieure de la Camaro s'enclencha malgré tout. Gros plan sur le verre légèrement fumé. Le conducteur de la Camaro se pencha vers la vitre ouverte. Un jeune homme svelte, traits hispaniques, pommettes saillantes et regard foncé interrogateur. Chemise à carreaux à manches longues entièrement boutonnée, pantalon cargo et Nike blanches. Un bandana bleu déployé sur son crâne rasé de près. Trois heures auparavant, l'enquêteur Raul Biro arborait une belle tignasse noire qui aurait quasiment pu passer pour une perruque. Sa partenaire Petra Connor s'était chargée de manier la tondeuse et de lui appliquer un peu de fond de teint pour harmoniser son scalp clair avec son teint hâlé. Biro arborait aussi quelques tatouages provisoires d'un noir bleuté, la teinte exacte des tatouages de prison. C'était là encore l'œuvre de Petra, qui avait fait les beaux-arts avant d'entrer dans la police. Sur la partie gauche du cou, une belle rose magnifiquement réalisée, au centre d'un crucifix. Une larme sous l'œil gauche. Quelques serpents et araignées sur les mains. Si le peu d'épiderme visible était à ce point barbouillé, on pouvait imaginer qu'il en allait de même sur le reste du corps. De toute façon, Biro ne risquait pas de se déshabiller et la supercherie ne serait donc pas dévoilée.

Il continuait de fixer la Lexus. Comme sous l'effet de

sa volonté, la vitre s'abaissa et la conductrice se montra à lui. Impassible, elle le dévisagea. Biro soutint son regard. Elle finit par dire :

– Juan ?

– George, répondit Biro. Jouez pas la maligne.

Le visage carré se crispa, puis se détendit. Battement de cils.

– Ravie de faire votre connaissance, George. Moi c'est Mary.

La voix n'avait rien à voir avec celle que j'avais entendue dans mon cabinet. Connie Sykes jouait les midinettes et elle en faisait des tonnes. Son accent du Sud était franchement comique, sauf que je n'étais pas du tout d'humeur à trouver ça drôle. Milo et Millie Rivera n'avaient aucune raison d'être surpris, n'ayant jamais entendu sa vraie voix. La jubilation manifeste de Connie Sykes me donnait la chair de poule.

– Personne vous a suivie ? lâcha Biro.

Lui aussi maquillait sa voix. Il s'exprimait dans un registre plus grave, avec l'accent chantant d'East L.A. et une tendance à manger les syllabes. Beau numéro d'interprétation à l'intention d'une unique spectatrice.

– Bien sûr que non ! répondit Connie Sykes.

Toujours cette diction maniérée.

– Z'êtes sûre ?

– Oui, George.

Biro resta muet.

– Ayez confiance, George ! Dites, on ne va pas régler ça ici ?

Biro balaya le parking du regard avant de répondre.

– Okay. Montez.

– Dans votre voiture ?

– Ça vous pose un problème ?

– Eh bien… après tout, non.

– Allez, dépêchez.

Elle grimaça, puis lança :

– Tout de suite, George !

Elle agita ses cheveux ondulés. Le premier geste féminin que je lui voyais. Totalement incongru, comme un hippopotame qui voudrait enfiler un tutu. George se fichait bien du sex-appeal de la dame. Connie le sentit, marqua une légère contrariété en descendant de la Lexus et essaya d'ouvrir la portière passager de la Camaro. Sans succès. Biro la déverrouilla. Manière de s'imposer. Connie monta, se caressa les cheveux et afficha ce qui se voulait être un sourire tendre et aguicheur, mais n'était jamais qu'un rictus répugnant et peinturluré. Peut-être étais-je trop sévère ; elle disposait quand même d'un chromosome X.

– La salope me fait froid dans le dos, dit Millie Rivera.

Biro alluma une cigarette. Sykes feignit de tousser.

– C'est mauvais pour la santé, George.

Biro recracha quelques anneaux de fumée.

– Faites voir le blé.

Sykes tapota son sac, comme elle l'avait fait chez moi pour me faire croire qu'elle était armée.

– Tout est là, George.

– Combien ?

– La somme convenue.

– Montrez-moi ça.

Connie ouvrit le sac et sortit une liasse de billets.

– Et je dois faire quoi ? demanda Biro.

– Comment ça ? s'étonna Connie Sykes, oubliant son accent. Je croyais que Ramon avait tout organisé.

– Oui, bien sûr, dit Biro. Faut liquider un gars.

– Vous savez donc de quoi il s'agit.

– C'est pas le tout.

– Ah bon ?

– Liquider, ça veut dire tout et n'importe quoi. Comment vous voyez ça ?

– Euh… je ne comprends pas bien…

– Je dois le flinguer ? Le poignarder ? Lui démonter la tronche ?

Il se tourna vers elle et recracha une belle volute.

– Y a un tas de méthodes, insista-t-il.

Sykes baissa la vitre et inspira à l'extérieur.

– Vous pourriez éteindre votre cigarette ? On s'asphyxie !

Biro tira sur sa clope comme si de rien n'était.

– Alors, vous me dites ce que je dois faire ?

– Je pensais que c'était réglé avec Ramon…

– On s'en tape de Ramon ! C'est nous qu'on est là ! Vous avez bien la somme convenue ? Je n'ai vu qu'une liasse.

– Bien sûr que oui ! répondit-elle, vexée. Je suis débordée. Vous croyez que je vais me déplacer juste pour rire ?

Elle pouffa.

– Qu'est-ce qu'il y a de drôle ?

– Vous n'avez pas l'air d'un rigolo, George, et pourtant je suis certaine que vous vous amusez beaucoup à faire ça !

Biro la fixa.

– N'importe quoi. Alors, vous me dites ce que vous voulez, oui ou non ?

Connie le regarda droit dans les yeux, les lèvres serrées. L'atmosphère venait de se tendre subitement dans la Camaro et nous en étions tous conscients. Milo se frotta le visage, comme s'il se débarbouillait sans eau.

– Mince, fit Millie Rivera. Allez, Raul, il faut que ça marche…

Biro porta sa cigarette à ses lèvres.

– Alors ? dit-il.

– Je vous trouve pointilleux, George.

– Hein ?

– Vous insistez pour que je fasse un choix précis.

– C'est votre responsabilité.

– Mais c'est vous le professionnel, George.

– Et alors ?

– À vous de décider.

– Tout ?

– Oui. Pourquoi pas ?

– Comme vous voulez. Je me disais juste que...

Sans crier gare, Connie Sykes ouvrit la portière et descendit. Plutôt que de regagner sa Lexus, elle se rendit à l'arrière de la voiture noire et marqua un temps d'arrêt. L'air d'observer quelque chose.

– Qu'est-ce que... ? marmonna Milo. Elle mémorise le numéro !

– Incroyable, dit Millie Rivera. Quelle meuf couillue !

Raul Biro nous parla du bout des lèvres.

– On fait quoi, les gars ? Je la rattrape ?

Son ton indiquait qu'il s'en passerait volontiers.

– Ne bouge pas, dit Milo.

Connie Sykes entra dans le restaurant.

– File ! ordonna Milo.

Raul Biro appliqua la consigne. Quelques instants après le départ de la Camaro, Connie Sykes ressortait de l'établissement et embrassait le parking d'un regard circulaire. Elle retourna à sa Lexus et y monta après un nouveau coup d'œil à la ronde. Elle s'en alla sans se presser. Millie Rivera lâcha un juron et Milo en fit autant. Je gardai pour moi la déception qui m'envahit.

13

Milo prit Laurel Canyon en direction du Central d'Hollywood, où le débriefing avec Raul Biro promettait d'être maussade. Tout compte fait, le rendez-vous n'eut pas lieu au poste. Dépité, Biro préférait éviter Petra et ses autres collègues. Il nous donna l'adresse d'un café sur Sunset, à proximité de Gower Street.

Il nous y attendait dans un box, une tasse devant lui. Il avait déboutonné le col de sa chemise et retroussé les manches. Curieux contraste entre les bras intacts et les mains entièrement tatouées. Une casquette des Dodgers avait remplacé le bandana. Milo, Millie et moi n'avions pas eu le temps de nous asseoir qu'il lança :

– Je sais que j'ai foiré, mais je n'arrive toujours pas à comprendre en quoi.

Policier d'une intelligence et d'une perspicacité hors du commun, il ne manquait ni de confiance ni de maîtrise de soi, sans jamais donner dans la prétention machiste. C'était triste de le voir dans cet état.

– Parce que tu n'as pas foiré, Raul, dit Milo. Elle est détraquée et parano.

Comme s'il n'avait pas entendu, Biro reprit :

– J'ai joué les durs sur les conseils du psychologue maison. Je voulais vous consulter, précisa-t-il en me regardant, mais on pensait que vous étiez trop impliqué.

– Compréhensible, dis-je.

– Vous auriez agi différemment ?
– Il n'y a pas de recette. Milo a raison, c'était imprévisible.
– Quel merdier ! murmura Biro.
– Mon pauvre, dit Millie Rivera. En plus, tu t'es rasé la boule à zéro.
– Pas grave, ça repoussera. Par contre, elle est toujours en liberté. Je suis vraiment désolé, docteur.
– Ne vous en faites pas.
Biro secoua la tête.
– Moi qui considérais les acteurs comme des crétins ! Maintenant, je sais que ça ne s'improvise pas.
Une serveuse vint prendre la commande. Moyennement ravie qu'on s'en tienne à trois cafés supplémentaires.
– C'est tout ?
– Nullement, dit Milo. Une simple mise en bouche. Vous m'apporterez un sundae au chocolat, avec nappage caramel. Vous avez du coulis d'ananas ?
– Non. Juste pêche ou cerise.
– Parfait.
– Lequel ?
– Les deux.
– C'est en extra.
– Je ne me refuse rien.
La serveuse s'éloigna en levant les yeux au ciel.
– Je suis incapable d'avaler quoi que ce soit, grogna Biro.
– Moi, fit Millie Rivera, un peu de sucre me ferait du bien. Tentant, un sundae.
– Mais je l'ai commandé pour toi, dit Milo.
Il se leva et me fit signe.
– Pas de bile, les jeunes, dit-il. Ça va s'arranger.
– Vous partez déjà ? s'étonna Millie.
– Je vous tiens au courant.
– C'est terminé pour nous ?
– Votre participation s'arrête là, pour l'instant.
– Qu'est-ce que je vais dire au lieutenant White ?

– Je me charge de le prévenir.
– Et Guzman ?
– J'ai l'impression qu'il est neutralisé via Efren.
– Bon, fit Millie Rivera. Et Efren ?
– Faites ce que vous devez.
Millie se tourna vers moi.
– Vous en pensez quoi, docteur ?
– Vous vous demandez si je suis tenté de le prévenir ? Pas du tout. Et quand bien même, qu'est-ce que ça y changerait ? Efren doit bien se douter que vous l'avez en ligne de mire.
Elle eut un sourire carnassier. La serveuse apporta la crème glacée.
– Une petite douceur pour toi, Millie, dit Milo en lançant un billet de vingt dollars sur la table.
– Vous n'en voulez plus ? grommela la serveuse.
– Ma raison et mon estomac ne sont pas toujours sur la même longueur d'onde.
Il se tapota le ventre et lui tendit un pourboire de dix dollars. Elle en resta bouche bée et il lui décocha une œillade. Je le suivis vers la sortie. Arrivé à la porte, je jetai un regard en arrière – Biro et Millie n'avaient pas bougé d'un iota. Tableau vivant avec policiers. Mon meilleur ami jouit d'une certaine aura. Curieusement, je n'en tirais aucun réconfort.

– Pour répondre à la première question qui te brûle les lèvres, dit-il après avoir démarré, je vais gérer ça. Quant à la deuxième question, qu'est-ce que ça peut te faire de connaître les détails ?
J'attendis un long moment avant de réagir.
– En réponse à ta première réponse : Quand, où et comment ? Et pour la deuxième : Parce que c'est ma vie qui est en jeu et que j'ai besoin de savoir.
Il accéléra.

– Okay, très bien. J'envisage d'aller trouver cette folle de Connie pour m'expliquer avec elle.

– Euh, je ne suis pas sûr que…

– Laisse-moi finir, Alex. Je vais la surprendre chez elle, lui confier que nous savons tout, lui foutre une sacrée pétoche sans enfreindre la loi et peut-être aura-t-elle un geste qui justifie son arrestation. Je ne suis pas la plus petite des cibles, dit-il en tapotant sa bedaine. Que la dame s'avise d'effleurer mes formes sculpturales et c'est fichu pour elle.

– Tu n'as pas…

– Étant affecté à la brigade des homicides, je peux choisir de bosser sur n'importe quelle enquête pour meurtre ou tentative de meurtre si ça me chante. Dixit Sa Sainteté.

– Tu as consulté le chef ?

– J'ai posé une question hypothétique à l'un de ses sbires.

– Tu subodorais que l'opération allait échouer ?

– Nullement, Alex. C'est mon côté scout : toujours prêt.

– Connie ne rechigne pas à utiliser l'arsenal juridique.

– Oh, je sais qu'elle prendra un avocat. Mais faisons confiance à la lenteur administrative pour que Connie lanterne un peu dans nos geôles avant d'être présentée à un juge. On verra si elle est toujours aussi insolente après s'être frottée aux garces de l'East Side ! Dire qu'elle voulait te faire la peau pour une fichue expertise ! Où habite-t-elle ?

– À Westwood.

– Quelle adresse ?

– Je ne la connais pas par cœur.

– Elle figure au dossier ?

– Oui.

– Et tu as le dossier chez toi ?

Acquiescement.

– Parfait. Je te raccompagne.

Chez moi, il ne se dirigea pas vers mon cabinet.

– Procédons dans l'ordre, dit-il.

Il me précéda dans le jardin, jusqu'à l'atelier de Robin

où il patienta sur le seuil pendant qu'elle maniait la scie circulaire. Le rugissement s'interrompit enfin, Robin retira son masque et épousseta un morceau d'épicéa rectangulaire.

– Salut, Milo !

– Salut.

Elle se frotta les mains et vint vers nous, suivie de Blanche.

– J'aimerais dire que ça me fait plaisir de te voir, Milo, mais je pressens une mauvaise nouvelle.

Il lui raconta le ratage. Elle eut une moue philosophe.

– Ce genre d'opération, rien n'est jamais garanti.

– Tu es la femme parfaite.

Enfin un avis avec lequel j'étais pleinement d'accord.

Nous nous installâmes autour de la table de la cuisine. Blanche s'assit aux pieds de Milo. Il lui caressa la tête distraitement.

– Si tu étais un chien policier, ma jolie, tu pourrais m'accompagner.

– Où ça ? s'enquit Robin.

– Il va s'expliquer avec Connie Sykes, dis-je.

Milo lui livra son analyse.

– Très judicieux, convint-elle. Merci. Tu sais, Alex, je ne vois pas d'autre solution. On ne va pas rester dans l'incertitude, non ?

– Je ne suis pas persuadé que cela nous permette d'en sortir.

– Quelle approche préconises-tu ? demanda Milo. La prendre en thérapie ?

Je ne répondis rien. Robin m'ébouriffa les cheveux.

– Honnêtement, chéri, je ne vois qu'une seule autre possibilité : tu veilles toi-même à la neutraliser pour de bon… Ou bien c'est moi qui m'en occupe, ajouta-t-elle avec un sourire malicieux. Maintenant que j'y pense, ce ne sont pas les outils de torture qui manquent dans mon atelier !

Milo se plaqua les mains sur les oreilles et se mit à fredonner. Robin gloussa, écarta la main gauche de Milo et lui chuchota à l'oreille :

– Une fois que j'aurai découpé cette salope en morceaux, je remplirai la baignoire d'acide sulfurique et puis…

– Gardons ce scénario pour l'adaptation au cinéma, dit Milo. Va me chercher l'adresse, Alex.

– Quand prévois-tu de t'en occuper ?

– Avec son labo, elle doit travailler tard le soir. Je tiens à la voir chez elle. J'essaierai vers dix heures.

– Ce soir ?

– Tu vois une raison de prolonger le suspense ? Ensuite, je m'offrirai un bon gueuleton. Un truc qui tienne au corps. De la barbaque, par exemple. Je connais un chouette grill sur Centinela. Non merci, les enfants, ne proposez pas de me régaler. Un petit moment en solitaire sera le bienvenu. L'occasion de rassembler mes pensées.

– Toc, toc ! dis-je. Bonjour, c'est la brigade des homicides !

– Si son plan avait réussi, nous aurions fait connaissance de toute manière.

14

De retour dans la cuisine après le départ de Milo, je dis :

– Alors ?

– Je suggère d'opter pour le plan B.

– Quel est le plan A ?

– Se tourner les pouces, l'estomac noué, en attendant que Milo appelle pour nous raconter comment ça s'est passé.

– Pas très ludique. Et le plan B ?

– Profiter de la vie, s'offrir un bon gueuleton nous aussi. Si quelqu'un peut régler cette histoire, c'est bien Milo. Inutile de s'en faire.

– Tu te sens capable d'avaler quelque chose ?

– J'ai bien l'intention d'essayer ! Et je t'en conjure, ne me demande pas ce qui se passera si jamais il n'arrive pas à la convaincre. Nous nous poserons la question le moment venu, si besoin.

– Parfait. Où veux-tu aller ?

– Si on décidait en route ?

– D'accord. Et désolé.

– D'être une victime potentielle ? Soyons sérieux, Alex. La seule qui pourrait à la rigueur s'excuser, c'est cette folle furieuse.

– Je vis avec la femme parfaite.

– Loin s'en faut, dit-elle en me flanquant un léger coup de poing à l'épaule, mais peu m'arrivent à la cheville.

Notre choix se porta sur un petit restau thaï de Melrose Avenue. À dix heures moins le quart, nous avions fini de dîner. Milo devait être aux abords du domicile de Connie Sykes, à patienter et épier son retour. Je proposai à Robin de faire un tour en voiture.

– Bonne idée. Ça vaudra mieux que de se ronger les sangs.

– Tu es gentille.

– Pourquoi ?

– De t'associer à mes tourments.

– Parce que tu t'imagines que j'ai une carapace à toute épreuve ? Moi aussi, je suis sur les nerfs. Seulement, je cherche à réagir grâce aux techniques que m'a enseignées un certain psychologue.

Je roulai tranquillement vers Beverly Hills et Rodeo Drive. Je m'arrêtai de temps à autre pour que Robin puisse admirer les vitrines.

– Qu'est-ce qui ferait plaisir à ma tsarine ?

– Mon oligarque est bien trop généreux !

L'accent du Sud qu'elle adopta était un choix malheureux. Je sentis mon ventre se crisper. Dix heures vingt-trois à l'horloge du tableau de bord. Là, Milo devait…

– Rentrons à la maison et posons-nous devant la télé, suggéra Robin. Si Milo n'appelle pas d'ici minuit, c'est que tout va bien. Contrairement au Dr Sykes, nous ferons de beaux rêves !

Nous étions couchés à minuit dix.

– Je t'aime, ma chérie. Merci d'être aussi patiente.

– Je t'aime moi aussi, Alex. Tout va bien se passer.

Trois minutes plus tard, je pataugeais en plein pessimisme. La sonnerie du téléphone me fit sursauter.

– C'est moi, dit Milo. Tu n'as plus rien à craindre.

– T'es sûr ?

– Oui, fais-moi confiance. Pour moi, en revanche, la vie vient de se compliquer sérieusement.

15

Connie Sykes habitait une maison en brique de plain-pied, style Tudor, dans un cul-de-sac escarpé entre Wilshire et Sunset. La Lexus vanille était garée dans l'allée pavée. Quartier agréable et tranquille, rues bordées d'arbres majestueux. À deux pas de l'université, idéal pour un enseignant débutant et sa jeune famille, à l'époque révolue où le corps professoral avait encore les moyens de se loger à Brentwood. Abritée derrière des haies et un superbe cèdre de l'Himalaya, la demeure était située plus en retrait que ses voisines. Parfait si vous recherchiez la discrétion. D'ordinaire, je rends visite aux parents qui se disputent la garde. Nul besoin pour l'affaire Sykes contre Sykes, aussi ce lieu était resté pour moi une abstraction, une adresse dans un dossier. Du coup, je n'avais pas réalisé que c'était tout près de chez moi. Cinq minutes en voiture, dix si ça roulait mal. Même à pied, ç'aurait été possible. Connie aurait très bien pu se livrer à une petite expédition à la nuit tombée. Le portail clos au bout de notre allée, s'il constituait un obstacle pour un véhicule, était facile à contourner pour un piéton. Mais ce n'était pas le style de Connie Sykes. Elle préférait déléguer. Cependant, voilà qu'elle-même subissait les noirs desseins d'un autre.

Les trois véhicules de police immobilisés en travers de la chaussée m'obligèrent à me garer loin du périmètre de sécurité. Sans compter la fourgonnette blanche du coroner et la camionnette noire de la police scientifique. Ciel d'encre, trottoir plongé dans l'obscurité, une zone de lumière devant la porte d'entrée où l'on avait dressé un projecteur. Je me présentai aux deux agents postés derrière le ruban jaune. Un homme et une femme, petite vingtaine, nommés Flynn et Roosevelt. Nullement impressionnés quand je mentionnai Milo. De toute manière, je n'étais pas certain qu'il me soit d'un grand soutien. Il m'avait clairement signifié sa préférence au téléphone.

– Non, Alex. Reste chez toi.

– Pourquoi m'appeler, alors ?

– Pour que tu saches que tu n'as plus rien à craindre.

Clic.

Je m'écartai des agents et sortis mon portable.

– Delaware au rapport !

– Et merde, lâcha Milo.

– Ordonne à tes laquais de me laisser passer.

– Alex...

– Je me tiendrai sage. Promis, papa !

– Pourquoi tu... ?

– Je tiens à voir ça de mes propres yeux.

Il raccrocha. Quelques secondes plus tard, l'agent Flynn, moitié féminine du duo, reçut un appel sur sa radio. L'air dubitatif, elle me fit signe d'enjamber le ruban.

Connie Sykes gisait sur le dos, presque au centre du petit vestibule en rotonde. Pas de mobilier, un simple tapis rond sur du parquet. Un faux persan dans des tons beiges, bleus et verts. Auxquels s'ajoutait une tache rouge-brun qui n'était pas l'œuvre du tisserand. Un lustre en fer forgé éclairait le cadavre. Elle portait une robe de chambre en chenille moka, par-dessus un pyjama de flanelle blanche à motif de minuscules fleurs bleu ciel. Une tasse en porcelaine reposait sur la droite à un peu moins de deux mètres du corps, indice signalé par une marque jaune. Elle avait atterri juste au-delà du tapis. La flaque de tisane autour formait comme une amibe transparente bordée de gris. Les pans écartés du peignoir dévoilaient une seconde tache brune et sèche, étalée sur le haut de pyjama. Une plaie d'une dizaine de centimètres était visible au-dessus du nombril. Nette et horizontale, légèrement évasée au centre. Le tueur plante sa lame, puis tranche de part et d'autre, déchirant le diaphragme. Le peignoir était ouvert car on avait retiré la ceinture pour étrangler Connie Sykes avec. Son visage était gris par endroits, ailleurs d'un noir violacé. Sa langue semblait une aubergine entre les lèvres crayeuses. L'enquêtrice du coroner, une certaine Gloria, s'accroupit à côté du cadavre. Appareil photo suspendu au cou, elle griffonnait des notes dans un calepin. Milo se tenait sur le côté.

– Poignardée puis étranglée ? demandai-je.

– Dans cet ordre, dit-il. Aucun signe d'effraction, elle ne semble pas s'être débattue. Les portes étaient verrouillées à mon arrivée. Elle a dû ouvrir à son agresseur, qui l'a achevée avec la ceinture après l'avoir mise au tapis.

– La blessure au ventre était mortelle ?

– J'ai l'air d'un médecin ?

Gloria m'adressa un sourire.

– Salut, docteur. Ça devient une fâcheuse habitude de se retrouver ainsi ! Seule l'autopsie permettra de le dire avec certitude, Milo, mais à mon avis, la réponse est oui. À cet emplacement, si la plaie est profonde, la respiration s'arrête.

– Et on l'a étranglée pour s'en assurer, dis-je.

J'observai la ceinture : pas de nœud, une simple boucle. Gloria contempla le visage altéré de Connie Sykes.

– D'aussi près, c'est forcément personnel. Son assassin ne la portait pas dans son cœur.

Il n'est pas le seul, songeai-je. Je gardai cela pour moi, en proie à des sentiments contradictoires. Je suis toujours attristé à la vue d'un être humain avili. Pas de bouffée triomphale, donc. Pourtant… du soulagement, oui. Je ressentais soudain un calme qui me faisait défaut depuis des jours. Je ne m'étais pas rendu compte à quel point j'étais tendu.

– T'en as vu assez ? demanda Milo.

Je portai le regard au-delà du corps. La seule pièce visible était un salon simplement aménagé, avec fenêtres à meneaux. Il devait y avoir une jolie vue sur le jardin, mais les vitres n'étaient pour l'heure que des carrés noirs. À gauche du corps se trouvait un cabinet de toilette et à droite une penderie. Un technicien se présenta.

– Aucun signe de cambriolage ni d'effraction, lieutenant. Bobby relève les empreintes dans la chambre et la salle de bains, mais je doute que ça donne grand-chose. L'action s'est déroulée exclusivement ici.

– Vite fait, bien fait, lançai-je.

Tous me dévisagèrent. Le technicien parce qu'il ne me connaissait pas, Milo et Gloria à cause de mon ton désinvolte.

– Sortons un instant, dit Milo en pointant le pouce.

Dehors, il passa sous le ruban et marcha vers la Seville. Des lumières s'allumaient chez les voisins. Devant l'une des demeures, un type costaud tenait en laisse un molosse.

– Que se passe-t-il ? s'enquit-il.

– Un crime a été commis, répondit Milo.

– Quel genre de crime ?

Alors que je m'attendais à une réponse évasive, Milo dit :

– Un meurtre.

– Elle ? fit l'homme. Elle a été assassinée ?

Milo se dirigea vers lui. De plus près, la lumière de la véranda nous permit de le détailler. Bien en chair, cheveux blancs, sourcils broussailleux, bonne cinquantaine, sweat de velours noir. Son chien, un bâtard à rayures, avait les yeux brillants et le museau aplati. À notre arrivée, il s'assit sur les pattes arrière et respira bruyamment. Instinct protecteur peu développé. Peut-être un croisement de labrador et de rottweiler, avec la première race en dominante.

– Vous connaissez le Dr Sykes ? dit Milo.
– Je sais qu'elle habite cette maison.
– Une femme sympathique ?
– Euh… ça pouvait aller.
Comme Milo ne disait rien, l'homme ajouta :
– Ce n'est pas gentil de dire du mal des disparus, mais il serait erroné de la décrire comme « sympathique ». Elle gardait ses distances. Parfois, vous lui disiez « bonjour ! » et elle ne vous répondait même pas. Peut-être était-elle perdue dans ses pensées.
– Ou simplement asociale, suggéra Milo.
– Je n'ai jamais vu personne lui rendre visite. Il faut bien l'avouer, elle ne se manifestait que pour se plaindre des autres.
– À quel sujet ?
– Les gens qui ne ramassent pas les déjections canines ou ne rangent pas leur poubelle, ce genre de trucs.
– À qui s'en plaignait-elle, monsieur… vous vous appelez comment ?
– Jack Burghoff. Elle s'en prenait à celui ou celle qu'elle tenait pour responsable. Un jour, elle est venue frapper à ma porte et elle a pointé un caca de chien dans son allée. Un tout petit machin. Pas le style d'Otis. Hein, mon toutou ?
L'animal acquiesça d'une respiration sifflante.
– Avec Otis, un seul sachet ne suffit jamais. Faut même une pelle. C'est ce que j'ai répondu au Dr Sykes et elle m'a regardé comme si j'étais un menteur. J'ai laissé tomber. Vous avez des suspects ? Elle a été abattue ? Je n'ai pas remarqué de coup de feu. On est vigilants, dans le quartier. Dès que quelqu'un entend quelque chose, il décroche son téléphone.
– Non, pas d'arme à feu.
– Comment, alors ?
– À ce stade, monsieur, je ne peux pas en dire plus. La soirée a donc été calme ?
– Parfaitement calme. Il y a environ trois ans, plusieurs

cambriolages ont été commis par ici. Gros butins. Le coupable était un doctorant de la fac qui voulait compléter sa bourse.

– Stuart Belize, dit Milo.

– C'est vous qui l'avez arrêté ?

– Des collègues.

– C'est fou, non ? Le type bosse sur sa thèse le jour et joue les monte-en-l'air le soir. Mais bon, ça illustre ce que je vous disais : vous l'avez pincé parce que quelqu'un a donné l'alerte. Plus précisément, le professeur Ashworth, dit-il en pointant une demeure de style hispanique située en face. Amusant, non ? Le professeur qui colle un étudiant !

Milo sourit.

– Que pouvez-vous nous dire sur le Dr Sykes ?

– Pas très sociable, comme je vous ai expliqué. L'an dernier, on a organisé la fête des voisins, chacun apportait quelque chose à manger. Le Dr Sykes n'y a pas participé. Elle était pourtant chez elle, sa voiture était garée dans l'allée comme maintenant.

– Vous avez le sens de l'observation.

– Normal, je suis dessinateur. Si vous me dites votre nom, demain je l'aurai oublié. Mais les visages et tout ce qui accroche le regard, c'est autre chose. La mémoire visuelle est un de mes atouts.

– Auriez-vous noté quoi que ce soit d'inhabituel ce soir ?

– Non, j'aurais appelé la police. La seule indication que je puisse vous fournir, c'est l'heure approximative à laquelle le Dr Sykes est rentrée chez elle. Quand je suis arrivé à sept heures vingt, sa voiture n'était pas là. Je me suis changé et j'ai pris une bière, puis j'ai sorti Otis, disons vers huit heures moins vingt. La voiture était arrivée entre-temps. Donc elle a dû rentrer vers sept heures et demie.

– Son heure habituelle ?

– Je ne saurais dire. En général, je suis là vers cinq heures. Je promène Otis et à six heures on est de retour.

Ensuite, je ne mets plus le nez dehors. Ce soir, j'avais une réunion qui s'est terminée tard.

La porte de la maison voisine s'ouvrit et un homme sortit. Burghoff lui fit signe d'approcher. Quinquagénaire également, plus petit et moins corpulent, tee-shirt blanc et jogging bleu pâle.

– Qu'est-ce qui se passe, Jack ?

– Le Dr Sykes a été assassinée, Mike.

– Tu plaisantes ?

Le nouveau venu nous dévisagea et Milo se présenta.

– Moi, c'est Michael Bernini. Qui est le coupable ?

– Il est trop tôt pour le dire.

– Incroyable… Salut, Otis.

Bernini se pencha pour caresser le chien qui renifla avec contentement.

– Dingue, non ? fit Burghoff.

– Je ne te le fais pas dire !

– À toi de parler à ces messieurs, Mike. On retourne se coucher, Otis.

Bernini n'avait rien à ajouter. Même résultat aux deux portes suivantes, d'abord un vieux couple, puis une jeune femme en kimono de soie qui nous cita elle aussi l'épisode de la fête des voisins et qualifia Connie Sykes d'« ermite » Il ne transparaissait chez tous ces gens ni sympathie ni animosité particulière. Milo se dirigea ensuite vers la Seville.

– La défunte n'est pas regrettée, maugréa-t-il.

– Ce qui pourrait signifier une longue liste de suspects.

– J'ai déjà mes finalistes, ton pote Efren et ses charmants acolytes, plus la frangine.

Il m'ouvrit la portière.

– Il y a des faits objectifs qui ne mentent pas, dit-il. Allez, passe une bonne fin de nuit.

– Tu vas prendre l'enquête ?

– Pourquoi pas ?

– À quelle heure es-tu arrivé ?

– Dix heures et demie. Qu'est-ce que ça peut faire ?

– Tu commences par te garer et tu surveilles la maison. Tu réfléchis à la meilleure façon de l'intimider sans nous attirer d'ennuis. Faute d'une solution évidente, tu finis par descendre et sonner à sa porte. Sans succès. Comme sa voiture est garée dans l'allée, tu te dis qu'elle doit être sous la douche ou occupée à autre chose. Ou bien, elle a parfaitement entendu la sonnette mais n'a pas envie d'ouvrir. La porte est munie d'un judas, peut-être que Connie se tient derrière à t'épier. Malgré l'agacement, tu restes prudent. Imagine seulement que cette folle soit armée ? Tu sors ton Glock et tu sonnes une nouvelle fois. Toujours rien. À ce stade, tu as le choix entre repartir quitte à continuer à te faire du souci pour moi, et fureter. Tu regardes par le judas. Grâce à l'éclairage du lustre, tu aperçois le corps. Tu pousses un juron, tu rengaines ton arme, tu te gantes et tu actionnes la poignée. De deux choses l'une : soit c'est ouvert et tu t'aventures à l'intérieur en pointant ton pistolet, soit c'est verrouillé et tu passes quelques coups de fil.

– C'était fermé à clé. Et alors ?

– Tu comptes mener l'enquête malgré ta qualité de témoin ?

– J'y tiens. À moins qu'un grand manitou n'en décide autrement. Tu comptes souffler l'idée à quelqu'un ?

– Bien sûr que non.

Il pivota et retourna d'un pas alerte vers la scène de crime.

– On se parle demain ! lui lançai-je.

Il marmonna une réponse. « On verra », crus-je distinguer.

16

Le message que je laissai à Milo le lendemain soir resta sans réponse. N'ayant aucun patient en thérapie, ma charge de travail se limitait à la rédaction de deux rapports d'expertise. Ce qui me permettait de me consacrer à Robin et à la chienne. Ma chérie était débordée. Quant à Blanche, sa distraction favorite reste le sommeil des justes. J'avais donc du temps pour cogiter. J'étais tenté de téléphoner à Efren Casagrande, mais ce serait me mettre dans mon tort. Pareil pour Cheri Sykes.

Milo m'appela sur ma ligne personnelle le lendemain matin à neuf heures.

– Le lieutenant qui ça ? dis-je.

– Monsieur est vexé ?

– Où en est l'enquête ?

– Ça avance. Au sens où un escargot avance. Devine quoi ? Tu as désormais le droit de t'impliquer.

– Qu'est-ce qui a changé ?

– Dans une heure et demie, Millie et moi interrogeons ton pote Efren Casagrande. Un garçon avisé. Pas étonnant pour quelqu'un qui fait carrière dans le crime. Comme l'a souligné son avocate, M. Casagrande n'est nullement tenu de nous parler. Toutefois, M. Casagrande daignera nous consacrer un peu de son temps précieux si le Dr Delaware est présent. Apparemment, tu lui manques. Ça doit être agréable d'être désiré. Contrairement à cette pauvre Connie dont tout le monde se contrefiche, y compris son frère que je viens d'avoir au téléphone. J'aurais pu lui lire le bulletin météo que ça lui aurait fait le même effet. Il habite la Silicon Valley, passera quand son emploi du temps le lui permettra. En attendant, le cadavre pourrit à la morgue.

– L'autopsie a-t-elle apporté du nouveau ?

– Que dalle. Le coup de couteau a été mortel, la strangulation un simple bonus. Aucun signe de résistance.

– On l'a donc agressée par surprise, sinon elle se serait débattue.

– C'est mon hypothèse. Quelqu'un dont elle ne se méfiait pas.

– Pas Efren, donc.

– Mais ça pourrait être son pote Guzman, parce qu'il fait le ménage au labo et qu'elle a déjà eu affaire à lui. Et si ça ne colle pas, il me reste la sœur.

– Tu l'as informée du meurtre ?

– Ça ne me semblait pas judicieux. J'en déduis que tu ne lui as rien dit. Sois gentil, garde encore le silence. Allez, on se voit à dix heures et demie.

17

Je me mis en route, curieux de découvrir un Efren qui avait certainement beaucoup changé. Je repensai à la séance qui avait suivi celle où il m'avait sorti sa remarque sur la vie stylée. Agité et déconcentré à son arrivée, il s'était laissé tomber sur le divan, la tête penchée et l'air endormi.

– Ça va ? lui demandai-je.

– Ouais… je me sens un peu…

– À plat ?

Il secoua la tête, mais j'allai malgré tout lui chercher un verre de jus de fruit.

– C'est bon, dit-il. Je pense changer de moteur.

– Celui de la Chevrolet ?

– Oui, ce sera mon cadeau pour mes seize ans.

– Félicitations.

– Ouais, mais cette caisse est giga-lente !

Efren avait soudain retrouvé sa vivacité et j'eus droit à un quart d'heure passionné sur le *tuning* : le moteur de plus grosse cylindrée qu'il envisageait d'installer, ainsi que de nouveaux haut-parleurs « qui déchirent grave », et il songeait même à remplacer l'aigle aztèque par « un truc grave classe ».

– La Chevrolet est équipée d'une suspension hydraulique ? demandai-je.

– Oui, mais pourrie. Je vais te la régler comme ça !

Il écarta les mains d'un bon mètre.

– Pour que ça secoue joliment.

– Ouais, c'est ça. La dernière fois, je t'ai dit ce que je pense du diabète. Tu dois pas t'en souvenir.

– Si. Le diabète t'empêche d'avoir une vie stylée.

– Ouais, c'est ça. Genre… putain, qu'est-ce que je veux dire ? s'emporta-t-il en se frappant le front. Genre, comme si c'était une chose, mec. Une chose qui va s'en aller. J'emmerde cette saloperie. Une vraie salope. Je la nique.

– Ta maladie. Le diabète.

Il brandit les poings comme des serres.

– Rien qu'une chieuse qui veut pas me lâcher ! L'arrête pas de me chercher ! Grrrr ! Grrrr !

– Elle veut contrôler ta vie.

Il asséna un coup de poing à sa paume gauche.

– Putain de merde ! Ça fait chier ! Le diabète, je le mate !

– C'est ton corps, dis-je.

– OK, c'est mon corps ! Mon sang est bon, du sang rouge, *mi sangre* ! C'est vivant, tu piges ? Quand il devient un peu trop sucré, je corrige avec cette merde d'insuline ! Putain, c'est que du sucre !

– Je sais.

– Fait chier, bordel de merde ! C'est ma vie, je fais ce que je veux !

La séance suivante, il m'avait annoncé :

– Je peux plus venir toutes les semaines. Genre, deux fois par mois, ça serait cool ?

Je pensais qu'il allait bientôt mettre un terme à la thérapie. Peut-être était-ce un peu prématuré, ou pas, mais inutile d'en débattre. Je devais rester l'adulte neutre qui ne cherchait pas à lui imposer quoi que ce soit.

Je me trompais sur ses intentions. Concernant Efren, j'ai souvent eu tort. Les séances s'étaient poursuivies pendant treize mois. Le garçon était toujours ponctuel et il n'oublia jamais le règlement en liquide. J'eus sa mère au téléphone à cinq reprises. Une femme aimable et à la voix douce, qui avait épousé un psychopathe et en avait peut-être enfanté un autre. Elle m'appelait pour m'informer des bilans encourageants, de la satisfaction de leur généraliste. La cinquième et dernière fois qu'elle m'appela, elle était particulièrement émue. Elle me dit que j'étais un faiseur de miracles et qu'elle priait pour moi à la messe chaque dimanche. Elle comptait m'offrir une marmite de *menudo* par l'entremise d'Efren. Est-ce que je connaissais cette spécialité mexicaine ?

– Oui et j'aime beaucoup ça. Mais ne vous sentez surtout pas obligée.

– Pas du tout. C'est juste pour remercier.

– J'ai beaucoup de plaisir à voir votre fils.

Après un silence :

– Ah bon ?

– C'est un garçon très intelligent.

– Je sais, je sais. Alors pourquoi il est si stupide ?

Je n'avais aucune réponse à lui fournir.

– Enfin, mon Efren va beaucoup mieux. J'en remercie d'abord le Seigneur, et aussi vous.

Peu de temps après, j'avais adressé mon troisième compte-rendu à l'endocrinologue. Comme pour les deux premiers, il n'y eut pas de retour. Je savais que ce médecin était débordé, l'hôpital lui imposant une charge de patients excessive. Il m'adressa trois autres malades, des cas beaucoup plus simples qu'Efren. Robin et moi fîmes honneur au *menudo,* plat idéal pour une soirée de novembre un peu fraîche.

– Tu devrais te spécialiser dans les patients avec des mères cordons-bleus, chéri !

À la fin de la deuxième séance du treizième mois, Efren m'annonça qu'il déménageait et ne pourrait plus venir.

– Où vas-tu t'installer ?

Il changea de position, gêné.

– C'est top secret ?

– Non. Je pars à Oakland. Bon. Merci, mec. D'avoir écouté mes conneries.

– En fait, tu dis très peu de conneries.

– Ouais, c'est ça.

– Je suis sérieux. Tu as été franc.

Un haut-le-corps souleva son torse efflanqué. Il porta une main frêle à son œil droit, puis au gauche. Tripota un gros bouton sur son menton effacé. Se frotta encore les paupières.

– Chiant, j'ai des saletés dans les yeux...

– La pollution. À L.A., faut faire avec.

– Ouais. Tu connais Oakland ?

– J'y ai obtenu ma licence il y a des années, mais je n'y suis pas retourné depuis.

À l'époque où j'étais interne à la clinique Langley Porter de la faculté de Californie et de San Francisco, j'avais collaboré à une étude sur les gangs d'Oakland, histoire d'arrondir mes fins de mois. Il m'avait fallu affronter des quartiers d'une extrême violence, des rues où coulait plus de sang que dans certaines boucheries.

– C'est quoi, une licence ? me demanda Efren.

– L'autorisation de m'installer comme psychologue.

– Quoi ?

J'indiquai le document affiché dans mon dos.

– Il est écrit là que j'ai le droit d'exercer mon métier.

– Le droit ? Ça existe, les psys hors-la-loi, genre qui sont dans un gang ? T'as la loose, j'ai la blouse, j'ai ton flouze, t'as plus le blues !

Je ne pus que rire.

– Voilà un concept intéressant !

– Tu veux dire que tu dois douiller pour bosser ?

– Il y a quelques frais, mais surtout il faut...

– Mec, on te manque de respect !

– Pas vraiment, non.

– Tu dois casquer si tu veux bosser, sérieux ? C'est relou ! Si jamais t'as besoin d'un coup de main, faut m'appeler. Okay ?

– Un coup de main pour quoi ?

Il m'adressa un clin d'œil.

– Si on te manque trop de respect. Bon, faut que j'y aille. C'est pas tout près, Oakland. *El loco land,* comme on dit !

– Tu t'y rends en voiture ?

– Ça se peut… dit-il avec un petit sourire. Et tant pis si j'ai pas l'âge de conduire !

Il se leva et se dirigea vers la porte d'un pas traînant. Revint vers moi et me serra la main. La sienne me parut toute fragile.

– Bon. C'était cool, docteur.

– Je vais t'accompagner dehors.

– Non, non, je connais le chemin.

– D'accord. Amuse-toi bien.

– M'amuser ? dit-il en plissant les yeux. Pas trop, mec. C'est pas pour le fun, c'est du taf.

J'arrivai en ville vingt minutes avant l'heure convenue. Je trouvai une place où me garer et revins à pied vers le Central, mais le dépassai sans y pénétrer. Si Efren était fidèle à ses habitudes, il serait à l'heure. S'il voulait rouler les mécaniques, il ferait attendre Milo. Quoi qu'il en soit, j'avais bon espoir de le voir seul à seul.

Ça me bouffe grave, cette salope qui voulait faire ça. Je peux te dire, j'ai envie de la buter. T'es cool avec ça ?

Non.

Je plaisante, mec !

À voir. Si je le croisais, qu'allais-je lui dire ?

Il arriva en avance, à pied dans Butler Avenue. Flanqué d'une blonde gironde avec qui la discussion semblait animée. Il avait pris quelques centimètres et s'était étoffé des épaules, mais il restait fluet, robuste comme un cintre métallique. Chemise claire à manches longues, pantalon foncé, chaussures noires. Chevelure noire fournie et coiffée en arrière, à la manière des truands d'un autre temps. Il n'avait pas adopté l'inévitable boule à zéro. Pas de tatouage visible. Son teint s'était éclairci. Je me dissimulai à l'ombre de la façade du Central. Efren était très attentif à ce que lui disait la blonde. Je pus mieux les distinguer à mesure qu'ils s'approchaient. Efren avait le visage plus fin et plus anguleux qu'auparavant, avec d'épais sourcils noirs et un nez crochu souligné d'une tache sombre, peut-être un soupçon de moustache. La femme était légèrement plus grande que lui, environ le même âge, coiffure à la Marilyn Monroe et plastique à l'avenant. Elle portait un chemisier de satin rouge ajusté, une jupe droite noire, un collant écarlate à motifs de roses noires et des talons aiguilles argentés qui ne ralentissaient en rien sa démarche déhanchée. Vernis noir aux ongles, attaché-case en daim marron. Visage ravissant, maquillage flamboyant, grands yeux noisette. Quand je leur barrai le passage, Efren eut le réflexe de porter la main à la poche de son pantalon. Il fixa son regard sur moi, s'illumina et m'agrippa affectueusement.

– Salut, docteur ! C'est lui, Lisa. Le boss qui m'a sauvé la vie quand j'étais un petit morveux !

L'accent chantant de l'est de Los Angeles était plus marqué qu'autrefois et sa voix avait mué. Sourire rayonnant, aux dents désormais parfaitement alignées. Ses cheveux embaumaient le gel citronné. Un prince de la racaille. Cet air de confiance nonchalante que l'on retrouve chez les jeunes qui ont fait Harvard comme papa et grand-papa, ou encore chez les rejetons des stars du show-biz. Je serrai la main frêle d'Efren. Manucure soignée. La blonde nous observait d'un air désapprobateur.

– Ça faisait un bail ! dit Efren. Comment va, docteur ? Vrai, t'as pas dû trop te marrer récemment. La salope qui monte un coup pareil, c'est dingue !

Ses iris devinrent deux billes de charbon. J'eus un haussement d'épaules évasif.

– Bon, fit la blonde.

– C’est lui, Lisa, insista Efren.

Elle resta de marbre, daigna me présenter l’extrémité de ses doigts. Elle retira sa main presque aussitôt et les ongles noirs me raclèrent le poignet au passage. Je ne pus m’empêcher d’y voir un avertissement.

– Lisa Lefko, l’avocate de M. Casagrande.

– Alex…

– Je sais qui vous êtes, dit-elle en consultant une montre Ulysse Nardin sertie de diamants. Nous sommes attendus, Efren.

– Une seconde. Alors, doc ? Sûr que ça va ? Dans la tête, je veux dire…

– Je vais bien.

Il me dévisagea longuement.

– Et à part ces conneries, la vie va ?

– Génial. Et toi ?

– Moi ? La vie est merveilleuse ! Les affaires marchent du feu de Dieu !

Je connaissais la réponse, mais ne pus me retenir de demander :

– Quel secteur ?

L’avocate se raidit.

Il fit claquer ses lèvres et esquissa un pas de danse dans ses mocassins flambant neufs.

– Son et déco pour voitures. Dernier cri en matière d’autoradios, doc. Tu devrais passer, je t’installerai un truc de malade ! Quel genre de musique t’écoutes ?

– Toutes sortes.

– Ah ouais ? J’ai ce qu’il faut pour tous les genres ! On a aussi un atelier pour les jantes customisées. J’ai un as du pinceau en petit-gris, ses rayures sont du grand art. Pas d’accord, Lisa ? Super-classe, le job qu’il a fait sur ta Jag.

– Très réussi, dit-elle. Bon, si nous…

– N’importe quelle caisse devient hyper-stylée chez nous, doc. Tu conduis quoi, maintenant ?

– Ma Cadillac Seville.
– Toujours la même ? Sérieux ?
– Tout à fait. J'en suis très content, Efren.
– Une pièce de musée, mec ! Moteur d'origine ?
– Non, j'en suis au troisième.
– Toujours un moteur Cadillac ?
– Oui, j'en ai récupéré un neuf chez un revendeur.
– Waouh ! Carrément une caisse de collection.

Lisa Lefko tapotait le trottoir d'un talon impatient. Un véhicule de police s'engagea dans le parking du personnel. Elle le suivit du regard.

– Les flics feraient mieux de conduire des trucs moins nases, lâcha Efren d'un ton implacable. Ils seraient plus heureux et arrêteraient d'emmerder tout le monde.

L'avocate s'éclaircit la gorge et s'étira le dos, mettant en valeur ses formes avec une parfaite effronterie. Visage de starlette, corps de pin-up et regard d'inspecteur du fisc. Elle me rappelait Medea Wright, l'avocate de Connie Sykes. Lefko aurait pu être sa grande sœur en plus blonde.

– Okay, doc. On y va ?
– Il n'est pas inclus, dit l'avocate.
– Qu'est-ce que tu racontes ?
– C'est ce que je tentais de t'expliquer. Le lieutenant m'a appelée, le docteur n'assistera pas à ton interrogatoire.
– Pourquoi ?
– Question de procédure.
– Qu'est-ce que ça veut dire ?
– Ça veut dire qu'au final, ils ne veulent pas de lui.

Il se tourna vers moi.

– T'es au courant, doc ?

Je secouai la tête.

– On m'a simplement dit que tu avais demandé que je sois présent.
– Merde, grommela-t-il. Ils te font perdre ton temps, et le mien.

– Avant de faire confiance au docteur, intervint l'avocate, dis-toi qu'il est peut-être davantage dans leur camp que dans le nôtre. Il n'est là que pour t'amadouer.

– Comment ça ?

Elle soupira.

– On te jette un os. Les flics voulaient t'entendre et toi tu voulais que le Dr Delaware soit présent. On prévoyait certainement de vous laisser bavarder un instant, puis de te prendre à part. Vous les avez devancés. C'est bon, on peut entrer ? De toute manière, ajouta-t-elle en me regardant droit dans les yeux, tu n'as rien à leur dire, Efren.

Il cilla.

– Oui, c'est vrai. Content de t'avoir revu, doc. Je voulais m'assurer que ça allait.

– Tout va très bien. Merci, Efren.

Il pointa du pouce l'entrée du poste.

– C'est vrai, ce que dit Lisa ? Tu bosses pour les flics ?

Depuis belle lurette, mon grand.

– Ça m'arrive.

– Sérieux ? Tu cherches à savoir ce que les méchants ont dans la tête ?

– En gros.

– Tu vois toujours des gamins diabétiques ?

– De temps en temps.

– Donc tu tafes surtout avec les keufs.

– Efren, s'impatienta l'avocate, nous devons vraiment y aller.

Il la fit taire d'un geste et me prit la main dans les deux siennes.

– C'était cool de se revoir, doc. Garde la santé.

Je patientai seul sur le trottoir pendant quelques minutes avant d'appeler Milo sur sa ligne directe. Ce fut Moe Reed qui décrocha.

– L'interrogatoire du suspect vient de démarrer, docteur.

Vous êtes censé vous installer dans le bureau du patron, le tout est retransmis sur son ordi.

– Carrément ? Un nouveau dispositif ?

– Ça fait plus d'un an que c'est en place. Ce matin, le lieutenant a enfin accepté que je lui montre comment ça fonctionne.

Murs beiges impeccables, une table et trois chaises, pas de gobelets de café ni de verres d'eau. La table avait été poussée dans un coin, pour priver Efren de ce rempart psychologique. Lui et son avocate faisaient face à Milo.

– Merci d'être venu, monsieur Casagrande.

– De rien.

– Bien. Nous pouvons commencer.

– En l'espèce, dit l'avocate, « commencer » est synonyme de « terminer ». Mon client n'a rien à dire.

Elle se leva et prit son attaché-case. Milo devint tout rouge.

– Vous vous moquez de moi ?

– M. Casagrande n'a aucun témoignage à apporter, au plan pénal comme au civil. Conformément aux conseils qui lui ont été prodigués, il ne répondra à aucune question.

Milo se pencha vers Efren.

– C'est votre position ?

Efren avait perdu son sourire. Les épaules contractées, il se tourna vers l'avocate. Il n'était pas moins surpris que Milo.

– C'est exactement sa position, lieutenant.

– Elle s'exprime pour vous ? dit Milo à Efren.

– Allons, Lisa, on a quand même le droit de parler des Dodgers, non ?

Lisa Lefko gardait les traits figés.

– Si telle était votre intention depuis le début, maître, pourquoi nous avoir fait perdre notre temps ?

– Excellente question, lieutenant.

Les deux hommes la dévisagèrent. Elle se déhancha, fit voler ses boucles et changea la sacoche de main.

– Prêt, monsieur Casagrande ?

Efren se tortilla sur sa chaise et eut un petit rire gêné.

– *Adios !* lança Milo.

Sur ce, il quitta la pièce. À peine fut-il parti que Lisa Lefko sourit à son client. La première fois qu'elle se déridait. Efren restait assis.

– Ne dis rien, lui conseilla-t-elle. Je suis sûre qu'il y a des micros.

Il demeurait figé.

– J'ai du courrier pour toi au cabinet, dit-elle. Ça vient d'assez loin.

Il arqua les sourcils. Elle lui ouvrit la porte. Ce n'était plus lui qui menait la danse. Il se leva et la suivit, docile comme un vieillard.

18

Milo ouvrit rageusement la porte de son bureau. La poignée heurta le mur, resta fichée dans le trou qu'y avait laissé une colère précédente. Une pluie de plâtre atterrit sur le lino quand il la décoinça hargneusement. Il écarta une mèche noire de son front tavelé et grommela :

– Sacré numéro de rentre-dedans, cette avocate !

Il se laissa tomber sur son fauteuil qui émit un concert de grincements et de craquements.

– Elle s'est présentée comme l'avocate d'Efren, dis-je, mais je doute qu'il soit le client principal.

– Qui d'autre ?

– L'organisation.

Il se détendit le cou et desserra sa cravate.

– Barbie la baveuse au service de la pègre ? Qu'est-ce qui te fait penser ça ?

– Efren a paru tout aussi surpris que toi quand elle a freiné des quatre fers. Et après ton départ, il est resté assis jusqu'à ce qu'elle l'informe qu'elle avait du courrier pour lui, de l'étranger. J'ai eu l'impression qu'il s'agissait d'une formule codée.

Il brassa des papiers et les poussa à l'écart.

– C'est probable. Quelle perte de temps ! T'as l'air heureux, somme toute.

– Pas toi ?

– Quelle raison aurais-je de l'être ?

– Que je sois encore en vie, répondis-je en souriant.

Il voulut étirer les bras, dut plier le coude droit pour ne pas heurter le mur. Il retira sa veste et parcourut ses courriels d'un air renfrogné. En guise de bureau, il a un cagibi sans fenêtre, à l'écart de la salle des enquêteurs. Le fruit d'un marché conclu avec un ancien chef de la police sur qui il avait déterré de quoi briser carrière et vie personnelle. Homme raffiné et joyeusement corrompu, le chef jugeait sans doute que le réduit serait vécu comme une sanction. Je pense que Milo y voit un privilège. Au LAPD, il a toujours occupé une place à part. Autrefois, cela tenait au fait d'être le seul à s'afficher comme gay dans un milieu où c'était mal vu. On lui laissait des magazines pornos dans son casier, sans compter les croix gammées et insultes au marqueur. Cette époque est révolue, de nos jours toute forme de discrimination est expressément interdite. Quant à savoir si ce genre de disposition a un effet concret sur les comportements... Aujourd'hui, Milo garde ses distances avec ses collègues par goût de la solitude et par allergie à la hiérarchie. Le nouveau chef le maintient en place car il ne jure que par les statistiques et Milo obtient toujours un des meilleurs taux d'élucidation. Toutefois, mon ami ne dépassera jamais le grade de lieutenant. Là où certains se plaindraient de plafonner, lui s'en satisfait pleinement. Car contrairement aux autres lieutenants, il n'est pas cantonné dans des tâches administratives. « Comme si le monde avait besoin d'un bureaucrate zombie de plus ! » Il en a le titre, le salaire et les avantages, mais il continue d'enquêter. Malgré tout, il y a des jours où son bureau me fait l'effet d'une cellule.

– Ça doit être bizarre comme sensation, dit-il. Savoir que tu dois à Casagrande d'avoir la vie sauve alors qu'un autre serait déjà mort.

Je restai silencieux.

– Sans vouloir jouer les voix discordantes, Alex, comment vois-tu l'espérance de vie de ce cher Ramon Guzman ?

– Tu subodores qu'Efren voudra faire le ménage ?

– Guzman l'a mis dans l'embarras en improvisant. Tu n'es pas de mon avis ?

– Vu que Guzman était prêt à me supprimer et qu'Efren l'en a empêché, je ne vais pas m'appesantir sur la question.

– Autrement dit, on tire un trait ? Y compris pour le meurtre de Connie, comme tu n'es pas plus peiné que ça.

– Sans porter le deuil, je suis curieux.

– Une curiosité tout intellectuelle.

– Parce que toi, tu en fais une affaire personnelle ?

Il resta coi.

– Tu vois, ça ne t'empêche pas de mener l'enquête. Nous en sommes au même point. Et maintenant ?

– Je veux me renseigner sur M. Casagrande. Qui demeure mon principal suspect. D'ordinaire, je solliciterais tes lumières. La situation étant ce qu'elle est, nous n'avons rien à nous dire.

– Connie était quelqu'un d'odieux. La liste des suspects pourrait être longue.

– Tu t'es persuadé que Casagrande n'était pas coupable.

– J'ignore ce qu'il en est, mais ça ne peut pas faire de mal de garder l'esprit ouvert.

– D'accord. Il y a aussi la sœur.

Je ne réagis pas.

– Quoi ? grogna-t-il. Mécontent de ses résultats d'analyse, un patient l'aurait éventrée et étranglée ?

– Et pourquoi pas ? Peu probable, d'accord. Mais bon, je dis simplement qu'elle devait avoir un don pour se faire des ennemis.

– Pas d'effraction. Donc une personne à qui elle a ouvert en toute confiance.

– Je vois mal Efren ou un de ses sbires correspondre au

profil. Peu sociable comme elle l'était, Connie ne devait pas être une patronne facile.

– Le scénario classique de l'employé mécontent ? Bigre, si on ratisse aussi large, ça pourrait être un coursier ou un jardinier.

– Je commencerais malgré tout par les gens qu'elle est susceptible d'avoir exaspérés de façon récurrente. Tu prévois de te rendre à son labo ?

– C'est sur ma liste.

– Je suis libre aujourd'hui.

– C'est ça, joins-toi à moi. Super-idée.

– À partir du moment où tu mènes l'enquête, je peux bien en être aussi.

– Moi, elle n'a pas tenté de me liquider.

– Certes, mais son plan a échoué et j'ai l'esprit disponible.

– Et tu t'empresses de me détourner des deux suspects évidents, Casagrande et la frangine.

– Pour Efren, je ne peux rien affirmer. Mais Cheri ne me semble vraiment pas agressive. Tout le contraire, une femme passive et placide.

– Elle a tout de même bataillé contre sa sœur au tribunal.

– Pas du tout, elle n'a fait que se défendre. Qui plus est, elle a gagné et n'avait donc aucune raison de s'en prendre à Connie.

– Elle craignait peut-être que sa sœur ne revienne à la charge. Connie était-elle du genre à s'avouer vaincue ?

– Je ne vois pas du tout Cheri commettre un meurtre.

– Parce que tu la connais.

– Non, parce que je n'y crois pas.

Il se massa le cou.

– Tu as peut-être raison, ou pas. Quoi qu'il en soit, mieux vaut que tu restes à l'écart, vu que je dois les considérer comme suspects et que tu n'as le droit de me parler ni de l'un ni de l'autre.

– Si, je peux discuter de Cheri qui n'est pas une patiente.

– Qu'est-elle ?

– Une partie sur laquelle j'ai rédigé un rapport d'expertise. Les dossiers de garde d'enfant sont en accès libre.

– Si tu avais quoi que ce soit sur elle, tu me le dirais.

– Bien sûr.

– Elle a su te convaincre de sa probité.

– Je n'avais pas d'idée préconçue et ce n'était pas une affaire de garde traditionnelle où les deux parties ont des droits à l'origine. Cheri est la seule mère de l'enfant au regard de la loi, mais Connie a tenté une manœuvre juridique.

– Du vol légalisé, dirait-on.

– Ç'aurait été exactement cela si elle était parvenue à ses fins.

– Ce qui nous ramène à Cheri : imagine que Connie l'ait menacée d'une bataille juridique interminable ? Voilà un sacré mobile.

– D'accord, tu n'as qu'à vérifier si elle a un alibi, lui dis-je. Mais il faut aussi que nous nous intéressions aux employés de Connie.

– Te voilà encore qui parles à la première personne du pluriel.

– Je t'invite à déjeuner.

– Je n'ai pas faim.

Cela me fit bien rire.

– Je déteste ça, marmonna-t-il.

– Quoi ?

– Quand tu insinues que je suis l'esclave de mon estomac.

– Je ne me permettrais pas. Allez, on prend ma Cadillac. Tu pourras fantasmer à loisir sur une belle entrecôte.

19

Le laboratoire d'analyses Bio-C occupait un cube gris sur Laurel Canyon Boulevard, entre Burbank et Magnolia. Le restaurant de Ruben Rojos était tout proche. L'efficacité était l'une des grandes qualités de Connie. J'imaginais volontiers la page de son agenda pour la journée du rendez-vous avec « George » : *1. Superviser les analyses du jour. 2. Émettre les factures. 3. Finaliser les choses avec le tueur à gages qui doit s'occuper du connard.* Rien que d'y songer, j'avais les mâchoires qui se crispaient. Repenser au cadavre de Connie me soulagea un peu. J'avais beau clamer mon objectivité devant Milo, il me faudrait un certain temps pour surmonter mes sentiments ambivalents. La clé était de donner dans le déni constructif : me convaincre qu'elle était une victime comme une autre, une nouvelle énigme à résoudre.

Je coupai le moteur et sentis que Milo m'observait. Je tournai la tête, mais il fit mine d'être plongé dans son calepin. Le parking comptait dix places, dont une avec l'inscription : « Emplacement réservé au Dr Sykes. Les contrevenants seront enlevés à leurs frais. » Un terrain d'une belle taille, situé dans un quartier où l'immobilier n'était pas donné. Milo s'était renseigné auprès du cadastre pendant le trajet, Connie avait acquis le bien six ans auparavant pour une somme dépassant le million de dollars. Ajoutez-y la maison de Brentwood et les investissements financiers dont elle s'était targuée, et cela représentait un coquet patrimoine.

Quelle vie aurait eue Rambla si elle avait grandi dans les beaux quartiers ? Quel avenir aura-t-elle avec Cheri ?

Milo me précéda dans une salle d'attente sans fenêtre. Quatre sièges en plastique moulé noir – tous occupés –, moquette turquoise aussi dure que du lino. Une table dans un angle, encombrée de vieux magazines. Le plafonnier grésillait et dispensait une lumière crue et pâlotte. Face à l'entrée se trouvait une épaisse vitre de verre bullé et à côté une porte sans poignée tapissée de consignes en caractères gras. Les patients devaient frapper une fois à leur arrivée et attendre d'être appelés. Bio-C se réservait le droit d'exiger le règlement avant d'effectuer les analyses. Il était défendu de manger, de boire, de fumer et de parler trop fort. L'établissement avait satisfait aux inspections de divers organismes publics mentionnés. Accueil et amabilité ne figuraient pas au cahier des charges.

Milo tenta en vain de faire coulisser la vitre. Pas plus de succès avec la porte. Les quatre personnes présentes nous observaient en coin. La plus proche de moi était un Noir qui devait avoir dans les soixante-dix ans, au torse si court que sa ceinture frôlait quasiment ses pectoraux. À sa gauche se trouvait un Blanc corpulent aux cheveux roux frisés, vêtu d'un débardeur orange taché et d'un short marron douteux qui ne cachait rien de ses jambes roses couvertes de croûtes. Un jeune Noir en tenue de sport s'était écarté d'eux autant que possible. Enfin, une jeune Blanche malingre, yeux bileux, se tenait prostrée sur elle-même, genoux serrés contre la poitrine. À voir les multiples piercings qu'elle arborait au visage, on souffrait un peu pour elle. Milo frappa deux fois sur le verre. N'obtenant pas de réaction, il s'essaya à un tambourinement prolongé.

– Ça va pas leur plaire, dit le vieux Noir.

Le silence persistait derrière la vitre, mais on pouvait distinguer du mouvement. Milo asséna un nouveau coup et son poing allait s'abattre encore une fois quand le verre coulissa. Une brunette quadragénaire aux traits bouffis, en blouse blanche, lança d'un ton mauvais :

– Vous savez lire ?

Devant le badge de Milo, son irascibilité se mua en politesse contrainte.

– En quoi puis-je vous être utile, lieutenant ?

– Ouvrez-nous la porte.

– Nous sommes très occupés.

– Moi aussi.

– Il faut que je demande l'autorisation.

– À votre patronne ? Manque de chance, elle n'est pas là.

Milo s'approcha d'elle et se mit à chuchoter. Derrière nous, quatre oreilles se tendirent.

– Voulez-vous savoir comment je le sais ?

La brunette le fixait. Il se pencha un peu plus et le quatuor en fit autant.

– Figurez-vous que nous sommes là à propos de votre patronne.

– Le Dr Sykes ? Je ne…

Il exhiba de nouveau son badge, tapota la mention « brigade des homicides ». La femme poussa un petit cri et se plaqua la main sur la poitrine.

– Oh mon Dieu… non…

– Si, malheureusement.

– Mon Dieu !

– Ça sent le roussi, murmura le vieux Noir.

– Tous les rendez-vous sont annulés, annonça la brune. Il faut vous en aller.

– C'est quoi ce bordel ? grogna la fille aux piercings.

La brune lui lança un regard noir.

– Allez, nous vous contacterons pour fixer un nouveau rendez-vous.

– Vous croyez qu'on n'a que ça à faire ? s'indigna l'athlète noir.

– Dehors ! s'emporta la brune.

La salle d'attente se vida dans un brouhaha de protestations. La fille aux piercings fut la dernière à sortir et elle flanqua un coup de pied rageur dans le mur.

La brune – « E. Broadbent » d'après son badge – appuya sur un bouton et la porte intérieure s'ouvrit en un crissement. Le centre opérationnel du laboratoire était peu spacieux. Outre le bureau de Broadbent, il y avait un second poste de travail, rudimentaire et inoccupé. Un couloir aboutissait à une porte portant l'inscription « LABORATOIRE – DANGER PRODUITS TOXIQUES ». À gauche, une chaise métallique et une table avec tout le nécessaire pour les prises de sang : seringues jetables, garrots en caoutchouc, coton, pansements. À droite, une autre porte : « TOILETTES POUR LES PRÉLÈVEMENTS D'URINE ET DE SELLES ».

– Qu'est-ce que vous cherchez à me dire ? demanda Broadbent.

– J'ai le regret de vous annoncer que le Dr Sykes est décédée.

– Assassinée ?

– Oui, malheureusement.

– Quand ça ?

– Hier soir. Quand lui avez-vous parlé pour la dernière fois ?

– Hier, une journée de travail comme les autres. Je suis partie à dix-huit heures, elle était encore là.

– Avez-vous été surprise de ne pas la voir ce matin ?

– Non, ce n'était pas inhabituel. Le Dr Sykes n'a pas de rendez-vous à proprement parler. Nous ne recevons pas de vrais patients. Savez-vous ce que nous faisons ?

– Vous analysez des prélèvements biologiques, dis-je.

– Nous sommes spécialisés dans le dépistage, notamment de certaines pathologies peu courantes que nous sommes seuls à faire. Des maladies tropicales, des toxines rares. Aussi les M.S.T.

– Si ce ne sont pas des patients, que sont-ils ?

– Nous parlons de « donneur d'échantillon ».

– Une simple goutte sur une lamelle, marmonna Milo.

– Enfin…

– Le Dr Sykes avait donc des horaires irréguliers.

– Aucunement, s'insurgea E. Broadbent. L'oisiveté n'était pas son genre. Elle était présente la plupart du temps et presque toujours la dernière à partir. Comme elle avait ses propres horaires, personne ne s'étonnait d'arriver avant elle… Je ne peux y croire… Que s'est-il passé ?

Elle expira fébrilement.

– Et si nous nous installions dans son bureau pour discuter ? Qui plus est, nous souhaitons y jeter un coup d'œil.

– Il n'y a pas de bureau.

– Où se mettait le docteur pour travailler ?

La brune plissa le front, puis avança au bout du couloir et déverrouilla la porte du laboratoire. C'était une grande salle contenant tout l'équipement nécessaire : tables métalliques, microscopes, centrifugeuses, et quantité d'appareils qui glougloutaient, ronronnaient et affichaient des résultats. Le seul employé présent, un homme d'origine indienne ou pakistanaise qui portait une blouse blanche et un masque protecteur, modifiait les réglages d'un microscope stéréoscopique et observait ce que cela donnait. Il ne s'interrompit pas pour nous.

– Sajit ? dit E. Broadbent.

Il la salua d'un geste et poursuivit ses manipulations. Elle nous indiqua la table la plus proche où reposaient seulement un ordinateur portable et une paire de lunettes.

– Voici où elle travaille.

– Nulle part ailleurs ? dis-je.

– Non. Le Dr Sykes est… mon Dieu… quel drame épouvantable ! Où en étais-je ?

– Le Dr Sykes était…

– Oui, elle était efficace. Pas de superflu avec elle. Qui lui a fait ça ?

– Nous ne savons pas, dit Milo.

– Moi, j'ai ma petite idée, mais je vous défends de citer mon nom, je refuse d'être encore mêlée à cette histoire.

– Quelle histoire ?

– Je ne plaisante pas, lieutenant. Je ne veux plus rien avoir à faire avec ça.

– D'accord, mentit-il. Qui soupçonnez-vous ?

Elle adressa un regard en coin à Sajit et dit :

– On sera mieux dehors.

Elle nous précéda dans le couloir et sortit du bâtiment. Des larmes lui vinrent à la vue de la place inoccupée du Dr Sykes. Elle les essuya et se dirigea d'un pas rapide vers le mur délimitant le parking. Elle prit un paquet de cigarettes dans la poche de sa blouse, en alluma une et tira dessus avidement.

– Sérieusement, il ne faut pas que mon nom apparaisse.

Nouvelle longue bouffée.

– Bon. Mon Dieu, quelle histoire... le Dr Sykes était en procès avec sa sœur, laquelle se trouve être une cinglée et une droguée. Je ne serais donc pas surprise que...

– Quel genre de procès ? demanda Milo.

– Pour la garde d'une enfant. La nièce du Dr Sykes. Sa sœur en est la mère, mais seulement sur le papier. Une délinquante, totalement irresponsable. Une vraie marginale ! Sa seule réussite a été d'avoir cette enfant. Une fillette du nom de Rambla. Elle l'a confiée au Dr Sykes quand elle est partie en vadrouille avec une bande de musiciens drogués. Le Dr Sykes s'est occupée de la petite comme si c'était la sienne. Elle offrait à cette enfant l'espoir d'une vie meilleure.

Elle fuma et carra les épaules.

– Vraiment, ça se passait à merveille. Le Dr Sykes avait aménagé un espace pour la petite, à côté de mon bureau. Elle lui achetait ce qu'il y a de mieux, rien que des aliments de qualité, du lait bio et tout le toutim. Elle arrivait avec elle le matin, la petite dormait dans son berceau, ravie de son sort. Elle ne manquait ni de peluches ni de tendresse. Le Dr Sykes venait jouer avec elle entre deux analyses, la petite riait aux éclats. Des fois, elle la sortait en poussette. Une enfant bien élevée. Le Dr Sykes comptait lui trouver une excellente maternelle, vraiment le top du top. La petite était tirée d'affaire. Sauf que voilà la mère qui revient ! Madame a changé d'avis et veut reprendre son enfant. Elle s'imagine qu'elle peut faire ça, alors que le Dr Sykes s'est tant impliquée. Elle est vraiment gonflée ! Et vas-y que je te laisse ma gosse et que je la reprends quand ça me chante !

– Que s'est-il passé ? demandai-je.

– Une scène comme vous n'avez pas idée !

– Ici ?

– Mais oui ! La petite dormait paisiblement et voilà que l'autre débarque et sème la zizanie.

– La mère de l'enfant.

– Seulement sur le papier. Il ne suffit pas de les pondre, encore faut-il en avoir l'étoffe. Après tout, on exige bien un permis pour conduire, alors pourquoi pas pour être parent ?

– Une sorte de test pour garantir l'aptitude, dis-je.

– Tout à fait. Moi, si j'avais des enfants, je voudrais m'assurer que j'ai les compétences nécessaires.

– Comment la sœur s'est-elle introduite ici ?

– Par ruse. Elle s'est cachée sur le côté, là où on ne pouvait pas la voir, et elle a profité de ce qu'on laissait entrer un donneur d'échantillon pour se ruer à l'intérieur. Elle s'est jetée sur l'enfant, et tant pis si la pauvre petite dormait. Elle s'en est emparée et a tenté de s'enfuir. Mais je veillais ! Je lui ai barré le passage. Vous n'imaginez pas sa tête, un regard de folle ! Je la sentais capable de faire n'importe quoi. Avec la fillette dans les bras. Par prudence, j'ai préféré m'écarter. Le Dr Sykes est sortie du labo à ce moment-là et elles se sont expliquées.

– Il y a eu des gestes ?

– Non, mais l'autre dingue ne demandait pas mieux.

– Elle a menacé le Dr Sykes ?

– Elle était folle de rage. Le Dr Sykes essayait de la raisonner, mais pas moyen. Forcément, le Dr Sykes a tenté de lui reprendre la petite. L'autre ne voulait pas la lâcher et s'est mise à hurler. Une scène épouvantable, croyez-moi. La salle d'attente était bondée. Les gens entendaient l'esclandre. Que pouvait faire le Dr Sykes ? Elle l'a laissée partir, puis elle a appelé son avocate. C'est pourquoi je vous conseille de vous intéresser à cette folle furieuse.

– Le Dr Sykes devait être secouée.

– Secouée et outrée. Devant un tel monstre d'égoïsme.

– Elle a donc saisi la justice.

– Ça lui a coûté une fortune, mais elle tenait à défendre ses principes.

– Une solution a été trouvée ?

Elle se rembrunit.

– La partie adverse a fait appel à un expert. Un mercenaire sans foi ni loi. Un psychiatre déjà acquis à la cause de l'autre qui lui a fait du charme. Le Dr Sykes a tout essayé, c'était d'un frustrant ! Son avocate et la juge se sont laissé embobiner.

– Elle a perdu.

– Rien n'est définitif.

– Elle comptait faire appel ?

– Elle en parlait. C'est pour ça, je ne vois que l'autre pour commettre pareille folie. Si vous voulez son nom, je peux vous le donner. Cheri. Cheri Sykes. Elle a fait de la prison. Elle doit être fichée chez vous. Quant à la petite Rambla, je n'ose imaginer quelle est sa vie aujourd'hui.

Milo fit semblant de prendre note. Parfaitement crédible. E. Broadbent hocha la tête, l'air approbateur.

– Madame, vos informations sur le passé de la sœur, vous les tenez du Dr Sykes ?

– C'est-à-dire ?

– Aviez-vous rencontré Cheri Sykes avant l'esclandre au laboratoire ?

– Non et je ne vois pas pourquoi je l'aurais rencontrée. Le Dr Sykes est… était… (deux prises de nicotine) une femme brillante, une pathologiste de renom. Alors que l'autre… n'est qu'une droguée.

– Quelque chose à ajouter, madame ?

– Non, mais ça devrait vous suffire. Vous avez du pain sur la planche !

20

Je quittai le parking et ralentis à hauteur de Laurel Canyon.

– Où dois-je me rendre pour t'offrir ton entrecôte ?

– Nulle part, dit Milo.

Après un long silence, il ajouta :

– Dans toute histoire, il y a toujours deux points de vue.

– Mais pas deux vérités.

Je décidai de tourner à gauche en direction du centre-ville.

– Impossible de dire qui détient la vérité, Alex. Cette charmante dame a beau être partiale, ça ne veut pas dire qu'elle a tort.

– Elle se trompe sur certaines choses.

– Je vois à quoi tu fais allusion. Es-tu bien certain que Cheri ne t'a pas fait du charme ?

Je lui lançai un regard noir.

– Je plaisante, Alex. Quand bien même Connie aurait raconté quelques bobards à Broadbent, son témoignage est éclairant. Les deux sœurs ne pouvaient pas se blairer, et voici que l'une d'elles a été assassinée. Même si je m'en remets à ton jugement sur Cheri qui n'aurait pas le profil, peut-être a-t-elle un ami qui l'a. Le papa de la gosse, par exemple. Ce qui expliquerait son refus de dévoiler l'identité du père. Monsieur est un violent qui peine à se maîtriser. Vis-à-vis du tribunal, elle préférait garder ses distances.

Malheureusement pour Connie, il a choisi de sortir de l'ombre pour protéger sa petite famille.

– Il aurait eu largement le temps de s'en occuper avant le procès, ce qui aurait épargné du stress et de l'argent à Cheri.

– Mieux vaut prévenir que courir ?

Il médita cette hypothèse jusqu'à Moorpark.

– Peut-être que le papa a été retenu ailleurs jusqu'à récemment, finit-il par suggérer.

– En prison ?

– Ça peut arriver. S'il était enfermé, raison de plus pour que Cheri le tienne à l'écart. Il faut que je me renseigne sur elle. Si elle n'est pas encore en tête de liste des suspects, elle concurrence sérieusement ton fidèle patient Efren. Sois gentil, ramène-moi au poste. Transmets mon meilleur souvenir à Robin et à la chienne.

Manière codée de dire : Ne m'appelle pas, je t'appellerai. Il ferma les yeux et se cala dans son siège.

– Tu n'as vraiment pas faim, dis-je.

– Seulement soif de vérité.

Après l'avoir déposé, je composai le numéro de Cheri. Ça sonna dans le vide. Je mis près d'une heure à me rendre chez elle. Quelque part entre le Westside et Hollywood, le ciel vira du bleu au gris d'un mouchoir en papier usagé. Sur Hollywood Boulevard, les trottoirs étaient saturés de junkies et de touristes attardés devant les fast-foods, salons de piercing et marchands de fringues. Les piétons débordaient sur la chaussée sans se soucier du danger. Pour compléter le tableau, des énergumènes déguisés en personnages de films cherchaient à se faire remarquer et à grappiller quelques pièces. Un véhicule de police patrouillait dans la file de droite, mais ses deux occupants étaient plongés dans une conversation qui accaparait leur attention. Dans la rue de Cheri, le niveau sonore se modifia vaguement. Quelque part, un marteau-piqueur défonçait l'asphalte et me chatouillait l'oreille interne. Ailleurs on s'époumonait en espagnol. Le frein à compression d'un poids lourd m'évoqua le sifflement d'un serpent géant. Je trouvai une place à proximité de l'immeuble de Cheri. La porte de son appartement était fermée, les stores baissés. Je frappai deux coups.

– Oui ? Qu'est-ce qu'il y a ? cria une femme.

Voix dure et hargneuse. Plus aucune trace de la douceur que j'avais perçue. Avait-elle joué la comédie ? Avais-je été hâtif dans mon jugement ?

– C'est le Dr Delaware.

La femme qui m'ouvrit n'était pas Cheri Sykes.

– Le docteur qui ?

Dans les trente-cinq ans, menue, peu de poitrine. Tee-shirt marron, pantalon de treillis, bottes à lacets d'un vert asperge et à semelles roses. Ses cheveux noirs formaient une sorte de crête hérissée. Un piercing hexagonal était fiché entre sa lèvre inférieure et son petit menton obstiné. Je répétai mon nom.

– Je ne suis pas sourde. Personne n'est malade, doc.

– Je souhaite parler à Cheri Sykes.

– Vous arrivez trop tard, elle s'est tirée.

– Elle a déménagé ?

– Hum… oui, ça revient au même. Dites, vous ne seriez pas plutôt genre un huissier ou une agence de recouvrement ? Elle a laissé son mobilier de chiotte et je suis tenue de le conserver pendant soixante jours. Aidez-moi à la retrouver et vous ne le regretterez pas.

Je lui tendis ma carte. Celle-ci sembla produire son effet, ce qui n'empêcha pas la demoiselle de dire :

– Ouais, n'importe qui peut s'en imprimer… psychologue ? Elle va pas bien dans sa tête ?

– J'ai été désigné comme expert pour un procès la concernant.

– Sa frangine qui voulait lui chiper sa gosse ? C'était vrai ?

– Vous en doutiez ?

– Les hippies sont jamais fiables, je prenais tout ce qu'elle me disait avec de très longues pincettes ! Elle était toujours en retard pour son loyer. La dernière fois, elle m'a sorti comme excuse que son procès la soûlait. Elle a versé quelques larmes, comme pour m'amadouer. Vous lui voulez quoi ?

– C'est pour le suivi.

– L'affaire a été jugée ? Qui a gagné ?

– Elle.

Elle s'esclaffa.

– Comme quoi la frangine est encore plus nulle ! Parlez d'une sale garce, traîner sa propre sœur en justice pour lui chiper son moutard ! Enfin, si elle veut un gosse, qu'elle en fasse un elle-même. En attendant, miss Woodstock s'est tirée sans régler son dernier mois de loyer. J'apprécierais que la justice sache se rendre utile à une honnête citoyenne qui paye ses impôts et me dise où la retrouver.

– Vous êtes la gérante ?

– La propriétaire, mon gars ! Quoi ? J'ai pas une tête de bourgeoise rentière ?

Elle plongea la main dans la poche de son pantalon, sortit une carte. Du même vert que les bottes, grosses lettres argentées.

Dee M. Martolo
Investissements immobiliers

Simple boîte postale en guise d'adresse, parfaite opacité.

– Enchanté, Dee.

Elle feignit d'ignorer la main que je lui tendais, se retourna et appela :

– Jo ? Ohé !

Un Asiatique d'un certain âge glissa la tête par l'embrasure, tenant un balai Swiffer.

– C'est la pause, Jo.

Il la dévisagea, interdit.

– Je t'accorde dix minutes de repos, Jo.

L'homme sourit et s'éloigna avec son balai.

– Eh oui, ce palace m'appartient ! lâcha Dee Martolo. Je le dois à l'*Olea europea,* l'olivier. Vous connaissez l'huile Martolo ? Inutile de mentir, sûr que non. Nous avons une oliveraie à Stockton, mais l'huile n'est pas vendue sous notre marque. Nous approvisionnons des supermarchés haut de gamme qui collent leur propre étiquette et font la culbute. Mon arrière-grand-père a planté les arbres, mon grand-père a lancé l'affaire et ainsi de suite.

– Intéressant.

– Vous croyez ? C'est que vous n'avez jamais mis les pieds à Stockton ! En fait, le reste de la famille est d'accord avec vous. Moi, je bâille dès qu'ils se mettent à causer engrais. Pour se débarrasser de moi, on m'a confié le parc immobilier que grand-papa s'est constitué dans le temps à Hollywood. Ce taudis et un tas d'autres du même acabit. Quoi qu'il en soit, où puis-je trouver Mlle Peace and love ?

– Je ne sais pas.

– En gros, je perds mon temps ?

– Vous permettez que je jette un coup d'œil à l'intérieur ?

– Vous croyez que je vais vous laisser fouiner juste comme ça ?

– Pourquoi vous ne me feriez pas faire le tour du propriétaire ?

Elle eut un rire désabusé.

– Et moi j'y gagne quoi, monsieur le psy ?

– Si le tribunal la retrouve, vous pourriez en être avertie.

– Vous aussi elle vous doit du fric ?

– Non, j'ai été entièrement réglé par la cour.

– Tant mieux pour vous. J'aurais peut-être dû faire psycho. J'ai étudié la sociologie à Fresno State, je voulais bosser dans la coopération. Puis je me suis dit que les gens du tiers-monde me verraient sans doute comme je vois les gens de ma famille. Ne me demandez pas d'expliquer. Bien. Je ne vous retiens pas davantage. Je vais contacter mon service de recouvrement.

– Vous permettez que j'entre juste une seconde ?

– Pourquoi ? Qu'est-ce que vous cherchez ?

– Le suivi fait partie de la procédure. Je dois en conserver une trace.

– Vive la bureaucratie ! D'accord, mais vite fait. De toute manière, il n'y a rien à voir.

Comme annoncé, l'appartement était vide.

– Qu'avez-vous placé en garde-meubles ?

– Du mobilier merdique, des fringues moches. On a balancé les trucs de l'armoire à pharmacie et la bouffe du frigo.

– Et les affaires du bébé ?

Elle y réfléchit.

– Il n'y avait rien, en fait.

– Pas de berceau ?

– Non.

– Un parc ? Des couches ?

– Rien du tout, je vous dis. Pas de message codé non plus, ni de photos d'ovnis. Pigé ? Surtout, aucun document qui m'indique où elle a filé. Ça craint.

– Et sa voiture ?

– Elle est partie avec, forcément. Vous croyez qu'elle fait le trottoir avec la gosse et les paquets de couches ? Cela dit, se gaussa-t-elle, peut-être qu'il y a une clientèle pour ça.

– Vous pensez qu'elle se prostitue ?

– Non, je disais ça par pure méchanceté. Je suis comme ça. À ce qu'on prétend.

Elle ignorait quand Cheri était partie. Je suggérai d'interroger les voisins, mais elle répondit :

– Déjà fait. Personne ne sait rien. Elle a dû se tirer en pleine nuit, en marginale qui se respecte.

– Vous lui connaissez des amis ?

– Je ne fréquente pas les locataires… Une chose me revient : une fois, elle m'a donné un *flyer,* des potes à elle qui jouaient dans un club. Merde, le nom m'échappe. Dommage que je l'aie balancé.

– Ça ne serait pas le groupe Lonesome Moan ?

– Mais si ! Merci, docteur. Manque plus que le nom du bar… je me souviens que ç'avait un rapport avec l'astrologie. Pas Le Capricorne, ni Le Sagittaire… tant pis. Si elle joue les groupies attardées, j'arriverai peut-être à la coincer en coulisses et à lui faire cracher ce qu'elle me doit. Vous pouvez partir, le psy, je n'ai plus besoin de vous !

21

Lonesome Moan. Les seuls qui gémissent, ce sont les pauvres spectateurs agressés par leur cacophonie. Connie m'avait lâché deux noms d'un ton railleur, persuadée que le père de Rambla était l'un des musiciens. Elle y avait également fait allusion dans sa déposition, comme preuve des manquements de sa sœur. Winky quelque chose et Boris. Le Winky en question gardait Rambla pendant que Cheri était passée me voir. Peut-être lui avait-il donné un nouveau coup de main pour déménager.

Installé dans la Seville, je me servis de mon iPhone. Surprise, le groupe avait un site. La photo en page d'accueil évoquait la grande époque baba cool : quatre garçons d'une vingtaine d'années, barbe et cheveux longs, écharpes violettes et perles colorées, cherchant vainement à se donner un air coriace et résolu. Le texte en dessous se félicitait que les membres d'origine soient toujours ensemble et affirmait : « La longévité du groupe est la preuve que sa musique a su rester intègre et inspirée. Le son de Lonesome Moan parle à l'âme d'une Amérique qui fera toujours la fête et sera toujours rock. Nous faisons souffler un vent de nouveauté sur Lynyrd Skynyrd, Atlanta Rhythm Section, Blue Öyster Cult, Foreigner. Et il nous arrive même de reprendre un air de doo-wop ou du Hendrix, quand les astres sont bien alignés ! »

Je cliquai sur le lien « management » et la caricature

grossière d'un loup hurlant s'afficha, accompagnée du commentaire : *Nous avons choisi de nous passer de manager. Rien de tel que la liberté !* Le lien « morceaux en écoute » était en cours d'élaboration, mais « Qui sommes-nous ? » fournissait quelques renseignements :

Marvin « Chuck-O » Blatt : batterie, percussions

Bernard « Boris » Chamberlain : guitare basse, saxophone, chant

William « Winky » Melandrano : guitare rythmique, chant

Spenser « Zebra » Younger : première guitare

L'Amérique avait semble-t-il perdu son âme rock, à en juger d'après la page « Tournées » où figurait une seule ligne en lettres rouges : *Les Gémeaux, Ventura Boulevard, Studio City, le lundi soir, de 20 heures à 1 heure du matin.*

La soirée la plus calme de la semaine, au point que certains clubs préfèrent rester fermés. Celui-ci choisissait de mettre à l'affiche un groupe de quadras interprétant des reprises. Peut-être que le bistrot avait besoin d'être renfloué, auquel cas il se pourrait bien que le *Happy hour* démarre tôt dans l'après-midi. Je me sentais justement d'humeur festive.

Il n'y a plus d'heure pour les embouteillages. Ça circulait déjà mal sur Cahuenga et je compris qu'il faudrait s'armer de patience pour rejoindre la Vallée. J'en profitai pour appeler Robin, l'informai que je rentrerais tard et lui expliquai pourquoi.

– Elle s'est envolée et sa sœur a été assassinée ?

– Oui, je sais. Moi qui soutenais à Milo que ça ne pouvait pas être elle.

– Peut-être a-t-elle un copain qui s'en est chargé. Sois prudent, chéri. Comment s'appelle ce bouge ? Est-ce un repaire de bikers ?

– Les Gémeaux. Je ne sais rien de la clientèle.

– Un hommage aux frères Gibb des Bee Gees, les plus célèbres jumeaux de la pop ? Quand tu parles de rentrer tard, vers quelle heure au juste ?

– J'espère être sur place dans quarante minutes, avec un peu de chance. Selon ce que j'y apprendrai, j'y passerai une ou deux heures.

– À Studio City, tu dis ? Okay, j'ai trouvé leur site. Sur Ventura Boulevard, quelques kilomètres à l'est de Coldwater. Ça n'a pas l'air si dangereux. Pas loin du petit italien où on allait souvent manger des spaghettis. Et si je te rejoignais, on pourrait dîner ensemble ?

– Ça t'obligerait à prendre ton pick-up.

– Et alors ? Je passerai devant au retour et tu surveilleras mes arrières !

– Comment résister à pareils arguments ?

Le bar Les Gémeaux occupait une construction de stuc violet de la taille d'un grand garage. On avait agrémenté autrefois la façade de quelques étoiles dorées et croissants de lune ; la plupart s'effritaient et avaient viré à un beige terne. « Happy hour ! » proclamait la banderole au-dessus de l'entrée. Pour une fois, mon intuition avait été la bonne. Une salle unique dont les boiseries de pin brut semblaient quasi noires, effet conjoint de la crasse et de l'éclairage pâlot. Plafond bas, revêtu d'une peinture granulée pulvérisée façon années soixante-dix. Un comptoir et six tabourets côté gauche. Dans le fond, une estrade de fortune avec un piano droit amoché, une batterie et un micro. La grosse caisse arborait les initiales LM et le logo du loup hurlant que j'avais vu sur le site. Le groupe jouait donc à demeure un soir par semaine. Les six autres jours, peut-être avait-on droit à la soupe *country* que déversaient actuellement les haut-parleurs grésillants. Je m'approchai du bar. Les six tabourets étaient occupés, quatre hommes et deux femmes penchés sur leurs verres. Il fallut que je sois assez près pour distinguer un bruit de conversation, ce murmure lent et indistinct des buveurs bien imbibés. Le barman était un quadragénaire chauve. Son visage étroit et empâté lui donnait des airs de vautour vieillissant. Teint blafard et peau marquée. Son tee-shirt noir arborait l'inscription : « Altamont n'était que le début[1]. »

– Si ça ne vous dérange pas de rester debout... dit-il quand il m'aperçut.

Le client le plus proche de moi se retourna. Physique empâté, traits de basset, pas loin des soixante-dix ans.

– Approchez, compagnon de soif ! Nous allons vous faire un peu de place.

Il se leva péniblement et déplaça légèrement son tabouret, juste assez pour que je puisse accéder au bar. L'épais revêtement en résine du comptoir était jauni et bien esquinté.

– Merci, dis-je. Permettez que je vous offre un verre.

Le basset empâté brandit un poing mal assuré. Il portait un costume foncé lustré aux coudes, une chemise blanche élimée et une cravate avachie relevée comme une écharpe sur un revers qui rebiquait. Sa mâchoire bouffie avait dû être carrée autrefois. On aurait dit un P-DG congédié pour turpitude et qui aurait gardé la même tenue depuis sa disgrâce. Sa voisine, cheveux noirs frisés et nez ratatiné, m'adressa un regard enjôleur et papillonna des cils.

– Et moi, j'aurai aussi droit à un verre, beau gosse ?

– Tournée générale ! lançai-je.

Quelques applaudissements.

– Un digne camarade ! se félicita le basset.

Le barman me regarda.

– Qu'est-ce qu'on vous sert, Rockefeller ?

– Vous avez de la Sam Adams ?

– Juste Heineken.

Il me servit un verre, le posa devant moi et s'occupa

1. Altamont : célèbre festival organisé en 1969 par les Rolling Stones, marqué par la mort de plusieurs spectateurs, et considéré par certains comme la fin symbolique du rêve hippie.

des autres clients. Le basset, qui semblait être le meneur, hocha la tête d'un air pénétré.

– Je peux certifier que c'est la première fois qu'on vous voit ici. Un lundi, du moins.

– Le lundi est un jour particulier ?

– Pour sûr, vu que c'est ouvert ! s'esclaffa-t-il. Malgré tout.

Il porta le regard vers l'estrade. Le barman lui prit son verre vide et le remplit à la pompe. La mousse qui débordait s'écoula sur le comptoir. Le basset récupéra le précieux liquide sur son auriculaire qu'il suça. Je pris une gorgée. Si c'était de la Heineken, j'étais un patineur de niveau olympique. Le goût laissait à désirer. Plusieurs demis avec faux col furent servis. Visiblement, il était de bon ton de boire par lampées et non de siroter. Peut-être pour faciliter l'ingestion de la bibine maison. Je jetai un coup d'œil vers l'estrade et demandai au basset qui devait se produire. Son torse tangua vers moi et il chuchota, dans un relent de levure :

– Personne et estimez-vous chanceux !

– Vous avez eu l'occasion de les entendre ?

Il me fit taire d'une toux grasse et lança un regard furtif au barman qui s'approcha, s'essuyant les mains sur un torchon douteux.

– Notre généreux donateur n'a pas soif ?

– Je déguste.

– Il se pourrait bien que monsieur soit un fan, Chuck-O ! lâcha le basset. Il a demandé si vous comptiez jouer.

Le chauve haussa les sourcils.

– Vous connaissez le groupe ?

C'était donc Marvin Blatt, dit Chuck-O, le batteur.

– En fait, une amie m'a donné l'adresse.

– Qui ça ?

– Cheri Sykes.

Il me dévisagea, intrigué.

– D'où vous connaissez Cheri ?

Même si j'avais voulu mentir, le trajet interminable et les vapeurs d'alcool éventé avaient eu raison de mon imagination.

– Je me suis occupé d'un procès dans lequel elle était impliquée.

Chuck-O se rembrunit.

– Vous êtes avocat ?

– Non, psychologue.

– Psychologue ? répéta-t-il, comme si le terme lui était peu familier. C'est vous qui avez certifié qu'elle était une maman géniale ?

Inutile de pinailler. Je souris.

– Je vous félicite, dit-il. Cheri vous vénère comme un dieu.

– Allons, Chuck-O, intervint le basset, tu sais que tous les médecins sont des dieux vivants ! C'est pour ça que leur merde n'a pas d'odeur et qu'on les laisse tondre la sécu !

– Pas de politique aujourd'hui, Lloyd.

La femme au nez amoché se tourna vers le barman.

– Demain on aura le droit de causer politique ?

– Jamais, Maggie.

– Oui, ça vaut mieux, dit-elle en dévoilant les quelques chicots marron qu'il lui restait. La politique, c'est mal !

Chuck-O me gratifia d'un sourire empreint de lassitude, façon moniteur de colonie de vacances. Lui avait une parfaite dentition, blanche comme du lait.

– Ravi de faire votre connaissance, monsieur le psychologue. Malheureusement, nous ne jouons pas avant lundi prochain. Et si vous espériez croiser Cheri, c'est aussi raté : maintenant qu'elle a charge d'âme, on ne la voit pas souvent.

– C'est la maman de l'adorable fillette ? dit Maggie. Qu'elle pose dans son maxi-cosy sur le piano quand elle chante ?

Chuck-O lui décocha un regard sévère. Je me forçai à avaler une gorgée.

– Vous faites partie du groupe ? demandai-je.

– C'est moi le batteur. Un jour, j'ai compris qu'avoir toutes les gonzesses à ses pieds n'offrait aucune sécurité financière, alors je me suis lancé dans le commerce.

Il embrassa les lieux d'un geste.

– Vous êtes le propriétaire ?

– J'ai deux autres établissements, à Sun Valley et Saugus. Mes fils s'en occupent.

– Félicitations.

– C'est sympa de gagner du blé, mais la musique c'est toute ma vie.

– Le lundi.

– Sauf imprévu.

– Cheri chante avec vous.

– On lui confie parfois un accompagnement. Discret, ajouta-t-il en souriant. Que voulez-vous, c'est une chic fille. Toujours été une pure, déjà au lycée.

– Vous êtes de fidèles amis.

– Bien sûr. Quand on galérait et qu'on songeait tous à prendre un boulot normal, elle nous disait de tenir bon, qu'on avait du talent. Et vous savez quoi ? Ça finissait toujours par s'arranger. Mais je n'ai pas besoin de vous l'expliquer, puisque vous avez témoigné pour elle. Vous savez quel genre de personne c'est.

Comme je restais silencieux, il insista :

– On est d'accord ?

Je hochai la tête.

– Pourquoi vous dites rien ?

– Cheri est gentille, en effet.

– Pas simplement « gentille », c'est quelqu'un de bien. Vous devez le savoir, si vous êtes vraiment le psy et pas un espion pour sa salope de sœur !

Ton tranchant, cou crispé. Je soutins son regard et lui

montrai ma carte où figuraient mon titre de « docteur » ainsi qu'un poste ronflant de « professeur clinicien ».

– Delaware ? fit-il. Oui, c'est bien vous. Désolé d'être parano, mec, mais Cheri est sûre que cette connasse va continuer de la harceler.

– L'affaire a pourtant été jugée, non ?

– Vous connaissez le système, suffit d'avoir les thunes. En plus d'être friquée, Connie est une sale garce.

Il voulut me rendre ma carte, mais Lloyd s'en empara d'une main tremblante.

– Delaware ? L'État était du côté de l'Union pendant la guerre de Sécession, et pourtant l'esclavage y était autorisé.

– Passionnant, Lloyd.

Je regardai le barman.

– Peut-on se mettre au calme pour discuter ?

– De quoi ?

Je m'efforçai de prendre un air complice, les gens adorent se voir confier un secret.

– Désolé, fit-il. J'ai des clients.

– Je veux bien offrir une nouvelle tournée générale. Vous les servez, puis vous m'accordez deux minutes.

– Pour parler de Cheri ?

– Elle a déménagé. Je veux m'assurer qu'elle et sa fille sont en sécurité.

Je guettai sa réaction.

– Cheri s'est tirée ? finit-il par dire. Quand ça ?

– Au cours des dernières quarante-huit heures.

– Je suis sûr qu'elle avait une bonne raison.

Comme je restais muet, il demanda :

– Pourquoi serait-elle en danger ?

– Une complication est survenue.

– Du genre ?

Je secouai la tête. Il se tourna vers les habitués.

– C'est fête ! déclara-t-il. Monsieur joue les pères Noël, en plus svelte. Il vous offre un coup à sa santé !

– Le père Noël est médecin ? glapit Lloyd.

– A-t-il garé son traîneau en double file ? lança une voix au bout du comptoir. Quel genre de médecin ?

Sa voisine leva son verre et s'exclama :

– Hotte et caducée, même combat !

– Bien dit ! renchérit Lloyd.

Il voulut encore une fois brandir le poing, perdit l'équilibre et manqua tomber de son tabouret. Je le rattrapai et le redressai.

– Rencontrer un homme de votre générosité, c'est vraiment mon jour de chance !

Chuck-O s'essuya les mains, franchit le portillon du bar et pointa l'estrade. Il prit place devant sa batterie, esquissa quelques coups de baguettes sur ses cuisses et m'indiqua le banc du piano.

– Tu nous fais un solo, Chuck-O ? demanda un habitué.

– Pas aujourd'hui.

Il attendit que les clients soient de nouveau focalisés sur la boisson, prit les deux baguettes dans sa main droite.

– L'alcoolisme a du bon, soupira-t-il. Moi, je ne suis jamais tombé dedans, même pas pendant les tournées.

– Abstinence totale ?

– Non, mais je m'en tiens à un cocktail avant d'aller me coucher. Voilà pourquoi j'ai réussi en affaires. Je possède même le terrain.

– Bravo.

– Alors, c'est quoi cette « complication » ?

– Comme je vous l'ai dit, Cheri est partie. J'espérais que quelqu'un ici pourrait me dire pourquoi.

– Quelqu'un ?

– Comme Winky ou Boris.

– Vous les connaissez ?

– On m'a dit qu'ils étaient liés à Cheri.

– On l'est tous. On s'est connus il y a longtemps.

– Au lycée.

– Au collège, en fait. Boris et moi. Vous ne m'avez toujours pas dit ce qu'était la complication. Connie lui fait un nouveau procès ? Cheri s'y attendait. Sa sœur ne s'avoue jamais vaincue.

– Non, ça ne risque pas. Connie est morte.

– Quoi ?

– Assassinée. Hier soir. La police se demande s'il pourrait y avoir un lien avec le procès. J'ai objecté que Cheri n'était pas quelqu'un de violent, mais…

– Violente ? Pas du tout ! Je crois bien que je n'ai jamais connu gonzesse plus pacifique. Connie est *morte* ? Si vous vous renseignez sur Cheri, c'est que… Merde, vous n'êtes pas sérieux ?

– Peu importe mon avis, Chuck-O. Les flics commencent toujours par s'intéresser aux proches de la victime. Alors vous imaginez bien qu'une sœur avec laquelle il y a eu un gros différend…

– Mais non, c'est absurde.

– Je suis passé chez Cheri avant de venir ici, je voulais la prévenir pour Connie. C'est là que j'ai appris qu'elle avait disparu. L'appartement est vide, elle n'a même pas réglé son dernier loyer.

– Merde… c'est peut-être à cause du stress, les emmerdes qu'elle a subies. Elle a besoin de respirer un peu.

– Peut-être, mais reconnaissez que les apparences sont troublantes.

– Putain…

De sa main libre, il tapota un roulement sur le tom.

– Voilà, un petit solo rien que pour nous ! se félicita un habitué.

– Ta gueule ! lui envoya Chuck-O.

L'homme en resta bouche bée et les autres clients gardèrent le regard rivé au fond de leur verre.

– Connie, *assassinée* ? C'est dingue !

– Si vous avez le moyen de joindre Cheri, dites-lui de se manifester. Pour son bien. Elle n'a qu'à me joindre, moi.

Il me détailla, soupçonneux.

– Vous êtes sûr que vous êtes psychologue ? Facile de se faire une carte bidon.

Dee Martolo, la logeuse de Cheri, avait eu la même réaction. La méfiance de l'ère du numérique.

– Vous avez un ordinateur ?

– Pourquoi ?

– Connectez-vous au site de la fac de médecine, tapez mon nom et vous verrez si la photo correspond.

– C'est bon, c'est bon. Désolé, je suis sous le choc. Et comment se fait-il que vous sachiez ce que pense la police ?

– Il m'arrive de travailler pour eux.

– Ah bon ?

– Comme consultant. Mais ce n'est que du bon sens : une femme est tuée, sa sœur qui la hait disparaît, la déduction s'impose.

– Ce n'était pas de la haine… enfin, si, mais Connie ne méritait pas mieux. Et faites-moi confiance, Cheri est comme… comme un nuage. Un de ces nuages doux et cotonneux, vous voyez ?

– Contrairement à Connie.

– Déjà au lycée, Connie était… elle était beaucoup plus âgée que nous. On était encore au collège qu'elle était en fac, à se la péter. Même avant, elle était comme ça, à se croire supérieure. Genre, je ne suis pas de la merde, allez vous faire foutre !

– Arrogante.

– Personne ne pouvait la saquer… Mince, dit-il en ouvrant de grands yeux. J'ai pas intérêt à dire trop de mal d'elle ou vous allez me soupçonner. Hier soir, vous dites ? J'étais avec mes fils, on remettait en ordre mon bar de Sun Valley. Des connards ont tout salopé, ils l'avaient loué pour un enterrement de vie de garçon. Il a fallu faire la liste de tous les dégâts avant de nettoyer, pour l'assurance. Ça nous a pris jusqu'à six heures du mat'. Mais je n'ai pas besoin d'un alibi, n'est-ce pas ? fit-il en se levant.

– Non.

– Cheri, par contre…

– Ça simplifierait les choses si elle en avait un.

– Oui, bon. Vous en faites pas pour elle, elle ne risque rien.

– Je souhaite aussi contacter Winky et Boris.

– Pourquoi ?

– Parce que Cheri m'a parlé d'eux.

– Et de moi ?

– Bien sûr, mentis-je. Elle m'a parlé de votre petite bande, les bons amis que vous étiez.

– Vous voulez aussi rencontrer Zebra, alors ?

– Oui. Toute personne qui pourrait m'aider à retrouver Cheri.

– J'ai votre carte, je vous préviens dès que j'ai du nouveau.

– Merci.

Comme je me dirigeais vers la sortie, Lloyd me lança :

– S'il vous plaît, petit papa Noël, une dernière tournée !

Je lui souris et déposai des billets. Chuck-O Blatt compta la somme.

– Ça couvre juste ce qu'ils ont déjà bu.

Lloyd joignit les mains en prière.

– Une dernière petite libation, mon bon monsieur ? Pour récompenser les vertueux ?

– Faudrait pas pousser, le rembarra Chuck-O. Monsieur n'est pas le bon Dieu.

22

De retour dans ma voiture, je vérifiai si j'avais des messages. Un seul, de Robin. Je la rappelai.

– Pas de spaghettis ce soir, mon chéri. Le restaurant a fermé.

– Ça tombe bien, j'ai déjà terminé. Je serai là dans une demi-heure.

– Dois-je en déduire que tes démarches n'ont rien donné ?

– Pas grand-chose.

– Comptes-tu dire à Milo que tu as cherché Cheri ?

– Oui, vu qu'il l'apprendra de toute façon.

– Une affaire compliquée.

– La vie a toujours ses petits défis.

– Belle philosophie. Je n'ai plus qu'à cuisiner des spaghettis.

Avant de repartir, je me servis de mon iPhone pour tenter de localiser William Melandrano et Bernard Chamberlain. Un certain « W. Melandrano » était domicilié à proximité, à North Hollywood ; bon âge, mais adresse et téléphone sur liste rouge. Quatre « Bernard Chamberlain », dont le plus prometteur habitait Hollywood, tout près de l'appartement de Cheri. Milo saurait en quelques clics si l'un ou l'autre avait un casier. Pour ma part, je devais me contenter d'un site répertoriant les clichés de personnes arrêtées, du voyeurisme conçu sur mesure pour notre époque friande des déboires d'autrui. J'eus bon espoir de faire mouche avec un Richard Chamberlain interpellé trois ans auparavant à Tampa pour incivilités. Mais la photo qui s'afficha était celle d'un gamin de dix-sept ans.

Trêve d'amateurisme. Je parvins à joindre Milo sur sa ligne au Central.

– Ton pote Efren dispose d'un alibi en béton pour le meurtre de Connie, m'informa-t-il. Il faisait la teuf avec des potes, garçons et filles, dans une baraque de Pacoima connue pour être un repaire de gang. Pas moins de trente personnes se sont portées garantes, non pas que je les aie crues sur parole. Une vieille femme qui habite en face, inquiète de toutes ces allées et venues, a pris discrètement quantité de photos. Notamment Efren à son arrivée et à son départ. Bravo, tu avais raison.

– Ça ne prouve pas grand-chose, tu n'as jamais pensé qu'Efren s'en était occupé lui-même.

– Vrai. Millie Rivera sonde ses contacts au cas où des rumeurs de contrat auraient circulé. L'appareil photo de la voisine a tout de même permis d'établir une chose : Ramon Guzman était lui aussi présent à la fête. Voilà qui devrait t'interpeller, Alex : ton pote continue de faire la bringue avec le petit rigolo qui voulait t'éliminer.

– Efren était un patient, pas mon pote.

J'avais haussé le ton malgré moi.

– Venons-en à Cheri Sykes, dit-il. J'ai voulu organiser un rendez-vous par l'entremise de son avocat, mais il participe à un congrès à Palm Springs. Idem pour l'avocate de Connie. Je me demande bien quel genre de conférence peut intéresser ces gens-là… peut-être une étude comparée des charognards et des piranhas. Mais bon, je vais rendre visite à Cheri pour voir comment la demoiselle réagit au décès de sa sœur.

– Puisque tu abordes le sujet…

Je lui appris la disparition de Cheri.

– Tu t'es rendu chez elle ?

– Simple suivi clinique.

– Je vois. En fait non, je ne comprends pas.

– Je voulais vérifier si mon sentiment initial se confirmait. Vu qu'elle a filé, il semble fort probable que je me sois trompé. À l'évidence, je ferais mieux de te laisser agir.

– Allons, tu n'as pas à t'en vouloir. La victime initiale, c'était tout de même toi. Mais autant dire que je suis soulagé de ne pas avoir à enquêter sur *ton* meurtre. Comme ça, elle n'a emporté que les affaires de la petite ?

– La fillette est donc avec elle.

– Je vais envoyer quelqu'un de la police scientifique, on verra ce qu'on trouve.

– La propriétaire était déjà en train de faire le ménage.

– On ne sait jamais. Qui ne tente rien...

– Cheri a mal choisi son moment pour décamper. Tu avais raison, même si ce n'est pas elle qui a commis le crime, elle a pu déléguer à l'un de ses potes musiciens. Ils sont très liés.

Je lui rapportai mon expédition au bar et lui communiquai les noms dont je disposais.

– La force des liens du sang, dit-il. Si Connie avait raison de supputer que l'un d'eux était le père, le mobile serait tout trouvé.

– Chuck-O Blatt m'a aussi confirmé que Cheri craignait de nouvelles manœuvres judiciaires de la part de Connie.

– Ne quitte pas...

J'entendis le cliquetis de son clavier.

– Rien sur Melandrano, finit-il par dire. En revanche, j'ai un Bernard Chamberlain domicilié à Hollywood, Californie, qui a été arrêté il y a dix ans dans l'Arkansas, pour violences physiques. Apparemment, il n'a pas fait de prison. J'ai sa photo, le genre motard chevelu. Regard mauvais. Joli gabarit, pas si grand, quand même cent dix kilos. Oui, il faut qu'on rencontre ce lascar. Melandrano également.

– *On ?*

– Le pluriel est voulu, Alex. La situation présente désormais une dimension psychologique. À vrai dire, c'est une histoire de détraqué depuis le début. Donc, qui de mieux qualifié que toi pour apporter son éclairage ?

– D'humeur charitable ?

– Et puis quoi encore ? C'est pour le boulot, point de sentiments. Au fait, tu sais quoi ? Le frangin, Connor, a enfin trouvé le temps de venir voir le cadavre de Connie. Nous avons rendez-vous demain. Connie t'a bien dit qu'il avait une start-up ?

– Oui.

– Pourtant, il s'est choisi un créneau pas franchement innovant. Monsieur est dans le porno, depuis des années. Famille intéressante, non ? Bon, je vais vérifier les adresses actuelles des membres de Lonesome Moan et on s'en occupera demain. Nous commencerons par Connor Sykes, au Central à onze heures. Je présume que tu seras des nôtres ?

– Cravate exigée ?

– Tenue de ville.

23

Connor Sykes n'avait pas la tête de l'emploi. Cela dit, à quoi reconnaît-on un entrepreneur du porno ? Depuis vingt ans, il avait monté une kyrielle de sociétés qui produisaient et distribuaient des films X en cassettes vidéo comme en téléchargement. Son créneau était « l'authentique femme-poupée, au naturel ». Apparemment, cela désignait des créatures girondes, dépourvues de tatouages et n'ayant jamais subi de chirurgie plastique. Plusieurs de ses collections mettaient en avant l'aspect « romantique », par cela il fallait semble-t-il entendre des scénarios excluant le bondage et les pratiques un peu musclées. Il était vêtu comme n'importe quel patron de la Silicon Valley : costume bleu marine à revers étroits, chemise bleue à col déboutonné, chaussures discrètes mais hors de prix, montre digitale. Cheveux grisonnants, coupe soignée, traits quelconques, un de ces visages comme on en voit des dizaines dans les salons d'aéroport réservés à la classe affaires. En y regardant de plus près, il y avait un air de famille : la tête carrée, le menton assez proéminent. La ressemblance était sans doute plus patente quand les trois enfants étaient réunis, Connor tenant un peu de chaque sœur.

Si la mort de Connie le bouleversait, il n'en laissait rien paraître. Milo le fit asseoir dans la salle d'interrogatoire et lui tendit un gobelet de café insipide. Connor y porta les lèvres et le posa.

– Si ça ne vous dérange pas, je voudrais envoyer un texto à ma femme. Nos fils ont une audition ce soir et je ne suis pas certain d'être rentré à temps.

– Mais bien entendu, monsieur.

Sykes sortit son téléphone, pianota et le remit dans sa poche.

– Une audition de musique ? dit Milo.

– Jared joue de l'alto et Tyler du violoncelle. Je suis loin d'être objectif, mais il paraît que mes garçons ont du talent. En tout cas, dit-il avec un sourire timide, ça ne vient pas de moi. Mon épouse Mariko était pianiste au Japon.

– Ah, fit Milo.

– Je m'efforce de ne jamais rater leurs auditions.

– Nous ferons notre maximum pour vous libérer au plus vite.

– C'est aimable à vous, lieutenant. En y réfléchissant dans l'avion, je me suis dit que ça risquait de toute façon d'être long, si je dois m'occuper du corps de Connie.

– Ce n'est pas encore d'actualité.

– Ah bon ? Tout n'est pas réglé ?

– Le coroner a fini son travail, mais il reste quelques formalités. Cela pourra se faire par téléphone ou sur internet.

– Il se pourrait donc que je sois rentré pour dix-sept heures ?

– Bien sûr.

Sykes sortit à nouveau son portable.

– Vous permettez que j'envoie un texto à la compagnie aérienne pour mon vol de retour ?

– Pas de problème.

Le SMS fut envoyé.

– Merci, lieutenant. Bien. Si je ne peux pas récupérer le corps, pourquoi m'avez-vous demandé de passer ?

– Dans une enquête pour meurtre, plus nous en savons et mieux nous sommes équipés. Tous les renseignements que vous pourrez nous fournir seront précieux.

Connor Sykes contempla le plafond et réfléchit en caressant sa veste.

– Oui, je comprends, finit-il par dire. Malheureusement, je ne vois vraiment pas qui aurait pu tuer ma sœur.

Ton égal. Milo s'efforçait de rester impassible, mais je notai une légère crispation de l'arcade sourcilière. Cela échappa à Connor Sykes qui regardait de nouveau en l'air.

– L'assassinat de votre sœur vous surprend, monsieur ?

Sykes arqua le sourcil gauche. Interloqué, pas agacé.

– Bien sûr.

Milo resta silencieux. Les traits de Sykes se contractèrent, comme pour résoudre un casse-tête mathématique.

– L'absence d'émotion dont je semble faire preuve doit vous paraître étrange, non ? Votre réaction se conçoit. J'ai du mal à exprimer mes sentiments. Intérieurement, je suis désemparé que ma sœur soit morte. Mais il ne m'est pas naturel de le montrer. Ma femme pense que j'ai le syndrome d'Asperger dans sa forme légère. Peut-être a-t-elle raison, elle me connaît mieux que personne. Moi, je ne me sens pas asocial. Dans l'ensemble, je m'accommode des autres. Ne m'en veuillez pas de ma réaction inappropriée.

– Il n'y a pas de réaction « normale », monsieur. J'ai simplement noté que vous ne paraissiez pas surpris.

– Pourtant je le suis. Vraiment très surpris. Mais je ne vois pas en quoi je pourrais vous aider. Connie et moi n'étions pas proches. Ça faisait un certain temps qu'on ne s'était ni vus ni parlé.

– Depuis quand, au juste ?

– Au moins vingt ans.

– Vingt ans ? répéta Milo.

– Même pas une carte de vœux, ni de ma part ni de la sienne. Dans notre famille, on n'a jamais été attachés à ces rituels.

– Et Cheri ?

– Elle, je l'ai vue plus récemment.

– Mais encore ?

– Hum… ça doit remonter à une dizaine d'années. Elle est venue me demander de l'argent.

– Vous lui en avez prêté ?

Connor Sykes haussa les épaules.

– J'étais en fonds et elle était fauchée, alors que voulez-vous…

– C'était pour un besoin précis ?

– Je ne lui ai pas posé la question.

– Elle s'est présentée à l'improviste ?

– Chez nous. Huit heures du matin. Mariko, les garçons et moi étions en train de petit-déjeuner. Nous lui avons proposé de se joindre à nous. Elle était toute dépenaillée, comme si elle avait bourlingué.

– Seule ?

– Oui. Elle m'a demandé deux mille dollars pour la tirer d'affaire. Je lui en ai accordé cinq mille. Elle m'a serré dans ses bras et m'a fait la bise, a promis de donner des nouvelles. Bien entendu, elle n'a jamais appelé.

– Vous dites cela car vous n'y comptiez pas, notai-je.

Son regard se posa sur moi sans vraiment me voir.

– Cheri n'est pas très fiable.

– Un esprit non conformiste.

– Depuis toujours.

– Vous êtes très différents les uns des autres, soulignai-je.

– Mariko dit la même chose. Pour plaisanter, elle soutient qu'il y a entre nous plus un lien de hasard qu'un lien de famille. Ça ne m'avait jamais frappé, jusqu'à ce que j'aie des enfants. Mes garçons ont des traits en commun. Ce sont deux personnes distinctes, bien entendu, mais on sent bien qu'ils sont frères.

– Contrairement à vous et vos sœurs.

– Oui. Quelle famille peut produire ce genre de résultat ? fit-il avec une petite moue. Je ne vois pas en quoi cela aurait un lien avec le meurtre de Connie, mais je ne demande pas mieux que de vous éclairer.

– Parlez-nous de votre enfance avec Connie et Cheri.

Il cilla trois fois et fixa sur moi un regard désemparé.

– Une question aussi vague, je ne vois pas par où commencer.

– Vos parents, par exemple.

Il sourit, rassuré dès qu'on lui fournissait un cadre.

– Charles et Corinne Sykes se sont connus au lycée, à Kansas City. Connie et moi sommes nés là-bas. Je n'ai pas vraiment de souvenirs, j'étais très jeune quand on a déménagé en Californie. À Long Beach, où est née Cheri.

– Pourquoi votre famille est-elle venue en Californie ?

– Ma mère faisait de l'asthme et des angines de poitrine, son médecin pensait qu'un climat chaud et sec lui serait bénéfique. Malheureusement, ça n'a pas été le cas. Elle était toujours malade et elle est morte à soixante ans d'une insuffisance pulmonaire. J'imagine que l'alcool et les cigarettes n'ont pas aidé.

Connor Sykes marqua une pause, pencha la tête à la manière d'un épagneul soucieux de plaire.

– Curieux, non ? reprit-il. Fumer alors qu'elle avait des problèmes respiratoires.

Il posa les mains sur les genoux et se tut.

– Les gens sont imprévisibles, ajouta-t-il. Ça vous aide ? Je ne sais pas du tout ce que vous recherchez.

– Quels étaient les traits distinctifs de vos parents ?

– Leurs traits distinctifs ? répéta-t-il d'un ton neutre. On peut sans doute dire que mon père était un homme à femmes. Est-ce que j'entends par là qu'il trompait ma mère ? Tout à fait. Mais il n'était jamais violent avec elle ni avec nous. Enfin, je conçois qu'on puisse lui reprocher son infidélité.

– Lui aussi buvait ? demandai-je.

– Oui.

– Quel effet cela avait-il sur lui ?

– Quel effet ? Eh bien, il devenait un peu grincheux. Parfois il criait.

– Et votre mère ?

– Ma mère ?

Comme il énoncerait un concept obscur.

– Que vous dire sur ma mère ? Elle était comptable, elle s'entendait assez bien avec les gens, mais au fond elle ne les aimait pas. Je le sais parce qu'elle le disait franchement. « Les gens sont stupides », n'arrêtait-elle pas de répéter. Il se pourrait donc que mon Asperger vienne d'elle, à supposer que j'en sois atteint.

– Et quand elle avait bu ?

– Elle s'endormait.

– Une solitaire.

– Sans être pour autant ni timide ni effacée. Elle savait s'affirmer, mais elle préférait être seule. Notez, je ne me suis jamais senti négligé. D'ailleurs, je garde le souvenir d'une enfance plutôt agréable.

Il posa les mains sur la table et me fit face, épaules détendues.

– Mais je ne saurais vous dire si mes sœurs partagent ce sentiment.

Trois enfants, trois versions différentes. Peu de communication entre eux.

– Vous n'avez jamais discuté de votre enfance avec vos sœurs ? demandai-je.

– Dans notre famille, on était plus dans l'action que dans la parole.

– Connie avait la réputation d'être assez peu sociable.

– Hum… c'était sans doute vrai. Maintenant que vous le dites, Connie avait certains points communs avec notre mère, dit-il en se tapotant les lèvres avec l'index. Oui, à coup sûr. C'est elle qui lui ressemblait le plus. Je n'y avais jamais pensé.

– Et Cheri ?

– Cheri ? Rien en commun avec ma mère.

– Du genre à aller vers les autres.

– Hum… oui. Cheri a toujours été d'un naturel engageant. Elle avait un tas d'amis. Vue sous cet angle, elle ressemble à notre père. Quand il était d'humeur, il aimait la compagnie.

– Comment s'entendaient vos sœurs ?

– Elles n'étaient pas très…

Il n'acheva pas sa phrase. Sa main droite commença à se refermer, puis se relâcha lentement.

– Vos questions… vous ne soupçonnez quand même pas Cheri d'avoir… non, c'est insensé.

Ses yeux firent la navette entre moi et Milo.

– Vous la soupçonnez, lieutenant ?

– Pas spécifiquement, mais compte tenu du conflit qui les a opposées…

– Quel conflit ?

– Le procès.

Connor Sykes cligna des yeux.

– Je ne sais pas de quoi vous parlez, lieutenant.

Milo lui résuma la situation. Connor Sykes accusa le coup.

– Pourquoi Connie ferait-elle une chose pareille ?

– Nous espérions que vous pourriez nous éclairer.

– Moi ? J'ignore tout de cette histoire. Connie a vraiment intenté une action pour prendre sa fille à Cheri ? Quel âge a l'enfant ?

– Quinze mois.

– Cheri a eu un bébé, dit Connor Sykes qui n'en revenait pas. Je l'ignorais complètement. Ça doit vous paraître bizarre, mais j'ai toujours été habitué à ça.

– Que chacun mène sa vie dans son coin, dis-je.

– Depuis mon mariage, je vois qu'on peut agir autrement. Ma femme est proche de sa sœur et mes fils sont très complices. Mais l'idée que Connie traîne Cheri en justice…

et que Cheri ait un enfant. Un sacré choc, lieutenant. Je suis sonné.

Sa posture était en effet celle d'un homme défait, mais il aurait pu adopter le même ton pour récupérer son costume au pressing.

– Tout de même, vous ne soupçonnez pas sérieusement Cheri de s'en être prise à Connie. Elle a toujours été douce. Je la considère comme une hippie attardée. La fois où elle est passée m'emprunter de l'argent, elle avait même des fleurs dans les cheveux. Elle portait des vêtements faits maison et le symbole de la paix en boucles d'oreilles. Ça m'a rappelé des films que j'ai tournés, sur le thème rétro des babas cool et de l'amour libre. J'avais consulté des magazines d'époque pour les costumes.

– Quelle était l'humeur de Cheri ce jour-là ?

– Son humeur ?

Il y réfléchit un moment.

– Elle était heureuse et amusante. Comme elle est toujours. C'est la seule de la famille à être comme ça. Connie a vraiment traîné Cheri en justice ? demanda-t-il en se redressant soudain. Elle a été déboutée ?

– Cheri a gagné le procès, dis-je.

– Et Connie a donc perdu. Ç'a dû être difficile pour elle. Elle avait l'esprit de compétition. En classe, elle cherchait toujours à être la première, dans toutes les matières.

– Y parvenait-elle ?

– Oui, elle était brillante. Vraiment la plus intelligente de la famille. Elle avait sauté une classe, a été admise en médecine sans difficulté et est sortie major… vous savez déjà tout ça, docteur, puisque vous l'avez évaluée.

– Et Cheri, comment se débrouillait-elle à l'école ?

– Des résultats médiocres, elle a même redoublé une classe. Ce n'était pas par manque d'intelligence, juste qu'elle préférait s'amuser. Mais jamais aux dépens des autres. Cheri ne voyait que les qualités des gens. Je refuse de croire qu'elle ait pu faire quoi que ce soit à Connie. Vous avez des preuves ?

– Nous souhaitons l'interroger, dit Milo, mais elle a déménagé sans laisser d'adresse.

Connor Sykes sortit des lunettes à monture noire qu'il fit passer d'une main dans l'autre.

– Je vois, dit-il. Ça ne plaide pas en sa faveur.

– Avez-vous une idée d'où elle aurait pu se rendre ?

– Non.

– Vraiment aucune ?

Il secoua la tête.

– Non, désolé.

– Voyez-vous autre chose à nous confier ?

Connor Sykes donna l'impression de soupeser la question avec soin.

– Non, finit-il par répondre.

– Eh bien, au cas où Cheri vous contacterait…

– Peu probable, lieutenant, mais si jamais elle m'appelle, je lui dirai qu'elle a éveillé les soupçons en disparaissant et qu'elle doit se manifester. Maintenant, pour en revenir à Connie, j'ai peut-être le temps de régler les formalités et d'être rentré à l'heure pour l'audition de mes fils.

24

Milo appela les services du coroner et obtint un rendez-vous pour Connor Sykes. Puis nous l'avons raccompagné jusqu'à la sortie et regardé s'éloigner dans Butler Avenue. Un homme de taille moyenne, allure quelconque.

– Joyeuse famille, dit Milo.

– Mais qui sommes-nous pour juger, hein ?

– Moi, j'adore juger. Je rêverais d'être juré. Comme ça, Cheri ne t'a pas dévoilé l'identité du père ?

Je secouai la tête.

– Et puis-je savoir pourquoi tu n'as pas insisté ?

– Ce n'était pas le sujet.

– Cheri était présumée une bonne mère, à Connie de prouver le contraire.

– Exactement.

– Connie était persuadée que c'était Winky ou Binky, les folles nuits d'une groupie.

– Tu as le sens de la formule.

De retour à l'intérieur, il s'arrêta au pied de l'escalier.

– Si la benjamine des sœurs Sykes ne réapparaît pas prochainement, je me pencherai sur le groupe.

– Pas compliqué, suffit de se rendre le lundi soir aux Gémeaux.

– J'adore les reprises des seventies ! dit-il en se trémoussant. En attendant, j'ai lancé un avis de recherche pour la voiture de Cheri et son portrait a été diffusé aux patrouilles d'Hollywood, l'habituel cliché grossier de permis de conduire. Un mandat pour vérifier sa ligne téléphonique et ses cartes de crédit me serait autrement plus utile, mais l'animosité entre sœurs n'est pas un motif suffisant. En gros, je n'obtiendrai les moyens de dénicher un truc incriminant que si j'ai d'abord déniché un truc incriminant.

– La police scientifique est passée à l'appartement ?

– Pas encore. Martolo, la propriétaire, s'est défaussée sur son avocat qui nous a refusé l'autorisation juste pour faire chier. J'ai laissé deux messages à Martolo qui ne veut rien savoir.

– Propose-lui de la débarrasser des affaires qu'elle conserve gracieusement pour Cheri.

– La vieille technique de la carotte ? Ton cerveau m'épate !

Il sortit son portable, composa le numéro. Sourire crispé.

– Mademoiselle Martolo ? Ici le lieutenant Sturgis... Oui, je sais, mais je pensais que nous pourrions trouver un arrangement sans devoir... Je vous garantis qu'il n'y aura pas de dérangement et que rien ne sera abîmé... rien ne sera emporté... la moquette ne sera pas découpée... Oui, je comprends. Je suis sincèrement navré, c'est parfaitement inadmissible, mais... votre réaction est naturelle, mais vous n'avez rien à craindre avec mon équipe. Promis, mademoiselle. Parole de scout... Ah bon ? Moi aussi, j'ai même été chef scout. Entre gens dignes de confiance, il faut se serrer les coudes, vous ne pensez pas ? Et puis... Laissez-moi terminer, s'il vous plaît. Si vous consentez à la venue de mon équipe, je propose de vous débarrasser des affaires de Mme Sykes que vous êtes tenue de conserver... Oui, la totalité... Comme je m'y suis engagé dès mon premier appel, ils se contenteront d'effectuer quelques prélèvements rapides et de relever les empreintes. Vous ne vous apercevrez même pas de leur passage... Merci, mademoiselle... D'accord. Merci, Dee. Peut-être se croisera-t-on au prochain rassemblement national des scouts ?

Il raccrocha, me flanqua une tape dans le dos qui fit trembler mes côtes et appela ensuite la police scientifique, exigeant une intervention immédiate, avant que la propriétaire ne change d'avis.

– Passez-moi l'appart' au peigne fin, mais sans abîmer quoi que ce soit. Si vous devez prélever une fibre, employez la pince à épiler. Interdiction de découper ou d'arracher. Je ne plaisante pas.

Quand il eut terminé, je demandai :

– Mlle Martolo a eu une mauvaise expérience avec la police ?

– Les Stups ont fait une descente dans un autre immeuble qui lui appartient. Malheureusement, ils se sont trompés d'adresse et ont flanqué une sacrée frousse aux locataires, et pas seulement la famille de l'appartement visé. Ils ont défoncé la porte et ont tout saccagé. Il a fallu qu'elle les relance à n'en plus finir pour être enfin dédommagée au bout de six mois.

– La police ne fait pas toujours dans le détail. Bon, et maintenant ?

– Moi, je vais tenter de retrouver Cheri Sykes. Toi, tu as quartier libre.

– L'avocat de Cheri pourrait savoir comment la joindre.

– Le nom du chanceux ? dit-il en sortant son calepin.

– Myron Ballister, cabinet situé dans la Vallée.

– Il est comment ?

– Je ne l'ai pas rencontré.

– Il a refusé de se déplacer ?

– Les deux avocats souhaitaient me voir, mais je n'ai pas donné suite.

– Pourquoi ?

– En général, je les tiens à l'écart. Leur seul but est de m'influencer. Je préfère obtenir mes renseignements directement auprès des parties concernées. La seule exception, ce sont les affaires de garde partagée car les parents sont obligés de coopérer et les avocats peuvent avoir un rôle positif. Mais quand il s'agit de trancher entre l'un ou l'autre, aucun intérêt. Ce qui n'a pas empêché l'avocate de Connie de venir au rendez-vous et de tenter d'imposer sa présence.

– Tu t'es chargé de la remettre dans le droit chemin.

– Oui. Me Medea Wright travaille pour un cabinet aux méthodes agressives.

– Tu me conseilles de lui parler ?

– Tu peux toujours essayer, mais je doute qu'elle coopère.

– Ballister risque de me réserver le même accueil, mais vu que ça sent de plus en plus le roussi pour sa cliente, on va tenter le coup, maintenant que son congrès est terminé. Tu te rappelles où est son cabinet dans la Vallée ?

– Sherman Oaks.

J'énonçai l'adresse.

– Tu l'as retenue par cœur ?

– Elle figurait sur tous les documents judiciaires que je n'ai cessé d'éplucher.

– Un déluge de paperasse.

– C'est toujours le cas.

– Tu sais, depuis le temps qu'on se connaît, tu ne m'as jamais parlé de ce volet-là de ton activité. M'a l'air d'être une sacrée partie de plaisir.

– Rien que du pas marrant.

Au volant d'un véhicule banalisé, il rejoignit la Vallée par le col de Sepulveda. Nous étions l'un et l'autre peu diserts. J'avais rarement vu Milo à ce point immobile et impassible. À quoi pouvait-il bien penser ? Pour ma part, je ruminais une fois de plus le même sujet. J'avais été à deux doigts de me retrouver à la morgue, un matricule parmi d'autres. Qui m'aurait pleuré ? Qui n'aurait pas versé de larmes ?

25

Sherman Oaks est un quartier chic, mais au-delà du croisement avec Van Nuys, Ventura Boulevard serpente à travers un univers de fast-foods, de bâtiments vétustes et de commerces qui refourguent une camelote douteuse. Le cabinet de Myron Ballister était situé au cœur de la zone, au rez-de-chaussée d'un immeuble rosâtre à un étage glissé entre une boutique de téléphones jetables à l'enseigne libellée en farsi et un ancien cinéma Art déco reconverti en solderie. Il n'y avait que deux locataires niveau rue, de part et d'autre d'un modeste couloir à moquette verte s'interrompant au pied d'un escalier en béton gravillonné. Le seul nom de Ballister figurait sur la plaque en plastique retenue par des glissières. Porte en contreplaqué à la peinture écaillée. C'était ouvert. Salle d'attente et réception se partageaient une pièce format mouchoir de poche. L'unique employée de Myron Ballister, une jeune femme de vingt ans à tout casser, était installée à un bureau gondolé. Folle tignasse de dreadlocks blonds. Deux tatouages visibles : la fée Clochette folâtrait sur l'avant-bras gauche et le droit arborait l'inscription : « Je vous laisse le choix des armes. » Pour l'heure, elle était armée d'un téléphone à lignes multiples, d'un ordinateur portable fermé et d'un iPod dont s'échappait *Don't Let Me Get Me*, le tube de Pink. Le badge de Milo produisit son effet.

– Les flics ? Qu'est-ce qu'il y a ?

– Nous souhaitons parler à Me Ballister.

– Il est sorti déjeuner.

– Où ça ?

– El Padron.

– Où est-ce ?

– Au bout du pâté de maisons... Euh, non, en fait par là.

Le pouce gauche qu'elle avait d'abord pointé fut remplacé par le droit.

– Ça fait longtemps que vous travaillez pour lui ?

– C'est mon cousin. J'assure la permanence.

– Pour sa secrétaire ?

– Non, pour lui ! glousssa-t-elle. Avant, il se débrouillait tout seul. Puis, comme je suis venue à L.A. pour mes études, il m'a dit : « Il faut que tu m'aides à avoir l'air d'un vrai avocat, Amanda. Je suis même prêt à te payer. » J'ai accepté.

Elle haussa les épaules et agita ses nattes, un ballet de macaronis.

– Vous étudiez quoi ?

– Le conseil en esthétique.

– Vous voulez devenir esthéticienne ?

Elle parut vexée.

– Le maquillage n'est pas tout. On nous enseigne la science de la peau.

Elle scruta l'épiderme esquinté de Milo.

– Sans espoir ? fit-il.

– Enfin... on peut toujours tenter. Je vous conseillerais une crème hydratante. Ou plutôt un masque pour peau grasse.

– Merci pour le conseil, Amanda.

– Décrivez-nous Myron.

– Lui, il a la peau assez saine.

– Quel âge a-t-il ?

– Genre trente ans.

– Comment est-il habillé aujourd'hui ?

– Hum, voyons... chemise noire et cravate grise. Il est un peu enrobé, mais ne le répétez pas !

Le restaurant s'appelait en réalité El Patron. Un bâtiment entièrement toc, le stuc aussi bien que les tuiles ou le fer forgé. Sur l'enseigne, un âne efflanqué vêtu d'un poncho élimé contemplait avec gourmandise un cactus flétri. Celui-ci était affublé d'un visage déconcertant : regard lubrique et mine voluptueusement dépravée.

– Gros, joli teint et chemise noire, dit Milo avant d'entrer.

Une grande salle à l'éclairage tamisé, chaises et banquettes en vinyle bleu, tables et box dans la même résine synthétique que la porte. Des reproductions d'affiches de corrida encombraient les murs. Musique mariachi en fond sonore, avec une prédilection pour le trombone mal accordé. Malgré tout, d'agréables odeurs flottaient dans l'air : *frijoles,* maïs, tomate verte, *carne asada*. Personne à l'accueil, aucune réservation notée à la page du jour. Tandis que nos yeux s'acclimataient à la pénombre, une serveuse en robe bustier style paysanne apparut.

– *Vaya con dios, señores !*

Blonde, la soixantaine, visage affable qui évoquait davantage la Flandre que le Mexique. Milo lui sourit et parcourut la salle du regard. Seuls trois box étaient occupés, côté droit. Une tablée de cadres moyens qui buvaient des bières et des margaritas. Un vieux couple taciturne, chacun le nez dans son assiette. De jeunes amoureux qui se fichaient de la nourriture, les yeux dans les yeux et la main dans la main. Chemise noire et cravate grise, l'homme avait les cheveux châtain clair. Sa compagne, une brunette, portait une robe blanche sans manches.

– Nos amis sont déjà là, indiqua Milo à la serveuse.

– Okay, *muy bueno*. Je vous apporte la carte. Je vous sers une margarita, le temps de faire votre choix ? Aujourd'hui, celle à la fraise est en promotion. Préparée à la demande, avec des fruits frais.

Milo regarda le badge épinglé à sa robe.

– Très tentant, Louella, mais nous ne faisons que passer.

– Vous ne prenez rien ?

– Pas pour l'instant.

Il se dirigea vers les tourtereaux. La demoiselle nous tournait le dos et l'avocat était trop captivé pour nous prêter attention. Ses cheveux gras et mi-longs avaient les pointes presque blondes. Le style surfer, ce qui ne préjugeait en rien de son aisance sur une planche. Large d'épaules, visage en longueur et mains imposantes. Pas du tout obèse. Aux anges, il n'avait d'yeux que pour son amie.

– Désolé de vous importuner, les jeunes, dit Milo avec une absence totale de sincérité.

Myron Ballister écarquilla les yeux. Même de très près, il paraissait svelte. L'unique excès de graisse était son double menton naissant.

– Pardon ? fit-il.

Voix juvénile, front lisse et libre de toute inquiétude.

– Myron Ballister ? dit Milo.

– Oui…

La femme pivota et me dévisagea.

– Vous ? Mais qu'est-ce que vous fichez ici ? m'apostropha Medea Wright.

– Tu les connais, chérie ? dit Myron Ballister.

La petite main manucurée et chargée de bagues de l'avocate se détacha de celle de Ballister. L'autre était déjà resserrée en un poing hargneux. Je fis les présentations, expliquai à Milo quel rôle elle avait joué dans l'affaire des sœurs Sykes.

– Vous échangez des confidences juridiques ? s'étonna-t-il.

Rien de tel qu'un congrès, à Palm Spring ou ailleurs, pour nouer des liens. Pas seulement professionnels. Medea Wright prit l'air courroucé.

– J'exige une explication !

– Adversaires un jour et maintenant complices ? dit Milo. Par où avez-vous commencé, l'amour ou le boulot ?

Le maquillage parfait de la jeune femme ne suffisait pas à dissimuler ses joues qui rougissaient.

– Parce que vous pensez que ça vous regarde ? Vous êtes qui, d'abord ?

Il lui tendit sa carte.

– Brigade des homicides ? Que se passe-t-il ? s'étonna-t-elle.

– Vous n'êtes pas au courant ?

Elle chercha à se redresser, mais la génétique l'avait dotée d'un torse court.

– Sinon, pourquoi je vous poserais la question ?

– C'est trop bizarre, chérie, dit Myron Ballister.

Elle le fit taire d'un geste.

– Chut. Va savoir ce qu'ils manigancent.

– Mes manigances, maître, ne visent qu'à élucider un meurtre. Vous n'êtes pas curieuse de savoir qui est la victime ?

– De toute façon, vous allez me le dire.

– Mince, fit Ballister. Quelqu'un a été assassiné ?

Sans lui accorder un regard, Medea Wright poursuivit :

– S'il y a eu homicide, ça paraît en effet probable.

Myron Ballister conservait la même expression de surprise détachée. Nullement vexé. Sans doute ne s'était-il jamais fait beaucoup d'illusions. Medea Wright pointa Milo.

– Allez, je vous écoute.

Milo soutint son regard jusqu'à ce qu'elle flanche.

– Votre cliente. Constance Sykes.

– Quoi ? s'écria-t-elle.

Un cri disgracieux, comme un drap de satin déchiré d'un coup de griffe. Le vieux couple s'interrompit dans sa gloutonnerie. Les cadres posèrent leur verre et se tournèrent vers nous. Louella accourut.

– Il y a un problème ?

Medea Wright la congédia d'un geste impatient.

– Vous voyez bien que nous sommes en pleine conversation.

– Oui, certes…

La serveuse tourna les talons.

– Racontez-moi précisément ce qui est arrivé, exigea l'avocate.

– Le Dr Sykes a été assassinée avant-hier soir.

– C'est insensé, dit Medea Wright.

Elle prit une chips tortilla dans une coupelle en pierre de lave émaillée et mastiqua frénétiquement, tel un lapin shooté. Elle déglutit d'un coup sec et soumit deux nouvelles chips à ses mâchoires broyeuses. Ballister l'observait, médusé, puis se tourna vers Milo.

– Vous voulez dire que… ?

– C'est complètement dingue ! l'interrompit Medea Wright.

– Carrément, renchérit Myron Ballister.

Il voulut prendre la main de sa collègue, mais celle-ci la lui retira.

– Qui l'a tuée ? demanda-t-elle.

– C'est ce que nous cherchons à découvrir, dit Milo.

J'eus droit à un regard dédaigneux de la jeune femme.

– Et lui, qu'est-ce qu'il fiche ici ?

– Le Dr Delaware travaille de temps en temps pour nous.

– Ah bon ? À quel titre ?

– Expert psychologue.

– Oh, je connais ses expertises ! lança-t-elle avec un petit sourire méprisant. Monsieur est un habitué des prétoires. Et vous voulez me faire croire qu'il a été désigné par hasard pour vous accompagner, alors qu'il avait eu affaire à la victime ?

– En fait, maître, le Dr Delaware était déjà impliqué à un autre titre.

– De quoi parlez-vous ? Cessez de tourner autour du pot et crachez le morceau !

Il lui fournit un résumé brutal du projet de meurtre concocté par Connie Sykes. Elle en resta bouche bée.

– Quoi ? Impossible…

Il entreprit de se répéter.

– J'ai parfaitement entendu, mais j'ai du mal à y croire. C'est extravagant.

– Vous pouvez y croire, maître.

– Une histoire de dingue, marmonna Myron Ballister.

– Vous prétendez que Connie l'a menacé, sérieusement ?

Milo s'approcha d'elle, si près qu'elle dut pencher la tête en arrière.

– Ne perdez pas de temps à défendre votre cliente. Morte, elle ne risque plus d'être mise en cause. C'est donc la première fois que vous entendez parler de son complot ?

– Absolument. Pour qui me prenez-vous ?

– Eh bien, pour une avocate qui fait son job, d'autant que les conversations avec sa cliente sont placées sous le sceau de la confi…

– Pas si la vie de quelqu'un est en péril. Vos accusations sont odieuses et insultantes ! Vous êtes vraiment…

Elle ravala l'épithète peu flatteuse à laquelle elle songeait, prit trois longues inspirations et posa les mains à plat sur la table. Les rougeurs avaient gagné son cou au galbe parfait. Elle tenta en vain de maîtriser sa respiration. Une femme très nerveuse et animée d'un grand esprit de compétition, le genre de tempérament qui favorise la réussite professionnelle mais peut aussi ronger psychologiquement. Elle se tourna vers moi.

– Vous pensez vraiment que je laisserais faire ça à vous ou à qui que ce soit ? Je suis outrée. Je n'arrive pas à imaginer que vous puissiez me croire…

– À ce stade, intervint Milo, le Dr Delaware et moi-même n'avons aucune certitude. C'est mon métier de poser des questions.

– Eh bien, voici ma réponse : je n'ai rien à voir avec cette histoire. Et comme preuve de ma probité, sachez que, chaque fois que j'ai eu vent d'un danger potentiel, j'en ai aussitôt averti la personne concernée.

– Connie a menacé quelqu'un d'autre ? dis-je.

– Ça n'a pas pris les mêmes proportions qu'avec…

– Qui ça ? insistai-je durement.

– La juge Maestro. Que je me suis empressée d'avertir, d'accord ? Si Connie m'avait parlé de vous, je vous aurais pareillement mis en garde.

– Vous avez averti la juge mais pas la police, souligna Milo.

Elle tendit à nouveau les poings.

– Écoutez-moi bien : je n'étais pas tenue d'informer qui que ce soit car la menace restait floue, mais je l'ai tout de même fait, au risque d'être sanctionnée par le barreau. Pourquoi ? Parce que j'ai un sens moral. Maintenant, dites-moi qui a tué ma cliente.

– En quoi la menace était-elle floue ? s'enquit Milo.

Elle inspira vivement.

– Le Dr Sykes n'a pas menacé expressément la juge, ni personne d'autre. Elle m'a appelée après le jugement pour pester. Une réaction courante et bien compréhensible. Elle était indignée de ce qu'elle considérait être un déni de justice, avis que je partageais. Elle estimait que le tribunal n'avait pas joué son rôle et que l'enfant en pâtirait. Je l'ai laissée s'exprimer, pour qu'elle surmonte sa déception. Plus elle parlait et plus elle s'enflammait. Tout à coup, en pleine diatribe, elle a sorti qu'elle avait envie de tuer quelqu'un. Dans la foulée, elle s'est mise à fulminer contre la juge Maestro nommément, l'accusant de parti pris. C'est cette juxtaposition qui m'a préoccupée.

– Exprimer le désir de tuer quelqu'un et enchaîner sur la juge, dit Milo.

– Tout à fait, lieutenant. Vous comprenez. Il n'y avait pas de menace caractérisée, à l'évidence. J'ai tout de même averti la juge et je ne vois pas ce qu'il vous faut de plus comme preuve de…

– Comment a réagi la juge Maestro ?

De magnifiques dents mordillèrent la lèvre supérieure.

– J'ai laissé un message.

– Vous avez supposé qu'elle l'avait bien reçu.

– Je n'avais aucune raison de penser le contraire ! s'emporta-t-elle avec un geste d'énervement. Je n'ai plus rien à vous dire !

– En fait, c'est à Myron Ballister que nous souhaitions parler. Pas à vous.

Elle se rembrunit à l'idée de ne plus être le centre d'attention.

– Si vous permettez que nous discutions un instant avec…

– Vous préférez que je m'en aille ? Parfait !

Milo s'écarta, elle sortit du box et s'éloigna d'un pas furieux.

– Mince, fit Myron Ballister.

– Désolé d'avoir gâché votre tête-à-tête.

– Cette fille est une Ferrari, elle passe de zéro à cent cinquante en un clin d'œil. Enfin… qu'est-ce que je peux faire pour vous ?

– Depuis combien de temps êtes-vous avocat ?

– Moi ? Depuis cette année.

– Sacré dossier par lequel débuter.

– J'en ai eu d'autres avant. Deux.

– Également des affaires de garde d'enfant ?

– Euh, non. Des histoires de circulation. Une conduite en état d'ivresse.

– Le droit de la famille n'est donc pas votre spécialité.

– J'hésite encore.

Milo prit la place qu'avait occupée Medea Wright et je m'assis à côté de l'avocat. Coincé, Myron Ballister contempla la coupelle de chips, que Milo écarta.

– Qui vous a adressé Cheri Sykes ?

– C'est confidentiel.

– Vraiment ? dit Milo en se penchant vers lui. Un renseignement aussi anodin ?

– Si vous tenez à le savoir, elle a répondu à mon annonce sur Craigslist. C'est pas facile de démarrer.

Il se tripotait nerveusement les mains.

– Tous les moyens sont bons, Myron.

– Pour une diplômée de Yale comme Medea, c'est plus simple.

– Mais c'est vous qui avez gagné le procès, notai-je.

– Oui, dit-il, l'air de ne toujours pas en revenir. Medea m'a appelé le lendemain du jugement. L'affaire était terminée, elle avait perdu, je me suis demandé ce qu'elle me voulait. Mais elle était différente, sympathique. Elle a proposé qu'on se voie, qu'on dîne près de son bureau. J'étais surpris, mais pourquoi pas, après tout ? dit-il avec un sourire narquois. Je pensais que ma victoire l'avait épatée, que son cabinet envisageait de me recruter.

– Vous avez donc dîné ensemble.

– On n'est pas restés longtemps à table…

Avec son teint clair, Ballister rougissait vite. De la sueur perlait sur son nez.

– J'arrivais pas à y croire. Une nana diplômée de Yale !

– Une fille qui sait ce qu'elle veut, dit Milo. Petit veinard.

– Oui.

Ballister détendit les épaules, l'air satisfait. Conversation tranquille entre mecs, sur les femmes.

– Ce qui la séduit chez moi, c'est mon côté relax. Ses deux ex étaient de vrais connards.

– Il arrive que les mecs sympas emportent le gros lot, convint Milo.

– Moi, j'aime bien me coucher le soir avec la conscience tranquille. Avant de passer le barreau, je bossais dans l'humanitaire. J'aidais des travailleurs agricoles à obtenir une couverture sociale. Si jamais j'arrive à rembourser mes emprunts étudiants, j'y retournerai, mais en tant qu'avocat.

– Au service de l'intérêt général.

– Medea aime dire que l'intérêt général est sans intérêt. Elle ne mâche pas ses mots.

– Quand Cheri Sykes vous a contacté, comme vous êtes motivé par les bonnes causes…

– Je dois dire que j'étais un peu étonné qu'elle se contente d'une annonce sur Craigslist. Pour une affaire de circulation je peux comprendre, même une conduite en état d'ivresse, si c'est votre première infraction. Mais pour son gosse, quand même… Je lui ai expliqué que je n'avais jamais eu à plaider ce genre de dossier, qu'elle préférerait peut-être s'adresser à quelqu'un de plus expérimenté. Elle m'a dit que non, qu'elle « sentait de bonnes ondes à mon sujet ». Je pense aussi que mon tarif lui semblait attractif.

Il eut un petit sourire penaud.

– Vous lui avez facturé des honoraires ? dis-je.

– Pas grand-chose. Elle a moins de moyens que sa sœur. D'où mon hésitation. Connie Sykes pouvait s'offrir une Medea… Pas très équitable.

– Heureusement pour vous, le droit était de votre côté.

– Je l'ai compris après m'être documenté sur les dispositions concernant la garde. Quoique…, rien n'est jamais sûr. L'essentiel était que Cheri ne soit pas perçue comme une délinquante ou une folle. Ce qu'elle n'est pas, c'est vraiment quelqu'un de bien. N'est-ce pas, docteur ? Mais bon, avec la justice, on ne sait jamais. À l'association, j'ai vu des trucs franchement ahurissants. Des décisions insensées, mais il n'y avait rien à faire. On est à la merci des magistrats. Quand j'ai su qu'on allait tomber sur la juge Maestro, je me suis renseigné sur elle, mais aucune tendance ne ressortait. Elle juge très peu d'affaires de garde, surtout des questions d'héritage et de tutelle. Donc, je ne savais pas à quoi m'attendre. En tout cas, merci pour votre rapport, docteur. Ç'a été décisif.

– Connie était visiblement du même avis, nota Milo.

Myron Ballister secoua la tête.

– Vous avez dû avoir une sacrée frayeur, docteur, dit-il. Je voyais bien que Connie était un peu spéciale, mais de là à imaginer…

– Spéciale, c'est-à-dire ?

– Elle n'avait pas des réactions normales. Comme si elle était mi-femme, mi-robot.

– Une sorte de cyborg, dit Milo.

Ballister ne connaissait pas le terme.

– Si vous le dites.

– Une femme spéciale, dit Milo. Et qui vient d'être assassinée.

– C'est vraiment dingue.

La serveuse passa en prenant soin de ne pas s'intéresser à nous.

– Mademoiselle ! dit Milo.

Elle se figea et se retourna en partie.

– Oui, monsieur ?

Il sortit quelques billets de son portefeuille.

– Désolé d'occuper une table. Et que ma fille ait fait des siennes. Voici un petit dédommagement.

Louella compta la somme dans sa tête.

– Il y a beaucoup trop.

– Cela couvre ce qu'ils ont pris et ce que nous n'avons pas commandé.

– Ce n'est pas nécessaire, protesta Ballister.

– Vous êtes sûr ? insista la serveuse. Il y a beaucoup trop.

Milo lui tapota la main.

– Je n'ai jamais été plus sûr.

– Vous êtes un ange !

Elle s'en alla en recomptant son magot.

– C'est super-sympa, dit Ballister, mais vous n'aviez pas besoin de m'offrir mon…

– Il y a belle lurette que j'ai terminé de rembourser mes emprunts étudiants, Myron. Parlons un peu de Cheri Sykes.

L'avocat caressa son verre.

– Ne le prenez pas mal, mais si vous croyez qu'il suffit de me soudoyer…

– Pas d'échange de bons procédés, Myron. Dites-moi ce que vous estimez pouvoir me confier.

– Je comprends que vous faites votre travail, mais Cheri était ma cliente et je ne peux donc vous divulguer…

– Je n'ai que faire du procès, Myron, seuls m'intéressent les sentiments de Cheri pour sa sœur.

– Ses sentiments ? Mais non, allons, vous ne la soupçonnez quand même pas de…

Milo demeura silencieux.

– Impossible, insista Ballister. Je n'ai jamais rencontré femme plus pacifique.

– Peut-être bien, mais il faut que je lui parle. Malheureusement, elle s'est envolée.

– Pourquoi voudriez-vous qu'elle disparaisse ?

– Bonne question, Myron.

– Je n'en sais rien.

– Elle n'a jamais évoqué l'envie de partir ?

– Non, jamais. Cheri a emmené sa fille ?

– Oui.

– Elle a peut-être pris des vacances. Après le stress du procès.

– Après le meurtre de sa sœur.

– Mais non, dit Ballister. Il n'y a pas une once de violence en elle.

– Elle donne certainement cette image, mais je peux vous dire qu'il m'arrive encore d'avoir des surprises malgré ma longue expérience.

– C'en serait une de taille. Non, je n'y crois pas une seconde.

– Imaginons qu'elle ait craint une nouvelle action en justice de la part de Connie.

– Elle s'y att… merde, oubliez ce que je viens de dire.

– Donc, elle pensait que ça n'était pas terminé.

– Oui, ça lui semblait probable. Je lui ai promis de la défendre à nouveau, qu'on gagnerait en appel. Même que Medea… merde !

– Medea avait décidé de laisser tomber Connie ?

L'avocat poussa un geignement.

– Surtout, ne le répétez pas ! Elle me truciderait !

– Promis, Myron.

– Oui, Medea m'a confié qu'elle n'en voulait plus comme cliente. Si Connie la contactait, elle l'adresserait à un confrère. Parce que c'était fichu. Vous voyez, Cheri n'avait rien à craindre.

– Sauf une bonne dose de stress supplémentaire.

– Cheri est… un agneau. Quand j'étais chez elle pour la questionner, elle a repéré une araignée par terre et l'a ramassée délicatement pour la mettre dehors.

– Une gentille hippie.

– C'est ça.

– Comme les disciples de Charles Manson.

– Mais non… Écoutez, je comprends que vous devez mener votre enquête, mais faites-moi confiance, Cheri n'a pas tué sa sœur. Je suis prêt à parier ce que vous voulez.

Ce plaidoyer avait été délivré d'une voix différente, plus grave et plus déterminée. Comme si le garçon s'était étoffé grâce à une piqûre d'hormones. Qu'il apprivoise ce don et peut-être deviendrait-il un ténor du barreau.

– Je ne suis pas parieur, Myron, dit Milo. Moi, je me contente d'engranger les faits. Si Cheri veut aider son cas, qu'elle me parle pour que je puisse la rayer de la liste. Vous ne savez vraiment pas où elle se trouve ?

– Non.

– Si vous le saviez, vous nous le diriez ?

– Sans doute pas. Je préfère être honnête.

– C'est la meilleure voie, Myron.

– Pas vraiment, lieutenant. Pas dans la vraie vie. Mais c'est difficile de se refaire.

26

Milo remercia Ballister pour sa disponibilité. L'air soulagé, l'avocat lui souhaita bonne chance.

Comme nous ne paraissions pas pressés de quitter le box, il perdit son sourire et fut pris d'un tremblement sous l'oreille gauche. Il tripota son verre et contempla son assiette à laquelle il n'avait pas touché. Il agita les glaçons, s'efforça de retrouver une contenance et bredouilla :

– Et maintenant ?

– Dans sa déposition, Connie citait deux musiciens dont elle soupçonnait qu'ils pourraient être le père de l'enfant, dis-je.

Il avait dû lire le document en question au moins une dizaine de fois, mais resta muet.

– Qu'en dit Cheri ? insistai-je.

– Nous n'avons jamais abordé le sujet.

– Vraiment ?

– Ce n'était pas pertinent. Vous-même étiez de cet avis, sans quoi vous y auriez fait allusion dans votre rapport.

– Très juste.

– Il m'arrive d'être perspicace, dit-il d'un air satisfait.

Je me rapprochai de lui. N'ayant nulle part où fuir, il s'empara à nouveau de son verre.

– Cheri vous a-t-elle confié l'identité du père ? demandai-je.

Il secoua la tête.

– Je lui ai posé la question une fois, je me disais que

ça pourrait servir. Elle n'a pas voulu répondre alors je n'ai pas insisté.

– Servir en quoi ?

– Pour établir qu'elle disposait d'un réseau de soutien. À condition que le père soit digne de confiance. Une bonne coopération entre parents serait aussi un gage de stabilité, et on se serait retrouvés à deux contre un.

– Cheri n'était pas sensible à ces arguments.

– Elle m'a répondu que ça n'avait pas d'importance.

– Ou bien c'est que le père n'est pas très recommandable.

– Je n'en sais rien. De toute manière, maintenant qu'on a gagné, qu'est-ce que ça peut faire ?

– Cheri a disparu.

– C'est son droit. On vit dans un pays libre.

– Tout à fait, convint Milo. Mais si elle vous fait signe, Myron…

– Je ne pourrai pas vous avertir.

– Même si c'est dans l'intérêt de votre cliente ?

– Oui. La décision lui appartient.

– C'est bien une parole d'avocat. Ah, encore une chose, Myron : que faisiez-vous jeudi soir, à partir de dix-neuf heures trente ?

– Moi ? Allons, vous plaisantez ?

Milo resta impassible. Le jeune avocat n'en revenait pas.

– C'est dingue… bon. Pas de problème. Qu'est-ce que je faisais jeudi soir ? Sept heures et demie, vous dites ? Je crois que j'étais avec Medea.

– Vous croyez ?

– Non, sûr. J'étais avec elle.

– Toute la soirée ?

Ballister piqua un nouveau fard.

– Oui.

– Elle le confirmera ?

– Oui, je pense.

– Pas certain ?

– Ça pourrait lui poser un problème.

– En quoi, Myron ?

Le jeune homme fit avancer son verre de quelques centimètres.

– Le hic, c'est qu'elle est encore mariée. Un vrai loser qui tente de lui soutirer un maximum de thunes dans leur divorce. Tous les arguments sont bons.

– L'adultère pourrait jouer en sa faveur.

– On ne sait jamais. De toute manière, c'est la vérité. On a passé la nuit ensemble. Je suis reparti de chez elle vers six heures du matin. Il y a un portier dans son immeuble, un gars en veste rouge. Il pourra témoigner.

– Où habite-t-elle ?

– À Century City.

Ballister énonça l'adresse. Une résidence protégée, d'un certain standing. Du bruit attira notre attention. Six nouveaux clients venaient de faire leur entrée, de solides gaillards munis de casques de chantier.

– Quelle affluence ! marmonna l'avocat.

– Vous avez donc passé la nuit avec Medea, dit Milo, mais il se pourrait qu'elle hésite à confirmer votre alibi.

– Interrogez le portier.

– Un début, Myron. Cela attestera de votre présence dans l'immeuble au matin. Mais je préférerais entendre Medea me dire que vous étiez chez elle depuis la veille.

Le regard du jeune homme se durcit.

– Vous savez quoi ? Medea va vous le confirmer, sinon je me fâcherai et ça pourrait sérieusement se compliquer pour elle.

Son visage s'était métamorphosé. Comme si le garçon avait soudain gagné en maturité et en ténacité, déterminé à ne plus se laisser marcher sur les pieds.

– Eh bien, *amigo* ! dit Milo. Voilà une attitude d'avocat !

En quittant le restaurant, Milo grommela :

– Un alibi entre amants. Comme c'est romantique.

– Tu as des doutes ?

– Un portier tient à ses étrennes, mais non, j'y crois plutôt. Ni l'un ni l'autre n'avait de mobile pour supprimer cette chère Connie.

Il vérifia ses messages en se dirigeant vers la voiture. Un seul, mais d'importance. Il rappela aussitôt l'équipe qui était intervenue à l'appartement de Cheri.

– Sérieux ? A-t-on pu en déterminer la provenance ?... Oui, demandez une analyse. Le plus tôt sera le mieux. Merci... Les techniciens ont relevé une tache rouge suspecte sur la moquette, m'informa-t-il. Devant le clic-clac. Minuscule, deux ou trois millimètres de diamètre. Du sang humain, a-t-on établi, groupe O positif. Beaucoup de gens ont ce rhésus, dont peut-être Connie. Une seconde...

Il contacta le coroner et interrogea le légiste qui avait effectué l'autopsie. Il ne tarda pas à pointer un pouce victorieux.

– O+.

– Sans vouloir jouer les rabat-joie, Cheri pourrait bien être du même groupe sanguin, étant la sœur de Connie, et ça arrive à tout le monde de saigner chez soi.

– Dans le genre thérapeute déprimant... D'accord avec toi, mais l'ADN me fournira une réponse ferme pour Connie. D'où la procédure en urgence. Le résultat devrait prendre une semaine. Si c'est bien le sang de Connie, le rhésus de la douce Cheri deviendra accessoire.

– Croisons les doigts.

– Tu dis ça sérieusement ?

– Et pourquoi pas ?

– Ta patiente serait alors coupable d'un meurtre.

– Fort de ma longue expérience, j'ai déjà goûté au plaisir d'être dupé.

Il esquissa un demi-sourire.

– Ça t'arrive souvent ou seulement fréquemment ?

– Toi, ne me cherche pas.

Il prit le volant et décréta :

– Le moment est venu de s'intéresser aux papas putatifs. Commençons par Melandrano, vu qu'il n'a pas de casier. Peut-être sera-t-il plus enclin à prêter son concours aux enquêteurs, comme on dit. De quel instrument joue-t-il ?

– Guitare rythmique et chant.

– Le leader, en gros ? Celui qui se tape les midinettes.

– Détail qui a son importance, c'est lui qui gardait Rambla quand Cheri est passée à mon cabinet.

– Papa file un coup de main à maman. Un chanteur, tu dis ? On verra quel refrain il nous sort.

L'appartement de William « Winky » Melandrano était situé dans la partie Est de North Hollywood, proche de Toluca Lake au charme désuet. Une rue dépourvue d'arbres, aux immeubles coquets. Milo s'était procuré la description de l'unique véhicule immatriculé au nom de Melandrano : un Ford Explorer dans sa treizième année, gris à l'achat. Le SUV était garé sur le parking à l'arrière du bâtiment. Carrosserie toujours grise et bien encrassée, intérieur jonché d'emballages de fast-foods, de vieux journaux et d'habits en boule.

– Monsieur n'est pas un obsédé du ménage, nota Milo. Ne te prive pas de causer guitare avec lui, histoire de rompre la glace.

Il fredonna les premières mesures de *Smoke on the Water* et se dirigea vers l'entrée.

– Quelques mèches d'extension et tu pourrais embrasser une nouvelle carrière, dis-je.

– À condition que les voix de crécelle soient à la mode.

On accédait aux appartements par un escalier extérieur. Pas de réponse chez Melandrano. Milo appuya plusieurs fois sur la sonnette, frappa quelques coups puissants et soupira :

– Si la vie était trop facile, elle n'aurait pas le même prix. Je préfère ne pas laisser ma carte, au cas où il aurait aidé Cheri à filer.

Comme nous nous apprêtions à partir, une femme arrivait en haut des marches. Elle tenait un garçonnet par la main. Elle marqua un arrêt, nous détailla, avança d'un pas méfiant et se figea de nouveau. Une jeune Latina, cheveux longs, uniforme de profession médicale. L'enfant avait quatre ou cinq ans. Tee-shirt « Los Lobos » qui lui arrivait aux genoux, jean retroussé et Nike junior. La femme se plaça devant lui, geste instinctif de protection.

– Bonjour, madame, dit Milo. Nous sommes de la police.

Il lui présenta son badge ainsi qu'un sourire des plus engageants.

– La police recherche Winky ? Pourquoi ?

Sa blouse arborait le logo d'une grande chaîne de pharmacies, ainsi qu'un nom en lettres cursives : *L. Vega*.

– Nous souhaitons lui parler.

– Il a fait quelque chose de mal ?

– Pas du tout, madame.

– L'est parti, dit-elle, visiblement soulagée.

– Quand ça ?

– Il y a deux jours. Vraiment, il a rien fait ?

– N'ayez crainte. Nous souhaitons simplement quelques renseignements sur une connaissance à lui qui a disparu.

– Ouf. Ça m'arrive de lui confier Carlos. Il m'a l'air sérieux.

– Vous n'avez rien à craindre, madame Vega.

– Vous pouvez m'appeler Lourdes. T'entends, Carlos ? M. Winky est un gentil, *hijo*.

Le garçon se mit à boxer dans le vide.

– Winky est donc parti il y a deux jours, dit Milo.

– Environ. Je voulais lui demander de garder Carlos et il était pas là.

– Vous ne l'avez donc pas vu partir.

– Non. Du coup, j'ai dû rester chez moi.

– Winky est votre baby-sitter attitré.

– Je lui demande quand ma mère est pas disponible.

C'est pratique, comme on est voisins. Il joue de la guitare pour Carlos et lui apprend même quelques accords. Hein, *hijo* ? Ça te plaît quand M. Winky fait de la musique ?

Le garçon opina, la mine sérieuse. Lança quelques coups de poing supplémentaires et observa Milo, l'air espiègle. Le sourire de Milo le fit se réfugier derrière sa mère.

– Winky trouve que Carlos a du talent, ajouta-t-elle, mais ses doigts sont encore trop petits. Faut grandir, *hijo*. Pour jouer comme M. Winky.

Aucune réaction.

– Il a l'air d'être un voisin sympathique, dit Milo.

– Oui, très discret et gentil.

– À quel moment vous êtes-vous aperçue qu'il n'était pas chez lui ?

– C'était le soir, vers neuf heures. J'avais fait une double journée, j'ai récupéré Carlos à la garderie, on est rentrés vers huit heures, on a dîné et je l'ai couché. J'avais envie de sortir avec des amis, Carlos s'était endormi, Winky pourrait regarder la télé tranquillement. J'ai plus de chaînes câblées que lui.

– Sa voiture est toujours là.

– Ah bon ?

– Un Explorer gris, garé à l'arrière ?

– Oui, c'est le sien. Toujours garé là, vous dites ? Je ne sais pas…

– Winky a des amis ?

– Oui, il joue dans un groupe. Ils se déguisent tous.

– Vraiment ?

– Oui, en vieux rockers, cheveux longs et blouson de cuir. Un genre d'uniforme, quoi ! Enfin, moi aussi j'en porte un.

Elle gloussa et tripota sa blouse.

– Comment s'appellent les autres membres du groupe ?

– Un c'est Chuck, je crois, et un autre Maurice, me semble…

– Boris peut-être ?

– Possible. J'ai jamais discuté avec eux. Je les vois juste quand ils passent prendre Winky. Ils jouent dans un club. Winky m'a invitée.

– Vous êtes allée les écouter ?

– Non, je travaille dur à la pharmacie. Le père de Carlos est en Afghanistan, je dois me débrouiller toute seule, sauf quand ma mère a le temps, mais elle a aussi son boulot.

– Vous êtes très occupée.

– Enfin, j'arriverai bien à y aller un de ces soirs. Je suis sûre qu'ils sont bons. Mais c'est pas un endroit pour Carlos. Et Winky ne peut pas le garder pendant qu'il joue ! Faut donc que j'attende que ma mère ait une soirée de libre, sauf qu'elle aussi fait des horaires doubles, à la fabrique de saucisses à Vernon.

– J'ai faim, marmonna le garçonnet.

– Okay, okay. Bien, messieurs. Ravie d'avoir fait votre connaissance.

– Une dernière question, dit Milo. Winky a-t-il des relations féminines ?

– J'ai jamais vu personne. Mais je crois pas qu'il est…

– Oui ?

– Gay, chuchota-t-elle derrière sa main.

– Il est donc attiré par les femmes.

– J'ai rien remarqué de louche, dit Lourdes Vega. Il se contente d'apprendre la guitare à Carlos. Dites, faut que je sois sur mes gardes ?

– Pas du tout.

– Tant mieux. Winky m'inspire confiance. Une mère sent ces choses.

27

De retour dans la voiture, Milo reçut un texto qui le contraria.

– Binchy m'informe que le véhicule de Cheri Sykes a été retrouvé dans le parking de la gare d'Union. D'après le ticket, elle s'y trouve depuis le soir du meurtre de Connie. Si Cheri a réglé en espèces, zéro trace. Mobile plus disparition concomitante, plus tache de sang dans son appartement, ça commence à faire beaucoup, *amigo*.

Je n'avais aucun argument à lui opposer.

– Une mère en cavale avec son marmot, grommela-t-il en démarrant. La joie ! Et il y a fort à parier que Winky soit de la partie, vu qu'il s'est envolé à peu près en même temps. Si ce n'est pas là une preuve de paternité !

Maniant le volant d'une main, il appela Sean Binchy et lui demanda de rester à la gare pour interroger les employés de la compagnie ferroviaire, les agents de sécurité et les bagagistes, et leur montrer les photos de Cheri Sykes et de William Melandrano.

– Je sais bien qu'il y a les caméras de sécurité, mais avec le flot incessant de passagers, il n'est pas dit que les images nous apprennent quoi que ce soit. Si ça ne donne rien, Sean, offre-toi une belle entrecôte à mes frais. Ensuite, retourne à la gare et vois si les équipes de nuit ont remarqué quelque chose. Ratisse consciencieusement. Si besoin, fais appel à Reed. S'il est pris ailleurs, recrute quelqu'un d'autre.

Il raccrocha et accéléra.

– Après avoir gardé le secret pendant près de deux ans, dis-je, Cheri dévoile à Melandrano qu'il est le père.

– Pourquoi maintenant ?

– Va savoir…

L'hypothèse la plus simple était qu'elle souhaitait constituer une cellule familiale, mais je n'en dis rien.

– Elle courait le risque qu'il l'ait mauvaise, dit-il. Peut-être n'avait-elle personne d'autre pour l'aider à assouvir ses envies de meurtre.

– Ils auraient supprimé Connie à deux ?

– Pourquoi pas ? Un duo, ça colle parfaitement avec la scène de crime. Cheri vient frapper chez sa sœur, elle lui raconte qu'elle souhaite s'expliquer et trouver une solution à l'amiable. Connie lui ouvre. Melandrano fait irruption et la poignarde. Puis il l'achève avec la ceinture du peignoir. Aucune résistance, un crime propre et rondement mené. La gosse attendait sans doute dans la voiture. Ils ont filé, voyagent léger parce qu'ils sont décidés à disparaître.

J'étais en proie au doute. On a vite fait de se tromper. Par exemple, on accepte d'expertiser un dossier qui n'aurait jamais dû être jugé recevable et on manque y laisser sa peau.

– Je suis d'humeur à gâcher leur petite escapade en famille, grogna Milo.

Il s'arrêta, se frotta les mains et initia l'avis de recherche visant Cheri Sykes et William Melandrano. Ensuite, il appela Binchy pour savoir ce qu'on avait relevé dans la voiture. Quelques empreintes aux endroits attendus, mais rien de suspect qui saute aux yeux. On devait la remorquer pour effectuer une inspection plus minutieuse au laboratoire. Dès que les empreintes seraient cataloguées, une procédure d'alerte serait mise en place *via* le fichier AFIS.

– Cheri n'a que des peccadilles à son actif, et à l'époque le fichage n'était pas systématique. Quant à Melandrano, il ne figure pas dans la base. Dommage. J'aurais pu confirmer sa présence dans le véhicule, étayer l'hypothèse de la complicité.

– Tu pourrais envoyer un technicien chez lui pour examiner la porte. Au cas où certaines empreintes correspondraient.

– Je pourrais me vexer que tu y aies pensé avant moi, marmonna-t-il en me dévisageant.

Un rapide coup de fil à la police scientifique, puis :

– Quelqu'un y passera dans les deux heures. Merci, monsieur l'expert. Bien. Nous allons maintenant chercher à parler à l'heureux homme qui n'est pas le père, voir ce qu'il peut nous apprendre.

Bernard Chamberlain, dit Boris, habitait au bout de Franklin Avenue, non loin de La Brea. C'était là le cœur du Hollywood résidentiel, mélange hétéroclite de meublés miteux et de somptueux immeubles des années 1920 restaurés avec plus ou moins de goût. Chamberlain habitait l'un des édifices rénovés, folie jaune pâle aux multiples tourelles, affublé d'une enseigne en néon dont les lettres calligraphiées – « le Richelieu » – débordaient sur la porte en laiton à double battant vitré. Avec ses sept mètres sous plafond et sa corniche en encorbellement, l'entrée évoquait la salle de réception d'un paquebot de la grande époque. Le plâtre était piqué et le lustre chromé éteint. Le papier peint marron à motifs de fleur de lys était tout gondolé. Les chutes de moquette grise avaient été assemblées maladroitement. Pas de portier, aucun dispositif de sécurité. Une étiquette « hors service » était accrochée aux deux ascenseurs, d'antiques modèles à cage cuivrée. La liste affichée nous apprit que « B. Chamberlain » occupait l'appartement 305. Pas d'autre choix que de monter à pied. Au troisième, les murs du couloir, le sol et les portes étaient du même gris cendré. Milo frappa à la porte de Chamberlain. La réponse fut immédiate, d'un ton calme.

– Une seconde…

Le quadragénaire qui nous ouvrit avait le sommet du crâne dégarni, mais une chevelure grisonnante aux tempes suffisamment longue pour se faire une natte d'une trentaine de centimètres qui reposait sur son épaule gauche. Traits charnus, peau dont la teinte et l'aspect évoquaient un vieux munster. L'imposant torse semblait en équilibre précaire sur des jambes curieusement fluettes. Il portait un sweat marron dont les manches avaient été coupées pour le confort de ses bras massifs, un bas de pyjama en velours et des *zoories*. Dans la pièce sombre derrière lui, on pouvait distinguer des haltères sur un support, une presse de musculation, deux basses électriques et un petit ampli.

– Monsieur Chamberlain ?

– Oui.

– Nous sommes la police.

– Pas trop tôt ! Quels connards !

Il pointa le pouce vers la droite.

– Qui ça ? fit Milo.

– Les junkies du 309. Des gosses de riches qui se la coulent douce et font la bringue. Ils portent des fringues de marque, ils ont la peau ravagée et on dirait des squelettes.

Milo resta muet.

– S'appellent Cat et Jeremy, ajouta Chamberlain. Je les ai entendus qui s'interpellaient comme ça, j'en sais pas plus. En bas, seul le nom de Cat figure sur la liste des résidents.

Il croisa les bras.

– Qu'ont-ils fait pour vous importuner ? s'enquit Milo.

– Toujours le même cirque. Depuis qu'ils ont emménagé, c'est l'enfer. Ils passent leurs journées à l'extérieur, ils se procurent leurs doses et ils se shootent, et quand ils rentrent vers trois ou quatre heures, ils se trompent de porte, tentent d'ouvrir la mienne et me réveillent à force de tâtonner et de se cogner. Le bailleur s'en moque. Quand je vous appelle, le temps que les agents arrivent, le calme est revenu. Vos gars frappent à la porte de ces minables qui ne répondent pas, et on m'explique qu'on ne peut rien y faire. Un jour, un de vos collègues s'est même permis de me culpabiliser. Il a osé me sortir : « Quand on habite dans ce genre de taudis, faut s'attendre à des emmerdes ! » Non mais, vous y croyez ? Qu'est-ce qui vous amène ? Ils ont commis des violences ? Cat et Jeremy ! lâcha-t-il avec mépris. Ça vit aux crochets des parents, tout le fric part en piquouzes !

– Nous ne sommes pas là pour ça, monsieur.

– Ah bon ? Quoi, alors ?

– Vous permettez qu'on entre ?

– Pour quoi faire ?

– Cela ne vous prendra que quelques minutes.

– À quel sujet ?

– Cheri Sykes.

Chamberlain plissa les paupières.

– Cheri ? Elle a des ennuis ?

– Peut-on entrer ?

Il laissa retomber lourdement ses bras.

– Merde, il lui est arrivé quelque chose ? Ne me dites pas que c'est grave, il est trop tôt pour une mauvaise nouvelle.

– Ne soyez pas inquiet. Alors, vous permettez qu'on entre ? Je veillerai à ce qu'un gradé s'occupe des deux junkies.

– Cat et Jeremy. Ce genre de bons à rien finit toujours par commettre une grosse connerie, non ?

Milo acquiesça et avança d'un pas. Comme Chamberlain ne s'écartait pas, Milo pointa l'intérieur de l'appartement.

– Bon, d'accord. Mais il n'y a nulle part où s'asseoir.

C'était la stricte vérité, pas le moindre meuble dans la pièce principale. Quant à la kitchenette, elle semblait peu servir, hormis un mixeur et des boissons protéinées sur le comptoir. L'unique fenêtre était obturée par un store occultant. Une ampoule nue au plafond, de faible intensité, procurait une lueur glauque. Je pus identifier les guitares : une Fender Bass Precision quatre cordes qui semblait d'époque et une Alembic six cordes. Du matériel de qualité. De même l'amplificateur Bassman dans un angle. Les haltères portaient une charge de cent vingt kilos, sans compter la barre. Le vinyle marron du banc était esquinté et taché de transpiration. Ça empestait l'effort.

– Je n'ai pas l'habitude de recevoir du monde, dit Boris Chamberlain. Alors, qu'est-ce qui est arrivé à Cheri ?

– Quand l'avez-vous vue pour la dernière fois ?

– La dernière fois ? Ça doit remonter à quinze jours. Pourquoi ?

– Et William Melandrano ?

– Winky ? Pourquoi ?

– Tous deux ont semble-t-il quitté la ville. Peut-être même ensemble.

– Quoi ? Mais non. Winky ne ferait pas ça. On joue tous les… on a un groupe. Pourquoi est-il parti ?

– Nous espérions que vous pourriez nous éclairer.

– Moi ? Je n'étais pas au courant. C'est vraiment sûr ?

– Quelle est la nature de leur relation ?

– Winky et Cheri ? Des potes. Comme nous tous. Depuis le collège, il y a un bail. Pourquoi ? Quel est le problème ?

– Il n'y a jamais rien eu entre eux, selon vous ?

– Vous êtes sérieux ? Je crois que cette conversation va s'arrêter là.

Les bras furent de nouveau croisés devant la poitrine, même choc sourd qu'un quartier de bœuf heurtant la paroi d'une chambre froide.

En guise de réponse, Milo sortit son portable et composa un numéro préenregistré.

– Petra ? C'est Milo. Écoute, il se trouve que je suis sur ton territoire. J'ai avec moi un particulier dont les tracas ne sont pas pris au sérieux par vos agents.

Il résuma les problèmes que Chamberlain rencontrait avec Cat et Jeremy.

– … Oui, je connais Scott. Ce serait super, Petra. Tu sais, il se pourrait bien que je t'épargne du boulot, en fin de compte. Mieux vaut prévenir et ainsi de suite. Ce duo m'a l'air bien parti pour faire des siennes.

Boris Chamberlain écoutait, sidéré.

– C'était l'enquêtrice Petra Connor, du central d'Hollywood, l'informa Milo. Elle appartient à la brigade des homicides, mais elle transmet le dossier à un collègue des Stups qui se nomme Scott Perugia. Il va vous contacter au sujet de vos voisins. Si vous n'obtenez pas satisfaction, appelez-moi.

Milo lui tendit sa carte.

– Okay. Merci…

Chamberlain lut la carte.

– Brigade des homicides ? Que se passe-t-il ?

– Nous allons y venir, mais commencez par répondre à mes questions, d'accord ? Y a-t-il eu une histoire entre Cheri Sykes et M. Melandrano ?

– Est-ce qu'ils ont couché ensemble ? dit Chamberlain, gêné. Oui, bien sûr, mais il y a longtemps. D'ailleurs… peu importe.

Il se mit à tapoter du pied.

– Cheri était votre groupie ?

– Non, rien d'aussi sordide. On est une bande de copains, on a fait une tournée. Ah, pigé. Vous pensez qu'ils se sont tirés parce qu'il y a un truc entre eux ? Non, je le saurais. Bon, vous pouvez m'expliquer ce qui se passe ? Je tiens à eux, si quelque chose leur est arrivé…

– Êtes-vous au courant des problèmes entre Cheri et sa sœur ?

– Connie qui voulait lui chiper sa môme ? Quelle salope ! Depuis toujours. Une vraie tête, mais ça ne donne pas le droit de mépriser les autres.

– Elle se croyait supérieure du fait de son intelligence, dis-je.

– Super-prétentieuse. On ne traînait jamais avec elle. Elle avait zéro ami, toujours seule dans son coin. En plus, elle était beaucoup plus âgée. Un jour, voilà Cheri qui se pointe avec une tronche d'enterrement. On lui demande ce qu'il y a, elle nous répond que sa frangine veut lui piquer sa fille. Cheri adore sa gamine. Elle ferait tout pour elle. Et Connie qui prétend qu'elle ne serait pas une bonne mère ? Foutaises ! Sauf que, comme Connie est friquée, elle peut continuer à harceler Cheri. La justice est comme ça.

– Cheri est donc toujours inquiète, dis-je.

– Comment lui en vouloir ? C'était méchant de la traîner au tribunal. Vous imaginez si Connie cherche à la ruiner pour qu'elle abandonne ?

– Inqualifiable.

– Carrément diabolique.

– Winky en pense quoi ?

– Ça l'indigne, comme nous tous. Forcément. Cheri est quelqu'un de bien. Elle a un cœur gros comme ça.

Il décroisa les bras et les étira.

– Déjà que Cheri élève sa fille seule, dis-je. Si elle doit en plus déjouer les coups de sa sœur.

– Méchante garce, grommela-t-il.

– Et le père ?

– Quoi ?

– Si Cheri pouvait compter sur lui, ça serait plus simple.

– Oui, mais il n'est pas là.

– Vous savez qui c'est ?

– Cheri n'a jamais voulu le dire.

– Connie a son idée sur la question.

– Ah bon ?

– Elle a cité deux noms au cours du procès.

– Vraiment ?

– Vous ne voyez pas du tout ?

– Non, pourquoi ?

– Dans un document remis au tribunal, Connie affirme que le père serait soit vous, soit Winky.

Il piqua un fard.

– Jamais de la vie ! La gamine est née il y a deux ans, alors qu'on…

– La petite n'a que quinze mois, précisai-je.

– Encore mieux. Cheri et moi, ça fait… de toute façon, on n'a jamais vraiment été…

Devant notre silence, Chamberlain agita la carte de Milo.

– Bordel, je veux savoir : quelqu'un a été assassiné ?

– Oui, répondit Milo. Connie.

– Quoi ? Putain… Quand ça ?

– Avant-hier soir.

– Mince. Et vous soupçonnez Cheri ? Vous vous gourez complètement. Cheri est la personne la plus pacifique que je connaisse.

– Tout le monde nous répète ça.

– Parce que c'est la vérité.

– Et Winky ?

– Winky ? Je vais vous parler un peu de lui. Dans le temps, Lonesome Moan… c'est le nom de notre groupe… on jouait aux quatre coins du pays, souvent dans des bars mal famés. Ça arrivait qu'on se retrouve dans des situations délicates. Vous savez, les clients shootés ou qui ont bu un coup de trop, des connards qui deviennent agressifs. Parfois, dit-il en gonflant un énorme biceps, il faut employer la manière forte. La meilleure défense, c'est l'attaque. Dans le temps, il y a eu quelques bagarres. Chuck, Zebra et moi… les autres membres du groupe… on a flanqué quelques roustes. Mais jamais Winky. Quand ça commençait à chauffer, à chaque fois il se réfugiait dans le car ou ailleurs pour éviter de se retrouver avec un nez comme le mien.

Il caressa son appendice déformé.

– Un adepte de la modération, dit Milo.

– Comment réagissait Cheri quand ça dégénérait ? demandai-je.

Il me dévisagea.

– Une nana, à votre avis ? Et n'allez pas imaginer qu'elle était tout le temps là. Ça lui arrivait de nous suivre, mais pas toujours.

– A-t-elle assisté à des bagarres ?

– Qu'est-ce que vous voulez que j'en sache ? Ça remonte à longtemps, on oublie ces conneries.

– Nous voulons savoir si Cheri et Winky sont particulièrement proches, dis-je.

– Ils sont potes. Comme nous tous.

– Suffisamment liés pour qu'elle fasse appel à lui dans une situation délicate ?

– Où voulez-vous en venir ?

– Voici quelques faits, dit Milo. Cheri et Winky ont disparu le soir du meurtre de Connie. Et la voiture de Cheri vient d'être retrouvée dans le parking de la gare d'Union.

– Vous plaisantez ?

– Non, malheureusement.

Chamberlain caressa son crâne dégarni.

– Je suis sûr qu'il y a une explication.

Nous attendîmes qu'il nous en propose une.

– Je ne sais pas, moi... peut-être qu'ils avaient juste envie de se tailler. Parfois, on n'en peut plus de tout ça.

– Tout quoi ?

– La vie en général. On étouffe.

– Connie est assassinée, Cheri et Winky décident par hasard, le même jour, de prendre le train.

Chamberlain leva les mains en l'air.

– Je n'ai rien de plus à vous dire.

– Rien de plus ? On ne peut pas dire que vous nous ayez appris grand-chose.

– Je sais rien, c'est tout. Juste parce que vous frappez à ma porte, il faut que je vous raconte des salades ?

– Ça ferait un joli titre de chanson, dit Milo.

– Quoi ?

– « Je sais rien, c'est tout. »

– Ouais, pourquoi pas…

Il prit la Fender sur son support et enchaîna quelques accords rapides.

– Belle dextérité, dis-je.

– La pratique.

– L'enquêteur Perugia vous appellera dans la journée, dit Milo. Si une idée lumineuse vous venait à propos de Cheri et Winky, je compte sur vous pour me contacter, hein ?

– Oui, oui. Bien sûr.

Chamberlain commença à se retourner.

– Une dernière chose, dis-je. Selon vous, pourquoi Connie pensait-elle que le père de Rambla devait être Winky ou vous ?

Seule sa tête pivota.

– Sans doute parce qu'on faisait toujours la bringue ensemble.

– Aucune autre raison ?

– Comment ça ?

– Il ne s'est rien passé récemment qui pourrait l'expliquer ?

Il comprima les lèvres, finit par lâcher :

– Si, ça remonte à quelques mois. On jouait un soir et voilà Connie qui se ramène. Elle s'installe dans le fond avec un verre d'eau, l'air de nous écouter, mais la musique c'est pas son truc, elle était là pour nous observer. On se demandait ce qu'elle fichait là. C'était forcément rapport à Cheri, vu qu'elle était aussi présente. Elle tenait le bar pour rendre service à Chuck. C'est le proprio et aussi notre batteur. Quand il joue, il doit se faire aider, et ce soir-là son barman habituel avait un empêchement. Cheri est donc occupée à servir les clients, au début elle ne remarque pas sa sœur. À la fin du morceau, je m'aperçois que Connie n'est plus là. Je me dis : « Bon débarras ! » Quand le set est terminé, on se détend un peu, Cheri et Winky… enfin, rien de bien méchant, ils se bécotent. Cheri est comme ça, affectueuse. Avec moi, c'est juste un baiser. (Il rougit encore une fois.) Tout à coup, voilà l'autre qui réapparaît et ne perd rien de tout ça.

– Connie.

– Elle était peut-être aux toilettes, je ne sais pas. Peu importe. Elle reste plantée là un instant, à nous observer d'un regard dégoûté, comme si on était des asticots. Puis elle s'en va avec un sourire glaçant. Peu de temps après, Cheri a reçu l'assignation en justice.

– Vous n'avez pas été convoqué comme témoin.

– Encore heureux !

– Connie semble avoir fait preuve d'un certain acharnement.

– Faire subir ça à Cheri, quelle garce !

– Maintenant, Cheri et Winky ont disparu.

– Je ne sais rien là-dessus, mais je peux vous certifier que ni elle ni lui n'ont quoi que ce soit à voir avec le meurtre de Connie. D'ailleurs, croyez-moi, il doit y avoir pas mal de gens qui ne la portaient pas dans leur cœur.

– Elle n'était pas très sympathique.

– Ce genre de salope, c'est un gâchis d'oxygène.

28

En route vers le Central, Milo tenta de joindre Binchy à plusieurs reprises, sans succès. Quelques erreurs de conduite en résultèrent, mais il n'avait pas à craindre d'être verbalisé. La mine renfrognée, il me déposa devant ma voiture. Je rentrai à la maison, soulagé de pouvoir m'abstraire un temps de ces histoires. Un Range Rover blanc et rutilant était garé derrière le pick-up de Robin. Énormes roues, *spinners* chromés aux jantes, vitres fumées au-delà de ce qu'autorise la loi. Efren Casagrande descendit côté conducteur.

– Salut, Efren.

– Ça te gonfle pas que je vienne ici ?

– Non, sauf si tu bosses maintenant pour le fisc.

– Sérieux, doc, pas de lézard ?

– Si tu as besoin de parler, pas de problème.

Il sourit.

– T'as toujours été un mec cool !

Je suggérai qu'on s'installe dans mon cabinet et lui proposai un café.

– Non, c'est bon.

Il prit place sur le vieux divan. Son genou gauche battait la mesure et sa mâchoire était parcourue de tressaillements, comme si des puces sautaient sous la peau. Il garda le regard fixé sur le mur derrière mon bureau.

– Voici la situation, doc…

Il marqua un silence avant de continuer.

– Tu sais ce qui s'est passé, mais en fait tu sais pas tout.

Le mouvement du genou s'accéléra.

– Tu veux parler du contrat qui me visait.

– Tu dis ça l'air de rien ! Ça t'inquiète pas ?

– Si, beaucoup. Mais je pensais que c'était terminé.

– Justement. C'est terminé, mais… en fait, je veux bien un café. Avec crème. (Sourire.) Sucré j'aime bien, mais pas aujourd'hui.

Ses manches étaient retroussées aux coudes. L'avant-bras gauche était parsemé de traces de piqûres. Efren contrôlait régulièrement son taux de glycémie. Quand je revins avec deux tasses, il n'avait pas bougé. Le genou s'était figé. Toutefois, le mouvement de piston reprit dès qu'Efren eut son café en main, comme si le corps anticipait la dose de caféine. Il prit une gorgée.

– C'est bon, docteur. J'ai droit au café. Mon endocrinologue me conseille même d'en prendre le soir. Pour augmenter le taux quand je mange pas, pour pas me retrouver en hypoglycémie.

– Oui, j'ai entendu dire ça.

– J'en bois un peu avant de me coucher et… enfin, ça va pas mal. Côté maladie. (Vague sourire.) Si t'étais pas là, je dirais cette putain de maladie.

À mon tour de sourire.

– Ne te gêne pas pour moi.

– Des fois, j'imagine que c'est un gars. Un connard qui m'empoisonne le sang et je lui botte le cul. C'est con, hein ?

– Pas du tout.

– Je te reconnais bien là, toujours le même. Quoi que je fasse, c'est cool.

– Jusque-là, tu m'as donné raison.

Son regard se voila.

– Ouais, parfois vaut mieux ignorer certains trucs, doc.

La tasse de café trembla.

– Mais bon, je suis là pour parler de toi, doc. Pas de moi. Les flics t'ont raconté quoi, au juste ?

– Connie Sykes a engagé Ramon Guzman pour me tuer. Guzman t'en a parlé et tu l'en as empêché.

– Okay, dit-il en changeant de position.

– Ce n'est pas ça ?

– Vrai, la salope a contacté Ramon. Vrai, j'ai mis le holà. Mais c'est pas Ramon qui m'en a parlé.

Il grimaça et se détourna un instant. Avait-il les yeux mouillés ?

– Tu saisis où je veux en venir, doc ?

– Il s'en est fallu de peu ?

Il posa la tasse.

– T'as pas idée… c'était à deux doigts.

J'avais l'impression d'afficher un calme à peu près convaincant. Pourtant, ma salive avait un goût cuivré et j'avais le ventre noué.

– Ramon a déconné grave, il aurait dû m'avertir parce qu'il est rien dans notre… Cet idiot a causé devant quelqu'un qui n'avait pas à être au courant. Ce quelqu'un l'a dit à une autre personne, murmura-t-il en se penchant en avant, et c'est elle qui m'en a parlé.

– Tu me confies ça parce qu'il existe toujours un danger ?

– Non, pas du tout. Je te le raconte pour que tu saches qu'on a frôlé la cata, putain de merde ! En plus, celle qui… enfin, la personne qui m'en a parlé, elle l'a mentionné juste comme ça, pas du tout pour vérifier si c'était okay avec moi. C'était juste, enfin, le genre de truc qu'on sort comme ça, un machin sans importance dans le fil de la conversation.

Celle ? Je devais d'avoir eu la vie sauve à des confidences sur l'oreiller ?

– Une allusion en passant, en somme, dis-je.

Impossible de dissimuler mon ton crispé. Efren prit l'air contrit.

– Cette personne trouvait ça amusant, l'histoire de Ramon

qui cherchait quelqu'un pour un contrat, proposait mille dollars au tueur et comptait empocher les quatre mille restants. Elle m'explique que la cible est un docteur de Beverly Glen, installé dans un coin tranquille sur les hauteurs. C'est trop facile comme mission. Le plus drôle, elle me dit en se marrant, Ramon a déjà deux mecs sur le coup, en compétition. Alors il négocie à la baisse : Qui est prêt à me le faire pour neuf cents ? Quelqu'un à huit cents ?

Les joies de la libre entreprise.

– Une sorte d'appel d'offres, dis-je.

– C'est pas une plaisanterie, doc.

– Je sais.

– Désolé. En fait, tu fais comme si c'était pas si grave pour pas être trop affecté.

– Tu as tout compris, Efren. Mais ça m'affecte déjà beaucoup.

– Je suis désolé, doc. Sincère. Moi, j'écoutais juste d'une oreille, puis j'entends le nom de Beverly Glen. Là, je demande : « Quel genre de toubib ? » La personne en sait rien, elle me répond : « Juste un docteur à la con, quoi ! » Plus tard, j'ai voulu qu'on m'amène Ramon. Aussi les autres gars.

Il se tut, son visage figé comme une statue aztèque.

– On a eu, genre une réunion, reprit-il. La veille du jour que c'était censé arriver. Ils comptaient se partager les thunes.

Mes poumons me semblaient flasques et ramollis. J'expirai avec douleur.

– J'ai dit à Ramon qu'il avait déconné grave. Qu'il devait payer. Il a morflé.

– J'espère qu'il a retenu la leçon, dis-je avec un sourire forcé.

Il but une longue gorgée de café et se lécha la lèvre supérieure.

– J'arrête pas d'y penser. Toujours le même truc qui trotte dans ma tête. Impossible d'y échapper. Tu vois ?

– Ça s'appelle une pensée parasite.

– Genre ver solitaire ? Ouais, pourquoi pas. Avant, c'était pareil avec ma fichue maladie. Je pensais qu'à ça. Avant qu'on m'envoie chez toi. Quand tu m'as expliqué que j'étais pas un gros con, j'ai réussi à plus penser à ces conneries. En fait, dit-il en se tapotant la tempe, grâce à toi, j'ai arrêté de me prendre la tête. Je pense plus à la maladie, sauf que maintenant c'est Ramon. Merde, doc, si la saloperie était arrivée pour de bon, j'aurais eu le parasite pour toujours. Tu piges ?

Et moi j'aurais été bon pour les vers.

– Oui, Efren.

– Ramon a vraiment déconné grave, répéta-t-il en faisant claquer sa langue. Moi, je me dis qu'il a pas payé assez cher.

Il se cala contre le dossier, croisa une jambe par-dessus l'autre et mima un pistolet avec sa main droite.

– Pas une bonne idée, Efren.

– C'est ton point de vue, doc. Moi, je suis assez tenté.

L'index fit mine d'actionner la détente. Trois fois.

– Comme ça, plus de parasite.

Je secouai la tête.

– Pas question, Efren.

– Il s'en est fallu de rien, doc. Ça me bouffe grave.

– Cela peut se soigner, Efren.

– Genre avec des médocs ? J'en prends déjà assez comme ça !

– Non, par des exercices mentaux.

J'avais l'impression de débiter des inepties.

– Tu veux m'apprendre à plus regarder les problèmes en face ? pouffa-t-il. On va s'entraîner, tu vas me donner des cours de chasse au parasite ?

– Je peux t'aider à ne plus y penser.

– Peut-être que j'en ai pas envie, doc. Peut-être que je préfère régler les problèmes.

– Peut-être bien, mais il ne faut pas.

– Et pourquoi pas, putain de merde ?

– D'abord, parce que c'est mal.

Il me dévisagea.

– T'es sérieux ? Ce connard voulait te faire la peau et tu tiens à sauver la sienne ?

– J'en ai rien à faire de Guzman, Efren. S'il m'attaquait, bien sûr que j'essaierais de lui régler son compte.

– Avec quoi, un bouquin ?

J'avais, par le passé, tué un homme décidé à me trucider.

– Fais-moi confiance, Efren, je ferais ce qu'il faut.

Sans doute du fait de mon ton, il me regarda comme s'il me découvrait sous un nouveau jour.

– Alors où est le problème, doc ? Ce connard mérite de…

– Je serais obligé de te dénoncer à la police.

Il comprima ses lèvres et plissa les paupières.

– Tu serais capable de me balancer ? Pourquoi ?

– C'est la loi.

– Tu m'as toujours dit que ce que je raconte ici reste confidentiel.

– Oui, mais il existe une exception. Cela s'appelle la jurisprudence Tarasoff. Si un patient me dit qu'il va s'en prendre à quelqu'un, je suis tenu de le dénoncer.

Il décroisa les jambes.

– Putain !

– C'est la loi.

– C'est la loi ! répéta-t-il d'un ton moqueur. Et Ramon, il respecte la loi quand il veut te buter ?

– Je sais que ça peut paraître…

Il se leva d'un bond et se dirigea vers la porte. Se figea et se retourna.

– Rien que des foutaises, doc ! Tu commences par me

dire que j'ai un parasite dans la tête, et après tu veux pas que je crache la vérité.

– Efren…

– Des exercices ? Tu crois que je suis venu ici pour tes putains d'exercices ?

– Pourquoi es-tu venu ?

Il resta figé, muet.

– Efren…

– À toi de me dire ce que je fiche ici, doc. Toi qu'es si intelligent.

Je secouai la tête.

– Alors moi non plus je ne connais pas la réponse.

Il quitta mon bureau, fit tomber quelque chose par terre et l'y laissa. Je voulus le rattraper, mais il me fit signe de le laisser tranquille, sans se retourner, et accéléra le pas.

– Efren…

– C'est bon, doc. Merci de m'avoir reçu.

Il se mit à courir. Le temps que je descende les marches, il était au volant de son Range Rover et reculait sèchement. Je rentrai à l'intérieur et ramassai ce qu'il avait laissé tomber. Une enveloppe blanche, contenant des billets de vingt dollars tout neufs. Je les comptai. Le montant que je facturais pour une séance de thérapie à l'époque où il était un gamin en quête d'une vie « plus stylée ».

29

Je laissai passer une heure avant d'appeler Efren. Je me doutais que mon message resterait sans réponse. *Tu crois que je suis venu pour tes putains d'exercices ?* D'un point de vue strictement éthique et juridique, j'avais bien agi en le dissuadant de se venger. Pourtant, je me sentais en porte-à-faux. Dans un monde primitif, j'aurais traqué moi-même Ramon Guzman pour le supprimer, ainsi que les deux tueurs à gages prêts à casser les prix ! Même sort pour Connie Sykes qui était à l'origine de mes ennuis. Si Cheri s'en était chargée, j'aurais dû m'en féliciter plutôt qu'aider la police à la retrouver. En attendant, j'avais mis à mal ma relation avec Efren, probablement de façon irréparable. Dans la jungle où il opérait, la pondération était une faiblesse coupable. J'étais en proie à ces dilemmes quand mon secrétariat me transmit un message de la juge Nancy Maestro. Si je passais en ville à l'occasion, elle aimerait bien me voir. Je composai son numéro, tombai sur une assistante.

– La juge siège en ce moment.

– La séance se termine à seize heures trente, comme d'habitude ?

– Vous voulez bien me redire votre nom ?

Je m'exécutai et répétai ma question.

– Elle se trouve au palais de justice sur Commonwealth. Vous pouvez essayer de l'y joindre.

Ce tribunal était spécialisé dans les gros dossiers économiques et financiers. Peut-être Nancy avait-elle enfin décroché la promotion convoitée. Son nom ne disait rien à la standardiste qui me répondit et, après plusieurs transferts, j'entendis une voix familière au bout du fil :

– Adjoint Nebe à l'appareil.

Le type constipé que j'avais croisé au tribunal des tutelles. Sa voix avait gagné en chaleur.

– Merci de nous rappeler, docteur. Malheureusement, madame la juge a été retenue dans des réunions. Elle sera au tribunal demain.

D'où lui venait cette nouvelle cordialité ? Peut-être avait-il eu droit lui aussi à une promotion.

– Je peux passer demain après-midi.

– Treize heures, ça vous serait possible ?

– Oui.

– Parfait. J'en informe madame la juge.

Le lendemain, j'approchais de Grant Street à une heure moins le quart quand Nancy Maestro m'appela sur mon portable.

– Ouf, j'ai pu vous joindre à temps ! Écoutez, je suis en train de déjeuner à Little Tokyo et jamais je ne serai là à l'heure. Ça vous dérangerait de me retrouver sur place ? Si vous n'avez pas déjà mangé, je vous invite.

– D'accord.

Elle m'indiqua l'adresse d'Ocean Paradise. Je connaissais l'établissement, situé au premier étage d'un petit centre commercial de First Street, construit à l'époque où le Japon menaçait la suprématie financière des États-Unis. Plusieurs restaurants corrects, des boutiques de souvenirs de pacotille et un sushi-bar à l'ancienne que je fréquentais souvent après les audiences. Depuis mon dernier passage, quelques années plus tôt, l'édifice s'était dégradé et nombre de commerces affichaient « bail à céder », dont celui où j'avais mes habitudes. Avantage, on trouvait sans peine une place où se garer et à un tarif modique. Seulement dix minutes après le coup de fil, je pénétrai dans l'Ocean Paradise. La petite salle à l'éclairage trop vif sentait l'iode et le poisson grillé. Des bestioles foncées s'agitaient dans un aquarium. Nancy buvait du Perrier et dégustait à la baguette un bol de riz accompagné de bidules entortillés et croustillants. Les seuls autres clients étaient trois vieilles Asiatiques dans un angle, et un homme et une femme à une table au centre, tous deux portant l'uniforme beige des services du shérif. Je reconnus immédiatement l'adjoint Nebe, ses lunettes teintées posées devant lui. La dame, même âge environ, était svelte et gironde. Cheveux gris bouclés et lunettes sans cerclage. Elle croquait un maki. Quand elle m'aperçut, elle sourit et me salua d'un geste. Je me souvins alors d'elle, une adjointe débonnaire du tribunal des affaires familiales qui s'employait à détendre les parents dans les moments pénibles. Je n'avais jamais eu la délicatesse de lui demander son nom. Comme elle me souriait toujours, je m'approchai. « W. Nebe » pus-je lire sur son badge. Trois bandes de sergent au poignet.

– Salut, docteur ! Maintenant, vous connaissez toute la famille. J'espère que Hank est sympathique avec vous ?

– Charmant.

– C'est ça, je vous crois ! s'esclaffa-t-elle.

Hank Nebe eut un sourire mi-figue, mi-raisin.

– En tout cas, ravie de vous avoir revu, docteur. Avez-vous des dépositions prévues chez nous ces temps-ci ?

– Non, rien dans l'immédiat.

– Estimez-vous chanceux ! Bon appétit !

Je pris place en face de Nancy Maestro dans un box d'angle.

– Vous connaissez Willa ? s'étonna-t-elle.

– On s'est croisés au tribunal.

– Vraiment, elle et Hank sont un exemple pour nous tous. Mariés depuis toujours.

– Parfois ça marche.

– Vous voulez voir la carte ?

Elle fit signe à la serveuse.

– Pas besoin, dis-je.

Je commandai du thé vert et des sashimis.

– Si vous voulez goûter à mon plat en patientant, proposa Nancy Maestro.

– C'est quoi ?

– Des bébés poulpes. Cruel, je sais. Les pauvres petits n'avaient aucune chance. On peut en dire autant des enfants traités comme des pions sur l'échiquier du divorce.

La comparaison m'amusa.

– Les gens sont vraiment tordus ! lâcha-t-elle avec une soudaine vivacité. Si on a du mal à s'y faire, mieux vaut choisir une autre profession que la mienne. Ou la vôtre. *Surtout* la vôtre. Comment faites-vous pour tenir le coup ?

– Je fais ce que je peux et je veille à avoir une vie en dehors.

Elle y réfléchit, la mine sombre. L'arrivée de mon plat la sortit de sa mélancolie.

– Bon appétit. Bien. Que je vous explique pourquoi je tenais à vous voir. Cette folle de Connie Sykes voulait me faire assassiner. Mieux encore, je viens d'apprendre qu'elle-même a été victime d'un meurtre. Comme vous vous en doutez, voilà qui pourrait me compliquer la vie et à un moment tout à fait inopportun.

– Du fait de votre promotion aux affaires économiques.

– Ma mutation est en cours de finalisation. Les limbes judiciaires, c'est quelque chose ! En attendant, je dois me soumettre à toutes sortes de rituels inutiles. C'est pour ça que j'ai passé la journée d'hier au tribunal de Commonwealth.

– Des entretiens ?

– Il s'agit surtout de présenter mes hommages au président du tribunal, Alex. L'économie et la finance, c'est un monde différent. Les enjeux des procès sont d'une autre ampleur et les conséquences plus lourdes. Les autorités fédérales sont très vigilantes, le moindre soupçon d'irrégularité peut nuire. Cela dit, je n'ai rien à me reprocher vis-à-vis du Dr Connie Sykes.

– Moi aussi, elle projetait de me faire tuer.

Les baguettes tremblèrent dans la main de Nancy Maestro et un bébé poulpe tomba sur la table, vacilla et se figea, tentacules en l'air.

– Vous plaisantez ?

– Non, malheureusement.

Je lui racontai comment le contrat avait été déjoué.

– Quelle cinglée ! Et vous vous êtes vengé en la butant ? fit-elle avec un petit sourire. Je plaisante.

Je pris un morceau de sashimi.

– Pardon, je suis tourneboulée. Comme ça, elle voulait nous supprimer vous et moi. Quelqu'un d'autre sur la liste ?

– Pas que je sache.

– Bigre, je peine à réaliser. Elle était complètement folle, ou quoi ?

– On peut le dire.

– Sérieusement, quel est votre diagnostic ?

– Je n'ai pas étudié son cas en profondeur.

– Et pourquoi pas ?

– Pour votre dossier, il me suffisait d'établir que sa requête ne se justifiait pas. Je l'ai vite compris.

– Forcément. Complètement toquée. Parlez d'une perte de temps ! Vous n'imaginez pas les conneries qu'on voit passer au tribunal des tutelles. Les gens s'amusent à entamer des procédures juste parce que la loi leur en donne le droit. Vivement que j'en parte !

Elle récupéra le poulpe et le contempla avec ce qui pouvait bien être de la compassion. Puis ses traits se durcirent et elle l'engloutit.

– Et qu'a découvert la police sur feu Connie Sykes, que personne ne regrettera ?

– Pas grand-chose.

– S'il y avait des trucs, vous me le diriez ?

– Ça dépend.

– De quoi ?

– Selon que la police voudrait ou non cacher son jeu.

Elle eut un mouvement de recul et afficha un sourire glacial.

– Soit, Alex. Mais dites-moi une chose : y a-t-il un risque que cette affaire me pète à la figure ?

– Pourquoi voudriez-vous que cela arrive ?

– Le contexte auquel je faisais allusion, le moindre soupçon d'irrégularité.

– En quoi le fait d'être une victime potentielle serait-il une irrégularité ?

– Bon, je vais faire simple. Une tarée projette d'éliminer un juge, et voilà que la tarée en question est assassinée. Moi, je sais que je suis irréprochable, mais les policiers sont des gens soupçonneux. S'ils se mettent à fouiller dans ma vie privée et que les médias s'en emparent, je ne serai plus qu'un sujet croustillant. Alors, adieu transfert.

– Ce scénario me paraît hautement improbable, Nancy.

– Alors vous ne comprenez rien au fonctionnement du système, lança-t-elle sèchement. Désolée. Je ne vous ai pas fait venir pour vous infliger ma mauvaise humeur. Je suis tendue. C'est une étape cruciale dans ma carrière et ce coup dur me tombe dessus.

– Je n'ai pas entendu dire qu'on envisageait de vous interroger.

Elle se caressa les cheveux.

– Vous participez donc à l'enquête ?

– Pas de manière formelle.

– C'est-à-dire ?

– De temps en temps, on sollicite mon avis pour certaines affaires. Celle-ci, par exemple.

– Alors que vous êtes impliqué à titre personnel ?

– Je ne le suis plus.

– Comment ça ?

– Connie est morte. Vous et moi n'avons plus rien à craindre.

Elle réprima un frisson.

– Quand j'ai su qu'elle m'avait dans le collimateur, ça m'a flanqué une sacrée trouille. Elle a laissé un message anonyme sur ma ligne privée. J'ai paniqué et j'ai immédiatement prévenu Hank. (Regard à Nebe.) J'espérais, il va sans dire, qu'on l'arrêterait sur-le-champ pour avoir proféré des menaces de mort. Il suffisait qu'un procureur l'entende ainsi. Mais quand Nebe a voulu se renseigner, il a appris son meurtre. C'est trop bizarre, Alex. Que se passe-t-il ?

– J'aimerais le savoir.

– Et la sœur ? On la soupçonne ? Après ce que l'autre salope lui a fait subir, je la comprendrais. Excusez mon manque d'impartialité. Quand quelqu'un se met en tête de m'occire, j'ai tendance à le prendre personnellement.

– Moi aussi, Nancy.

– Ce qui nous fait un terrain d'entente.

Elle tendit la main vers la mienne, se ravisa et prit un poulpe.

– En votre for intérieur, vous pensez que c'est la sœur ?

– Honnêtement, je n'en sais rien.

– Vous pourriez poser la question à vos contacts dans la police ?

– Je verrai ce que je peux faire.

– Merci.

Elle appela la serveuse et lui demanda deux verres de saké. Dès qu'ils nous furent apportés, elle leva le sien.

– Je veux porter un toast. À la disparition de la menace qui pesait sur nous !

– Bien dit !

30

Je quittai Little Tokyo et venais de franchir Olive Street quand Milo m'appela.

– Où étais-tu caché ? Ça fait une heure que je cherche à te joindre.

– Je sors d'un curieux déjeuner avec une juge.

– Ah bon ? Moi, j'ai une curieuse nouvelle : William Melandrano a enfin fait surface ce matin. En fait, ça faisait deux jours qu'il était là. On a mis du temps à l'identifier.

– « Là » étant ?

– La chambre froide de la morgue. Je parcourais le registre des homicides et j'ai remarqué un cadavre non identifié, type blanc d'une quarantaine d'années retrouvé à Hollywood l'autre soir. Je me suis rendu sur place et je l'ai reconnu.

– C'est donc arrivé peu de temps après qu'il a quitté son appartement.

– Il n'a jamais pris le train.

– Comment est-il mort ?

– Tu as le temps de passer au Central ?

– Je suis libre comme l'air.

Une liasse de photos reposait à gauche de l'ordinateur de Milo. Le cadavre de William Melandrano sous divers angles, avant l'autopsie. Petit moustachu à la chevelure clairsemée. Aucune blessure côté face. Sous quelques mèches engluées de sang à l'arrière de la tête, une petite plaie occasionnée par une arme à feu.

– Voici pour la méthode, dit Milo.

– Calibre 22 ?

– Presque. Du .25. Je viens d'avoir le légiste. Il arrive que la balle ressorte, mais celle-ci est restée dans le crâne. Quand on regarde bien, on peut distinguer un renflement ici...

Il indiqua un endroit sur le front du mort. À peine visible, jamais je ne l'aurais repéré tout seul.

– Le pauvre gars avait la tête dure. Quant au lieu, c'est arrivé à deux rues de chez lui. Quartier résidentiel et tranquille. Il est sorti faire un tour et s'est fait agresser.

– Se pourrait-il qu'on lui ait tendu un piège ?

– Je penche pour cette hypothèse, dit-il en faisant rouler son siège en arrière. Un témoin a aperçu une femme qui s'éloignait. Il s'agit d'un vieillard domicilié à proximité du lieu du crime. Il porte une prothèse auditive, suffisamment efficace pour entendre la détonation alors que personne d'autre aux alentours ne l'a remarquée. C'était vers vingt-deux heures, il s'apprêtait à se coucher. Il est sorti voir ce qui se passait et il a aperçu la femme en question. Elle ne s'enfuyait pas en courant, marchait d'un pas tranquille. Il ne s'est donc pas inquiété. Au matin, un autre voisin a retrouvé le corps. Poches vides, pas de papiers, pas d'argent, pas de portable.

– Un hold-up qui aurait dérapé.

– En apparence, mais j'ai une autre explication. La coupable voulait avant tout retarder l'identification. Pour favoriser sa fuite.

– Une seule balle dans le crâne, soulignai-je. Du travail soigné.

– Ça ne veut rien dire. Les gens sont abreuvés de séries policières. Le parfait tutoriel pour les criminels en herbe. Notre baba cool n'est peut-être pas si pacifique que ça.

– Quelle raison avait-elle de s'en prendre à Melandrano ?

– Étant le père de la gamine, il constituait une menace. Il pouvait vouloir la récupérer à tout moment.

– Si elle craignait cela, pourquoi lui révéler qu'il était le père ?

– Ça n'est peut-être pas venu d'elle. Il a pu le découvrir tout seul. Ou par quelqu'un d'autre.

– Par exemple ?

– Et si Connie avait fini par l'amadouer ? Après avoir perdu le premier round, imaginons qu'elle ait cherché à s'en faire un allié ? En échange de son soutien, elle lui promet qu'en cas de victoire il jouira pleinement des droits parentaux. Peut-être aussi une récompense financière. C'était récurrent chez elle, le recours à l'argent.

– Personne n'a fait état de tensions entre Cheri et Winky.

– Les parents que tu vois devant le juge aux affaires familiales s'aimaient autrefois.

Je restai muet.

– Connie partait du principe que Cheri était une mauvaise mère. Et si elle avait su convaincre Winky qu'elle maltraitait la petite Rambla ? Connie avait beau être givrée, la science lui a peut-être donné raison.

– Elle aurait convaincu Winky de se soumettre à un test de paternité ?

– Et pourquoi pas dans son propre labo ? C'est peut-être cette menace qui a poussé Cheri à agir. Voilà son grand secret soudain dévoilé et Winky l'a mauvaise. Une sœur qui vous traîne en justice devant le juge des tutelles, c'est une chose, mais imagine un peu le père… devant le juge aux affaires familiales. Contrairement à Connie, Winky aurait eu le droit de son côté.

– Boris Chamberlain semblait certain que Winky ignorait tout de sa paternité.

– Rien ne dit que Winky s'en est ouvert à lui. Écoute, Alex. Je comprends que ce soit difficile pour toi. Tu es monté au créneau pour cette femme, tu ne souhaites pas que la gamine se retrouve seule. Mais je dois m'en tenir aux faits et ceux-ci me disent que Cheri Sykes a éliminé ses adversaires et a filé dans la nature. En plus, il y a le calibre 25. Sais-tu quel surnom certains mecs donnent à cette arme ? Un flingue de meuf.

– Es-tu ouvert à une autre piste ?

– Laquelle ?

Je lui parlai de mon déjeuner avec la juge Maestro.

– Elle cherchait manifestement à me soutirer des renseignements. Elle voulait savoir où en était ton enquête. J'en suis reparti avec un curieux sentiment.

– Au point d'échafauder un nouveau scénario ?

– Je te propose celui-ci : Maestro a supprimé Connie à titre préventif.

– Un magistrat coupable d'un homicide, rien que ça. Enfin, admettons. Mais quel mobile Maestro avait-elle pour s'en prendre à Melandrano ?

Je ne savais quoi répondre.

– Retour à la case hippie, dit-il.

– Donc, le meurtre de Connie aurait été commis par une femme seule et non plus par un duo.

– Sûr que c'eût été plus simple à deux, mais la rage d'une mère bafouée est sans bornes, or celle-ci a subi un sérieux affront et de la part de sa propre sœur. Pour obtenir que Connie lui ouvre, Cheri n'avait qu'à lui faire miroiter un accord à propos de la gamine. Son image de fille placide jouait aussi en sa faveur. Connie s'attendait à tout sauf à ce que sa sœurette la poignarde. Par ailleurs, je viens de vérifier l'état de santé de Boris Chamberlain, notre père putatif numéro deux.

– Il était en pleine forme hier.

– Oui, mais mieux vaut être prudent. Par chance, le taureau se porte à merveille et se déchaîne comme jamais sur ses haltères. Je dois l'info à Scott Perugia et ses collègues des Stups qui montent la garde devant son immeuble. Car devine quoi ? Cat et Jeremy ne sont pas des gosses à papa du Westside, mais de jeunes New-Yorkais recherchés par la police pour trafic de drogue, fabrication d'engin explosif et détournement de fonds au préjudice du cabinet d'avocats du papa de Cat.

– Difficile de passer éternellement entre les mailles.

– Je suis navré du tour que ça prend pour Cheri, Alex.

– Que donne l'avis de recherche ?

– Quantité de signalements de mères flanquées d'un gosse, mais rien que des fausses pistes. Aucun employé ne se souvient de l'avoir vue à la gare et aucun billet n'a été acheté à son nom. Le moment est venu de confier ça aux *marshals*. Ils n'ont pas leur pareil pour mettre la main sur quelqu'un.

Il décrocha son téléphone, tomba sur un certain Jed, échangea quelques amabilités puis lui précisa les circonstances de la disparition de Cheri Sykes.

– Tout de suite, *amigo,* dit-il.

Il attrapa sa souris et transmit les documents voulus à son interlocuteur. Je me levai et m'éclipsai sans que Milo me prête attention.

Le déni a ses limites. Le temps d'arriver chez moi, ma conviction était faite : une vraie fripouille m'avait roulé dans la farine. Ce n'était pas la première fois et sans doute pas la dernière. Pas de grande honte à cela, on peut tous succomber aux flatteries. Mais tout le monde n'a pas l'avenir d'enfants entre ses mains. Je devrais peut-être songer à cesser un temps les expertises, pour aiguiser mes perceptions. Comme un pied de nez, mon secrétariat me transmit la proposition d'un juge aux affaires familiales. Marvin Appelbaum, fin juriste, souhaitait me confier un « dossier délicat ».

– Qu'est-ce qu'il y a de drôle, docteur ? s'étonna la standardiste.

– Comment ça ?

– Vous vous êtes mis à rire quand je vous ai lu le message.

– Oh, j'essaye juste de voir le bon côté des choses.

Je raccrochai et composai le numéro de la juge Maestro. Hank Nebe me répondit.

– Bonjour, docteur. Avez-vous apprécié votre déjeuner ?

– Tout à fait. Et vous ?

– Pareillement. Que puis-je faire pour vous ?

– J'ai quelques renseignements pour la juge Maestro concernant l'enquête sur la disparition de Cheri Sykes.

– Vous n'avez qu'à me les communiquer et je transmettrai.

– Pas besoin, dites-lui de m'appeler.

– Comme vous voulez, docteur, mais si la juge est concernée, il serait préférable qu'elle en soit avertie le plus rapidement possible.

– Ce n'est rien d'extraordinaire. Si ça l'intéresse, je serai facilement joignable.

– Très bien, je fais passer l'information.

Nancy Maestro me rappela deux heures plus tard.

– Du nouveau ?

– La police estime que Cheri Sykes est le principal suspect.

– Génial ! soupira-t-elle. Et qui a eu la bonne idée de statuer en sa faveur ? Les journalistes vont s'en donner à cœur joie, encore un juge qui se plante. Les médias sont déjà sur le coup ?

Une réaction des plus égocentriques.

– Pas du tout, répondis-je.

– Tant mieux. On n'a plus qu'à croiser les doigts.

– Somme toute, Nancy, vous devriez tirer votre épingle du jeu.

– Comment cela ?

– Vous avez rendu un jugement en sa faveur. Ce genre de personnes, mieux vaut s'attirer leurs bonnes grâces.

– Très juste, convint-elle d'un ton enjoué. Merci, vous venez d'illuminer ma journée ! Ciao !

31

Milo ne se manifesta pas au cours des deux jours suivants. Cela m'était égal, autant se faire une raison. Le juge Marvin Appelbaum insista auprès de mon secrétariat et je décidai de lui signifier moi-même mon refus. Je composai son numéro et tombai directement sur lui. À la réflexion, la plupart des magistrats avec qui je travaillais prenaient eux-mêmes leurs appels. Contrairement à Nancy Maestro qui se préservait grâce à un personnel à la mesure de l'ego surdimensionné qu'elle avait manifesté au restaurant.

– Vous avez cherché à me joindre, Marvin ?

– Oui. Je sais que vous appréciez les dossiers compliqués et j'en ai un qui devrait vous combler.

– Désolé, mais je ne suis pas disponible en ce moment, *a fortiori* pour quelque chose de compliqué.

– Ah bon ? Puis-je vous demander pourquoi ?

Je ne sais plus où donner de la tête.

– Le boulot ?

– Ça et la vie en général.

– Je vois. Et si je vous dis que la rémunération sera maximale pour un effort minimal, vous laisserez-vous tenter ? Le genre de dossier qui ne se refuse pas.

– Effort minimal alors que c'est compliqué ?

– Oui, faites-moi confiance. Au plan psychologique, c'est du tout cuit. Les complications tiennent à l'identité des parties.

Il nomma une actrice célèbre et un réalisateur de premier plan.

– Un pseudo-mariage de sept ans, deux enfants à la clé, et puis le divorce. Quelle surprise !

L'année précédente, j'avais croisé le chemin de deux demi-dieux du grand écran à l'occasion d'une enquête sur une série de meurtres[1]. Je ne pouvais en vouloir à Marvin de l'ignorer. Comme c'est souvent le cas à Hollywood, très peu de détails avaient filtré et les médias n'en avaient su que ce qu'on avait jugé bon de leur dévoiler.

– Et en quoi l'affaire est-elle simple ? m'enquis-je.

– Lui est plutôt un bon père alors que c'est une emmerdeuse hystérique avec un problème de drogue.

– Pourquoi avez-vous besoin de moi, alors ?

– Pour dire exactement cela, mais dans le jargon approprié. Vous savez comment c'est, Alex : si je ne fais pas appel à un expert, on pourrait m'accuser d'avoir bâclé le dossier.

– En gros, vous me sollicitez pour un simple coup de tampon.

– Facturé au prix fort, il va sans dire ! pouffa-t-il. Mais attendez, ce n'est pas tout ! Lui se trouve au Cambodge pour un tournage et les enfants sont avec lui. Comme les conditions sont quelque peu spartiates, il est prêt à les envoyer à Singapour pour que vous les y rencontriez.

– Spartiates mais acceptables pour des enfants ?

– Allez savoir, peut-être qu'il leur apprend à vivre comme des gens normaux ! Un point en sa faveur, non ? Sinon, tenez-en compte dans votre évaluation. Vous avez carte blanche. Alors, vous acceptez ? Singapour Airlines en première classe, c'est quelque chose ! Jeannie et moi nous sommes offert ce petit plaisir pour notre anniversaire de mariage il y a quelques années. Côté hôtel, exigez une chambre au Fullerton Bay. Des toilettes étonnantes, vous

1. *Des petits os si propres*, Éditions du Seuil, 2016.

recevez d'abord de l'air chaud, puis un jet d'eau qui vous lave !

– Très tentant, Marvin.

– Bien, j'indique votre nom comme expert référent.

– En fait, ce n'est pas le bon moment…

– Allons, vous n'avez pas besoin de décider dans l'immédiat. J'ai obtenu qu'on temporise pour la garde et la pension. Le problème sera abordé dans un mois au plus tôt, voire beaucoup plus tard si on achoppe sur les aspects financiers. Je cherche simplement à préparer le terrain pour partir en vacances l'esprit tranquille. À mon retour, on entrera dans le vif du sujet.

– Vous retournez en Asie ?

– Si seulement ! Non, ce sera la Napa Valley. Jeannie est passionnée de vin. Vous ne m'avez pas habitué à tant de réticence, docteur.

– Je viens de traiter une affaire devant le juge des tutelles et je suis à peu près certain de m'être fait avoir dans les grandes largeurs.

– Ah, vous voulez parler de cette histoire de garde entre les deux sœurs toquées.

– C'est de notoriété publique ?

– Une de mes assistantes m'en a parlé. Elle racontait que l'une des sœurs était soupçonnée d'avoir assassiné l'autre. La pauvre fille en était toute choquée.

– Une assistante un peu sensible ?

– Une débutante. Mais bon, cette affaire relève manifestement de l'exception, Alex. Cessez de battre votre coulpe. Et raison de plus pour revenir sans tarder dans le giron des affaires familiales. Vous savez combien nous prenons soin de nos experts ! Pour en revenir à Singapour, il y a un jardin botanique vraiment remarquable, avec plusieurs centaines de variétés d'orchidées. Offrez-vous des vacances aux frais du studio !

– C'est le studio qui règle ?

– Tout à fait. Le producteur ne recule devant aucune dépense pour que le grand cinéaste puisse laisser libre cours à sa créativité.

– Aurai-je l'honneur de figurer au générique ?

Il gloussa.

– Vous savez, ça devrait pouvoir se négocier ! Comme producteur délégué, par exemple ? À condition que vous jouiez le jeu. Sinon, je contacte le nom suivant sur ma liste. Ni vous ni moi n'y serons gagnants. Devinez qui figure après vous ?

Il cita deux experts psychologues, médiocres tâcherons.

– L'un comme l'autre risquent de me saloper le travail, dit-il. Résultat, les deux parents voudront un deuxième avis extérieur et cela traînera en longueur. Ça vous paraît souhaitable pour les gamins ?

– Laissez-moi deux jours pour y réfléchir, Marvin.

– D'accord. Nous autres sages savons nous montrer raisonnables.

À Nancy Maestro qui s'inquiétait que l'affaire s'ébruite dans la presse, j'avais répondu que rien n'avait fuité jusque-là. Cependant, les rumeurs allaient bon train dans les milieux judiciaires. Je me connectai au site du tribunal des affaires familiales et me rendis sur la page du juge Appelbaum. Sa photo y figurait, bonne bouille sympathique, ainsi que celles en plus petit de ses collaborateurs. Il y avait une secrétaire, Mary Johnson, et un huissier, Lionel Wattlesburg, que je connaissais de longue date. Aussi une jeune assistante nommée Kiara Fallows, visage fin et cheveux foncés. Je composai le numéro indiqué et tombai sur Wattlesburg.

– Bonjour, docteur. Alors, vous avez accepté le dossier des deux stars ? Qui sait, peut-être décrocherez-vous l'Oscar du meilleur expert !

– J'y réfléchis, Lionel. Kiara Fallows serait-elle dans les parages ?

– Non, elle a démissionné. Ce matin. Ça faisait environ trois mois qu'elle était là. Les jeunes d'aujourd'hui, ils se découragent facilement.

– Le travail était trop stressant ?

– Je ne lui ai pas posé la question. Elle doit passer dans la journée ou demain pour récupérer son chèque. Voulez-vous que je lui transmette votre numéro ?

– Pas nécessaire.

– Vous avez raison, doc. Cette lâcheuse ne vous mérite pas !

Le lendemain matin, j'appelai Marvin Appelbaum pour l'informer que j'acceptais sa proposition à condition que Robin puisse m'accompagner à Singapour aux frais de la production.

– Hum, fit-il, ça risque d'être délicat. Peut-être si vous voyagez en business plutôt qu'en première ? Allez savoir, ils pourraient dire oui pour la totale. Je vais me renseigner.

– Quel âge ont les enfants ?

– Deux garçons, quatre et six ans. J'appelle tout de suite, j'essaye de vous obtenir deux couchettes en première, et même peut-être une suite au Fullerton.

– Merci, Marvin.

Deux heures plus tard, il me rappelait.

– C'est bon, je vous ai décroché le gros lot ! Mais je ne peux pas vous donner de date, les deux parties sont loin de pouvoir se mettre d'accord sur les aspects financiers ! Je vous tiens au courant.

Muni de deux cafés, je traversai le jardin vers l'atelier de Robin. Un calme relatif y régnait, pas d'outillage électrique en marche. Elle polissait le dos d'une guitare en bois de rose. Blanche ronflait dans son panier.

– Tu me gâtes ! dit Robin.

Elle s'essuya les mains et déposa un baiser sur mes lèvres.

Blanche cligna des paupières, se dégourdit les pattes et nous rejoignit. Je lui tendis un biscuit et elle minauda comme elle sait si bien le faire. Je passai un bras autour de la fine taille de Robin.

– Et ce n'est pas tout, ma chérie. Que dirais-tu d'un séjour à Singapour ?

– En quel honneur ?

Je lui parlai de la proposition que je venais d'accepter.

– Sérieux ?

– Carrément.

– C'est trop cool, dit-elle en m'ébouriffant les cheveux. Dire qu'il existe des gens prêts à dépenser une fortune pour bénéficier des lumières du génie dont je partage la vie !

Je suivis l'actualité attentivement, mais il ne fut pas question de Connie et de Cheri. Les rumeurs ne franchissaient sans doute pas les murs du tribunal. Quatre jours après notre dernière conversation, Milo se présenta chez moi à l'improviste, l'air soucieux. Sans un mot, il fila tout droit à la cuisine pour s'y livrer à l'habituelle razzia dans le frigo. Debout devant l'évier, il malmena le sandwich qu'il avait assemblé en deux temps trois mouvements : un blanc de poulet, un bout d'épaule d'agneau, des feuilles de laitue, du coleslaw, un reste de salade de pommes de terre et quelques rondelles de tomate, le tout entre trois tranches de pain de seigle rassis. Une bière pour faire passer. Il lava l'assiette et l'essuya, s'assit à table.

– Bonjour, dis-je.

– Oui, je sais, j'aurais pu donner signe de vie. Je n'avais aucune nouvelle à te communiquer.

– Maintenant si ? Tu l'as retrouvée ?

– Si seulement ! Pour une novice, elle manie à la perfection l'art de la disparition. Aucun achat ni retrait avec sa carte de crédit, aucun appel avec son portable. Pas le moindre signalement crédible dans un train, aucune demande d'allocation pour elle ou sa gamine. Les *marshals* ont écumé en vain les foyers aux abords de quantité de gares. Si elle se cachait à l'un des endroits habituels, un de leurs indics les aurait avertis. Je commence à subodorer que la voiture dans le parking de la gare n'était qu'une ruse. Elle doit toujours se trouver à L.A., planquée chez un pote, peut-être un beatnik qu'elle aurait connu dans sa jeunesse. Elle n'a mentionné personne d'autre, hormis les membres du groupe ?

– Non.

– J'ai appelé son frère, le roi du porno. Il jure qu'il n'a pas de nouvelles, mais je ne l'ai pas cru sur parole. J'ai demandé à la police locale d'effectuer quelques rondes dans son quartier et de faire les poubelles, au cas où l'on dénicherait des couches ou tout autre signe de leur présence. Que dalle. Et voilà que j'ai une raison supplémentaire de soupçonner qu'elle est restée à L.A., plus précisément à Hollywood. Hier soir, quelqu'un a tenté d'abattre Boris Chamberlain.

– Tu plaisantes ?

– Non, malheureusement.

– Les Stups ne surveillaient pas l'immeuble ?

– La surveillance venait d'être levée. Curieuse coïncidence, non ? Peu après vingt-trois heures, l'assaut a été donné, Cat et Jeremy embarqués. Une heure plus tard, sans doute ragaillardi, ce cher Boris est sorti courir. Il a traversé Franklin et s'est dirigé vers les collines. Il n'a pas eu le temps d'aller très loin, une voiture a ralenti à sa hauteur et pan ! pan ! pan ! Trois coups ont été tirés. Boris l'a échappé belle. Il s'est jeté dans des fourrés et a joué le mort. Si l'assassin prévoyait de revenir vérifier le résultat, il s'est ravisé quand la lumière s'est allumée chez plusieurs riverains.

– A-t-on récupéré les douilles ?

– Oui. Trois cartouches de 9 mm.

– Pas du .25, donc.

– Et alors ? La dame possède plusieurs armes, voilà tout. Elle a jugé qu'un calibre plus puissant serait préférable à une certaine distance.

– Pas le quartier le plus sûr pour un footing à la belle étoile.

– Peu judicieux en effet, mais Chamberlain a l'habitude de courir par là-bas. Il dit qu'un gars « baraqué comme lui » n'a rien à craindre, et d'ailleurs il n'a jamais connu d'ennuis. Débarrassé des deux junkies, peut-être s'est-il persuadé que tout le monde il est beau, tout le monde il est gentil… Grave erreur.

– A-t-on une description du véhicule ?

– Non, le coin n'était pas assez éclairé, et tout s'est passé si vite, et patati et patata. Inutile de dire que Chamberlain est un rien chamboulé. Il prévoit d'aller quelque temps chez des parents, à Vermillion dans le Dakota du Sud. Bigre, dit-il en se caressant le menton. Nous avons affaire à une sacrée cliente, Alex. Tout compte fait, Connie était peut-être bien inspirée en voulant lui retirer la petite.

– L'hypothèse de travail est donc que Cheri épiait Chamberlain et aurait attendu que les Stups mettent fin à leur surveillance pour passer à l'acte.

– Ça se tient, non ? Dès que les gars ont le dos tourné, crac ! Tu sais ce qu'on dit sur la limitation de vitesse : le bon moment pour appuyer sur le champignon, c'est quand les flics sont occupés à mettre un P.V. à quelqu'un d'autre ! Cheri voit qu'on embarque les junkies, puis Chamberlain sort faire un peu d'exercice. Pour moi, ça se tient parfaitement.

– À condition qu'elle dispose d'un second véhicule.

Il croisa les mains dans son cou.

– Sûr que c'est un obstacle insurmontable, Alex !

– Bien.

– Tu n'arrives toujours pas à l'accepter, hein ?

– Pas du tout. Si j'ai surmonté mon déni, ce n'est pas pour basculer dans la stupidité.

Les mots que je prononçais sonnaient faux à mes propres oreilles. Et chargés de ressentiment.

– Bon, fit-il. Comme je viens de me rassasier à tes frais, je veux bien me montrer ouvert d'esprit un instant. Peux-tu m'indiquer un trait de cette femme, au plan psychologique s'entend, qui me la ferait voir sous un jour un peu plus favorable ? Et de grâce, sors-moi autre chose que son côté baba cool. Je n'ai jamais cru au *Peace and love*. Pendant qu'ils manifestaient au nom de l'amour universel, j'étais au Vietnam.

Je secouai la tête.

– Rien à ajouter.

– Dans ce cas, Alex, je vais malheureusement m'en tenir aux faits tels qu'ils m'apparaissent. La famille Sykes présentait un terreau propice à la psychopathologie. Connie était quelqu'un de profondément antipathique, avec des tendances homicides, et Cheri est quelqu'un d'éminemment sympathique, avec des tendances homicides. Mais elle est une meurtrière plus efficace que sa sœur car elle s'en tient à la règle de base : quand on veut que les choses soient bien faites, mieux vaut s'en occuper soi-même. En plus, elle est douée pour rester cachée. Espérons qu'elle n'a personne d'autre en ligne de mire.

– Pourquoi supprimer Chamberlain ?

– Même motif que Winky : il pourrait être le père de la petite Rambla. Pour Cheri, le bonheur consiste à rester mère célibataire.

– C'est soit Boris, soit Winky, soulignai-je. La mère sait forcément ce qu'il en est.

– Crois-tu ?

Son sourire me déplut, mais on pardonne beaucoup à un ami.

– Certes, dis-je.

– Au risque de passer pour un esprit salace, j'espère que la gosse n'a pas été conçue un soir de partouze. Sinon, il doit exister une flopée de chauds lapins avec une cible dans le dos.

32

Le surlendemain de l'agression de Boris Chamberlain, les médias s'emparaient de l'assassinat de Connie. Le *L.A. Times* consacrait deux paragraphes à « un drame intime qui, selon nos sources au LAPD, serait le contrecoup d'une bataille envenimée pour la garde d'une enfant ». Le papier se concentrait sur les sœurs Sykes, aucune allusion à Chamberlain ni à Melandrano. Contenu similaire à la télé, en ultra-court pour ne pas lasser, avec en bonus la photo de Cheri Sykes. L'article du *L.A. Times* était signé Kelly LeMasters, une journaliste qui avait quitté la rédaction pour se mettre en free-lance. Elle voulait se libérer du temps pour écrire un livre sur l'affaire que Milo et moi avions démêlée l'année précédente, le fait divers macabre impliquant le couple de stars hollywoodiennes. Après des débuts tendus, Milo et elle avaient su s'entendre. L'identité de la source mentionnée ne faisait aucun mystère.

Les motivations de Milo étaient compréhensibles : avec une femme aussi dangereuse dans la nature, il était logique d'alerter le public. Tant pis pour Cheri. J'avais beaucoup rechigné à la considérer comme une meurtrière, sans doute que j'acceptais mal d'avoir été dupe. Je sais pertinemment que les thérapeutes ne sont pas mieux placés que la moyenne pour déceler un tempérament violent, comme je veille à l'expliquer aux étudiants trop confiants à qui j'enseigne la psychopathologie. Dans l'affaire Sykes contre Sykes, je m'étais persuadé que j'étais perspicace. Comme quoi on se fait toujours des illusions.

Je sortis courir du côté de Mulholland et m'infligeai plusieurs kilomètres à un train d'enfer. À mon retour, j'avais les jambes en compote, j'étais en nage et j'ahanais comme un gros fumeur. Douché et habillé, je relevai mes messages. C'était le genre de jour où j'aurais apprécié n'en avoir aucun. Pas de chance : trois personnes avaient cherché à me joindre en l'espace d'une heure et demie. Un juge que j'estimais nettement moins que Marvin Appelbaum souhaitait me soumettre « une affaire de garde déplaisante ». La routine. Un coach en « développement de carrière » proposait de m'aider à « constituer une clientèle au-delà de mes plus folles espérances » ! Enfin, une certaine Clara Fellows avait laissé son numéro. Je n'eus aucune peine à corriger l'erreur de mon secrétariat : il s'agissait en fait de Kiara Fallows, l'assistante qui n'était restée que trois mois chez Marvin Appelbaum. Intrigué, je la rappelai.

– Allô ? répondit une petite voix délicate.

– C'est le Dr Delaware. Vous avez cherché à me joindre.

– Qui ça ? Ah, oui. L'huissier Wattlesburg m'a dit que vous souhaitiez me parler.

Je n'avais pourtant rien demandé à Lionel qui avait sans doute pensé bien faire.

– Rien d'urgent. J'étais simplement curieux de savoir comment vous aviez entendu parler de l'affaire Sykes.

– Quelle affaire ?

– Une histoire de garde d'enfant tranchée par le juge des tutelles.

– Mais oui, les deux sœurs. Je dois avouer que ça m'a secouée. Quand même, se faire assassiner pour un enfant !

– L'affaire Sykes a-t-elle pesé sur votre décision de démissionner ?

– Un peu, mais la vraie raison, c'est que j'habite trop

loin du tribunal. Ça me coûtait trop cher en essence. Je cherche quelque chose de plus proche. Cela étant, Lionel me reproche d'avoir démissionné. Quand il m'a appelée pour me dire que vous cherchiez à me joindre, il m'a aussi sorti que j'étais vraiment bête d'avoir laissé tomber une place en or, un poste de fonctionnaire avec une couverture médicale et une bonne retraite.

– Je reviens à ma question. Comment avez-vous entendu parler du meurtre ?

– Des gens qui bavardaient.

– Au tribunal ?

– Ça n'arrête pas d'échanger des ragots.

– Bien. Merci pour ces éclaircissements.

– C'est tout ? Vous étiez juste curieux ?

– En fait, j'ai été impliqué dans l'affaire Sykes comme expert. Je cherche encore à comprendre.

– Ça doit être horrible. Ce genre d'histoire. Un coup de folie qu'on ne voit vraiment pas venir. Comme ces gens qui commettent un massacre sur leur lieu de travail. Impossible de prédire qui va péter un câble. Dites, je peux vous demander un service ? Parmi vos relations, vous ne connaîtriez pas quelqu'un qui aurait besoin d'une secrétaire ? Je suis très organisée et méthodique.

– Si je songe à une piste, je vous préviendrai.

– Merci. Et bonne chance pour comprendre cette folle histoire.

Je m'escrimais avec ma guitare pour reproduire le solo de Joe Pass dans *Satin Doll* quand Milo appela.

– Il semblerait qu'on la tienne, Alex ! Elle se trouve à Skid Row[1], à deux pas du tribunal. J'avais donc raison, elle n'a pas quitté la ville. Elle s'est contentée de laisser sa voiture à la gare, puis elle s'en est procuré une autre

1. Quartier défavorisé de Los Angeles, où vivent de nombreux sans-abri.

pour tirer sur Chamberlain, dont elle s'est probablement débarrassée après.

– Quel génie du crime, murmurai-je.

– Tu le sais aussi bien que moi, *amigo* : faire le mal n'est jamais bien compliqué.

– Comment l'as-tu retrouvée ?

– Grâce à la gamine. Une maman sobre flanquée d'une fillette bien portante, pas très courant dans les hôtels miteux. Quelques minutes après la diffusion de son portrait à la télé, trois signalements nous parvenaient. Je suis devant l'immeuble.

– Félicitations.

– Écoute, je sais que tu aurais préféré une autre issue, donc je ne t'en voudrai pas si tu me dis non. Comme il y a la petite, je tiens à éviter une prise d'otage. Vu que tu connais bien la mère, j'aimerais t'avoir à mes côtés.

– Où es-tu précisément ?

– Hôtel King William, à l'angle de Los Angeles Street et de 5th Street. On n'attend plus que mon feu vert. Ta venue étant l'un des facteurs.

Le trajet fut une épreuve pour mes nerfs. Aux embouteillages des sorties de bureaux s'ajoutait le stress des idiots qui textotent au volant et des atrabilaires qui s'emportent à la moindre incivilité, imaginaire ou non. Dans le jour déclinant, les tours aux lumières éteintes formaient comme les parois d'un canyon encaissé. J'atteignis enfin les bas-fonds de Skid Row. Sous le ciel glaireux, les rues scintillaient, bordées de zones d'ombre où s'agitaient des silhouettes titubantes. Les refuges pour sans-abri étaient pris d'assaut comme une fête le soir des Oscars. De nombreux logis improvisés se signalaient par des tas d'ordures, des sacs-poubelles transformés en tentes de fortune et des caddies remplis de trésors répugnants. Je tournai dans Los Angeles Street et aperçus Milo qui patientait à une vingtaine de mètres de l'hôtel. Autrefois majestueux, les six étages de brique grise du King William s'étaient encrassés et détériorés au fil du temps. Le vigile posté devant l'entrée avait une tête de collégien, présence superflue maintenant que Milo était là, sans compter les quatre véhicules de police du Central garés un peu plus loin. Je repérai également un véhicule carré imposant, un Lenco Bearcat employé par le SWAT dans les opérations de secours. Milo m'adressa un salut du bout des doigts. Geste apathique, posture avachie.

– Tu as bien roulé. Elle a une chambre au sixième étage, dit-il en brandissant une clé. Mon idée, c'est de privilégier l'approche calme et détendue, de laisser les troupes en bas. Je frappe à sa porte, si elle m'ouvre et n'est pas armée, problème réglé. Si elle me résiste ou ne répond pas, ça se complique. Mais bon, une femme seule, on peut espérer que la présence de sa fille la dissuadera de faire des bêtises. Une question : Dois-je recourir à la ruse, me faire passer pour le concierge venu à propos d'une fuite ? Ou bien faut-il jouer franc jeu ?

J'y réfléchis un instant, finis par afficher une moue indécise. Il arqua les sourcils.

– Pas de solution préférable, au regard de son profil ?

– Il semblerait que je n'aie rien compris à sa psychologie, mais si je devais choisir, je te conseillerais la duplicité. Il faut éviter l'affrontement et veiller à ce qu'elle reste détendue.

– Tu penses qu'elle sera armée quand elle m'ouvrira ?

– Va savoir. De toute manière, elle a certainement une arme dans ses affaires. Donc à portée de main, car dans ce genre d'établissement les chambres ne sont jamais spacieuses.

– Très juste. J'ai pu inspecter une chambre similaire. Toutes sont identiques, d'après le gars de la réception. Trois mètres sur trois. La dame dispose d'un 25 mm et d'un 9 mm. Génial. D'autres conseils ?

– Si la ruse ne prend pas et que Cheri s'entête, je veux bien lui parler.

– Tu lis dans mes pensées, dit-il avec un sourire nerveux. Mais bon, c'est ton métier.

Le déroulé de l'intervention fut arrêté. Le véhicule blindé du SWAT viendrait se garer un peu plus près du King William, dissimulé malgré tout par les dix étages de l'hôtel voisin baptisé Le Pégase. Le commando patienterait à l'intérieur du camion. Quatre policiers du Central se chargeraient de tenir les badauds à l'écart. La faune du quartier constituait un facteur d'imprévisibilité supplémentaire. Un cinquième agent remplacerait le vigile à l'entrée et trois autres surveilleraient l'arrière où les escaliers de secours en piteux état permettaient en théorie d'évacuer l'immeuble par une venelle insalubre. Les ascenseurs étaient déjà hors service.

– Putain de camelote toujours en panne, grommela le réceptionniste. Obligé de monter à pied.

Milo et moi étions les seuls à avoir pénétré dans l'hôtel, munis d'un gilet pare-balles. Le grand vestibule était désert. Haut plafond, murs bleu-gris, puissants relents d'insecticide industriel, de tabac froid et d'infections en tout genre. L'employé, quinquagénaire obèse du nom de DeWayne Smart, était installé dans une cabine en verre armé un peu étroite pour sa corpulence. Il assurait l'accueil de quatorze heures à vingt-deux heures. Avec pour mission d'encaisser les espèces et bons que les clients versaient à la journée ou à la semaine, remettre les clés et rester méfiant. Il faisait partie des trois personnes qui avaient signalé la présence de Cheri et venait de confirmer son témoignage à la vue de sa photo.

– Ouaip, c'est bien elle ! dit-il en rendant le cliché par la fente. Arrivée avant-hier. Ouaip. Vous offrez une récompense ?

– On verra, répondit Milo en contemplant la clé. Il n'y a pas de numéro. Vous êtes sûr qu'elle est dans la chambre 609 ?

Smart sourit, dévoilant des dents marron et esquintées.

– C'est la suite présidentielle ! Vue imprenable !

– Il n'y a pas le téléphone ?

– Comme je vous ai expliqué, dit Smart d'un ton vexé, les seules affaires sont celles des clients.

– A-t-elle un portable ?

– Qu'est-ce que vous voulez que j'en sache ?

– Et son comportement ? demandai-je.

– Comment ça ?

– Quelle est son attitude ? A-t-elle des gestes ou des paroles bizarres ?

– Je l'ai pas vue depuis son arrivée. L'est montée dans sa chambre et jamais redescendue. Combien de temps ça va vous prendre ?

– Le temps qu'il faudra, lança Milo.

– Quelles affaires a-t-elle apportées ?

– Aucune idée.

– Pas de bagages ?

– Juste une valise Vuitton ! Je reste à ma place, je ne sors pas pour inspecter ce qu'ils ont ! On me règle et on disparaît dans l'escalier, basta. Peut-être qu'elle ne sort que la nuit, comme une chauve-souris ?

Recouverte d'une multitude de couches de peinture brunâtre, la porte de l'escalier ressemblait à une barre chocolatée fondue. Là où il ne s'était pas effrité pour dévoiler un lattis gondolé, le plâtre vert petit pois de la cage était parsemé de taches noires de moisissure. Le marbre des marches, blanc à l'origine, présentait désormais un mélange de gris, de jaune et de marron, sans compter d'autres coloris que je n'aurais su nommer. Des rampes en bois, vandalisées depuis belle lurette, il ne restait que des montants hérissés d'échardes. Le cocktail d'odeurs variait au fil des étages, mais les notes dominantes étaient l'urine, le vomi, le soufre et toujours l'insecticide entêtant, dont l'efficacité était attestée par les nombreux cadavres de cafards, punaises, perce-oreilles et autres saletés. Toutefois, difficile de dire de quoi avaient péri les rats sur les paliers aux deuxième, troisième et cinquième étages. L'une des dépouilles sanguinolentes était encore fraîche et une bestiole l'avait éventrée et s'était repue des entrailles. Peut-être un chat. Milo s'arrêta un instant devant ce spectacle peu ragoûtant, s'épongea le front et reprit son souffle. Il ahanait depuis le début de la montée et suait à grosses gouttes, les cheveux collés au front comme s'il sortait de la douche. Pour ma part, je demeurais parfaitement sec. Peut-être que le footing avait asséché mes glandes sudorales, ou bien je le devais à ma bonne forme physique. Ce qui ne m'empêchait pas d'avoir l'impression que ma bouche était tapissée de coton, de sentir que mes orbites m'élançaient chaque fois que mon regard se déplaçait. Au sixième, Milo déboutonna le rabat de son holster et protégea sa main avec un mouchoir avant de tourner la poignée de la porte de palier. Le bouton se démit et dégringola dans l'escalier. Milo inséra l'index dans l'orifice et parvint à actionner le pêne. Derrière le battant, un couloir long comme une piste d'atterrissage. Mêmes murs décrépits, même puanteur. Carrelage hexagonal blanc au sol, tapis de caoutchouc rouge antidérapant au centre. Des portes noires à l'infini, différenciées par des chiffres autocollants. L'une d'elles s'ouvrit et en sortit un type vêtu d'un marcel et d'un caleçon crasseux, cigarette au bec et bouteille de bière à la main. Crâne rasé, tatouages de détenu, long bouc tressé, peau boutonneuse. Faute d'un système de ventilation, le nuage de fumée restait suspendu autour de sa tête. Milo exhiba son badge et lui fit signe de rentrer dans sa chambre. L'homme pointa le pouce en l'air et s'exécuta. Milo me précéda dans le couloir et s'arrêta deux portes avant le 609. Il s'essuya à nouveau le front, m'indiqua de rester en arrière et avança sur la pointe des pieds. La main droite sur la crosse de son Glock, il frappa doucement. Un son mat pour toute réponse. Sous la peinture noire, le panneau était en bois massif, vestige d'une époque où la clientèle le justifiait et où la matière première était peu chère. Nouveau coup, toujours rien. De la musique s'échappait d'une chambre voisine, un air mariachi remixé façon hip-hop. Milo s'éclaircit la gorge et se pencha vers la porte.

– C'est DeWayne de la réception ! Je dois vérifier votre chauffage !

Il avait pris une voix rocailleuse, le Louis Armstrong de la grande époque. L'expression sur son gros visage pâle démentait son ton jovial. *Hello, Dolly,* je suis là pour te serrer… Il se redressa, toute trace de fatigue disparue. Il se tapota le poignet avec l'index, marquant les secondes qui s'écoulaient. Il allait frapper encore une fois quand la porte s'entrebâilla. Le cliquetis d'une chaîne.

– Salut ! On peut entrer ?

Pas de réponse audible. Mais sans doute Milo perçut-il un danger car il glissa la main dans l'ouverture en même temps qu'il assénait un coup de pied au panneau. La chaîne céda dans un bruit de carton-pâte déchiré et il put se frayer un passage, arme au poing. Une femme poussa un cri où se mêlaient frayeur et stupeur. Suivit une plainte terrorisée, épouvantablement aiguë et stridente. Pas une voix d'adulte, les pleurs d'un très jeune enfant, hoquetant et paniqué. Puis ce furent des grognements et une bousculade, un corps qui heurtait une surface dure. Et l'on n'entendit plus que le bébé. Je pénétrai alors dans la chambre. Un réduit aux airs de cellule. Milo retenait la femme au sol et lui avait passé une paire de menottes. Le lit était à peine assez large pour une personne. L'enfant y reposait sur un drap douteux. Le bambin criait de plus belle, ses poumons en parfaite santé. C'était un garçon. Ce détail avait échappé à Milo. Il aida la femme à se relever. Même âge et même gabarit environ que Cheri Sykes, mais elle était plus maigre, avec des traits plus anguleux. Pour un regard distrait, les différences ne sautaient peut-être pas aux yeux. Moi, je ne voyais qu'elles :

les hanches plus étroites, le menton moins prononcé, les jambes plus longues, les mains plus grandes… Cette femme avait manifestement teint ses cheveux, un noir cirage. Taillés grossièrement, nettement plus courts que la tignasse rousse de Cheri Sykes. Étonnant que DeWayne Smart et deux autres témoins aient pu l'identifier avec autant de certitude. Milo parut se dégonfler quand il comprit sa méprise, comme s'il avait reçu un coup à l'estomac.

– Je suis déso… balbutia Milo.

– *Fuck !* lâcha la femme.

Elle chercha à lui flanquer un coup de pied.

– Madame…

– *Fuck !*

Tout en gardant un œil sur le bébé, je balayai rapidement la chambre du regard. Murs gris tachés de coulures jaunâtres, commode en bois brut à laquelle manquait le tiroir du bas. Dessus, plusieurs paquets de couches et un sac à main en plastique blanc. Par terre, des petits pots et de la bouillie en poudre. Des conserves de base : spaghettis, soupes, ragoûts, légumes. Sur une boîte de crackers reposait une grosse bible reliée en vinyle rouge. À gauche de la commode, le cabinet de toilette, parfaitement visible en l'absence de porte. Le siège des toilettes était occupé par un réchaud de camping. Un ouvre-boîtes manuel était posé sur le bord du lavabo. Cuisiner dans cet espace confiné présentait un réel danger d'incendie et d'empoisonnement au monoxyde de carbone. Peut-être la raison pour laquelle le vasistas était maintenu en position ouverte par deux boîtes de raviolis. Ou bien ce n'était qu'une tentative pour dissiper la puanteur. Le bébé continuait de pleurer. La femme n'était pas en reste pour contribuer au volume sonore : chaque fois que Milo essayait de s'excuser, elle s'agitait et secouait la tête, geignait et maugréait des jurons incompréhensibles. Il n'osait pas la relâcher et cela ne faisait qu'accroître sa fureur. Alors que la femme était d'allure quelconque, l'enfant était adorable.

Un petit blondinet aux joues roses, vêtu d'une grenouillère bleue.

– S'il vous plaît, madame, calmez-vous pour que je vous retire les menottes… Si vous permettez, je vais vérifier votre identité.

Le bébé continuait à hurler. Sa mère, à bout de nerfs, s'écria :

– Cody, tais-toi !

Milo ouvrit le sac à main blanc, en sortit un portefeuille noir et consulta le permis de conduire. Avant de refermer le sac, il y glissa discrètement deux billets de vingt dollars.

– Soyez maudit avec votre argent ! cracha la femme.

– Vous en aurez bon usage, vous pouvez faire un cadeau à Cody.

– Non ! Reprenez votre offrande diabolique ! Vous êtes le fléau qui s'abat sur la chair des Élus !

Milo reprit les billets, me fit signe de sortir et suivit à reculons.

– Désolé pour le dérangement…

Pour faire bonne mesure, la femme poussa un dernier cri suraigu.

33

Arrivé au bas de l'escalier, Milo me dit :

– Le jour où tu écriras tes Mémoires, sois gentil de passer sous silence cet épisode.

Il s'efforçait de faire bonne figure. Serrait et desserrait les poings. Ses mâchoires contractées étaient parcourues de tressaillements. Il traversa le vestibule de l'hôtel sans s'arrêter à la réception.

– Hé ! nous interpella DeWayne Smart.

Milo pivota et s'approcha de la cage de verre.

– Quoi ?

– Vous ne l'embarquez pas ?

– Ce n'est pas elle que nous recherchons. Quand vous vous regardez dans la glace, voyez-vous Brad Pitt ? Votre identification n'était pas moins fiable ! N'hésitez pas à vous faire prescrire des lunettes, peut-être même une canne blanche !

Dans Los Angeles Street, Milo s'affaira pour ne pas ressasser sa déconvenue. Quelques ordres secs et l'opération fut levée. Il vérifia ensuite si l'avis de recherche de Cheri Sykes avait suscité de nouveaux signalements crédibles. Réponse négative, dont il ne fut pas surpris. Il informa Moe Reed par texto que l'arrestation n'aurait pas lieu, lui conseillant toutefois de « croiser les doigts ».

– L'espoir fait vivre… maugréa-t-il.

À court de tâches, il observa les voitures de police et le véhicule blindé qui s'éloignaient. Dès que le terrain fut à nouveau libre, la nuit se peupla de silhouettes. La mine méchante de Milo en fit fuir plus d'un, mais quelques badauds s'attardèrent dans un bourdonnement de voix, auxquelles s'ajoutèrent bientôt des ricanements. Milo me fit signe de monter dans son véhicule banalisé.

– Oletha Dreiser, dit-il. Wheeling, West Virginia, 26003.

Il ne s'adressait pas à moi, répétait les renseignements du permis de conduire comme une table de multiplication. Il entra les données dans le terminal embarqué. Rien sur Dreiser dans le fichier NCIC. Aucun mandat d'arrêt ou avis de recherche, ni en Californie ni dans un autre État, pas de disparition signalée.

– Pas de casier, annonça-t-il à regret. Une mère et son enfant dans pareil taudis, ça ne te rappelle pas l'étable et la mangeoire ? Il ne nous reste plus qu'à retrouver papa Joseph et la crèche sera au grand complet.

À qui le rôle de l'âne ? songeai-je. Je gardai pour moi cette impertinence.

– Bon, fit-il en sortant un cigare entamé. Une mère un rien psychotique, non ?

– C'est probable.

– Il faut donc alerter les services sociaux.

– Pas obligatoirement.

– Et pourquoi pas ?

– Tout dépend de ce qu'ils ont à offrir.

– Tu la crois capable d'élever son gosse ?

– La situation est-elle optimale ? Non. Mais pour ce qui est du basique, elle se débrouille.

– Elle n'oublie pas de le nourrir, c'est là l'essentiel ?

– Voilà un enfant correctement alimenté, apparemment en bonne santé, qui semble se développer normalement et qui est très attaché à sa mère. Oui, c'est l'essentiel. Surtout, si on l'arrache à elle pour le placer dans une famille d'accueil, autant dire une vraie loterie, ce sera un traumatisme pour l'une et l'autre, et l'on risque de faire plus de mal que de bien.

– Même si elle est sérieusement frappée.

– Oui.

– Tu es large d'esprit.

– Je connais le système. Il s'agit toujours de choisir la moins pire des solutions.

– Elle est violente, objecta-t-il.

– Elle avait une bonne raison d'être en colère.

Il se rembrunit.

– Donc, je ne fais rien.

– Soyons réalistes. Même si l'on pose un diagnostic de schizophrénie, à moins d'établir qu'elle présente un danger imminent pour l'enfant, aucun juge n'optera pour le placement. Tu sais, même de sérieux psychotiques ne sont plus soignés maintenant que la justice fédérale les considère comme une minorité opprimée. Si l'on souhaite agir, il faut expliquer à cette femme le risque d'empoisonnement au monoxyde de carbone, ou lui procurer un berceau. C'est imprudent de dormir avec son bébé, elle pourrait l'étouffer en se retournant dans son sommeil.

– D'où viendrait le monoxyde de carbone ?

Je lui parlai du réchaud.

– Elle a tout de même le bon réflexe d'ouvrir la fenêtre, précisai-je.

– La salle de bains, maugréa-t-il. J'ai complètement oublié de l'inspecter. Génial. D'accord. Et à qui je m'en remets pour lui prodiguer ces conseils, à défaut des services sociaux ?

– Je connais une enquêtrice à la brigade des mineurs au central de Pacific, une jeune femme intelligente et pragmatique. Elle saura à qui s'adresser. Veux-tu que je la contacte ?

– Ce serait sympa.

Je joignis Monica Gutierrez à son domicile de Palms.

Elle promit d'en parler le lendemain à Kendra Washington, une collègue au Central qui saurait trouver une solution.

– Mais vous savez, Alex, on ne pourra que lui donner des conseils. À moins que l'enfant ne soit en danger.

– Mon idée n'est pas qu'on lui retire l'enfant.

– Tant mieux, dit Monica. On a déjà trop de gamins dont on ne sait que faire.

Après avoir raccroché, je livrai un résumé à Milo.

– Oui, oui, j'ai pigé.

L'air dépité, il contempla la façade du King William.

– Désolé pour le ratage de ce soir, dis-je.

– Tu dois plutôt t'en réjouir, non ?... *Mea culpa*, c'était déplacé.

– Pas de souci.

Malgré tout, cela me resta en travers de la gorge. Je lui souhaitai bonne chance et gagnai ma Cadillac.

Au retour, le trajet fut plus tranquille qu'à l'aller, sans embouteillage ni conducteurs excédés. J'eus tout loisir de réfléchir au dilemme que posaient une Oletha Dreiser et son enfant. Les services sociaux privilégiaient depuis longtemps la préservation de l'unité familiale, quasiment à n'importe quel prix. Si le principe était motivé à l'origine par la compassion, on le maintenait désormais pour des raisons budgétaires. À moins d'un danger imminent, aucun tribunal ne retirerait Cody à sa mère. J'avais vu des personnes bien plus atteintes qu'elle confirmées dans leur autorité parentale. Facteur supplémentaire, un nombre anormal d'enfants placés venaient à décéder. Rien que l'année précédente, pas moins de trois bébés étaient morts dans des familles d'accueil différentes. Une grippe non soignée, un étouffement probable et un homicide avéré commis par le petit truand que fréquentait la femme à qui le nourrisson avait été confié ; « une méga-bavure », pour citer le procureur adjoint qui m'en avait parlé. Malgré tout, une mère condamnée pour meurtre ne serait pas traitée à la même enseigne. Cheri Sykes ne pourrait pas miser sur l'inertie administrative. Qu'est-ce qui avait pu motiver une telle fuite en avant ? Qu'adviendrait-il de la petite Rambla une fois que Milo les aurait retrouvées ? J'essayai d'imaginer ce que pouvait être leur vie en cavale. Étaient-elles cloîtrées dans un réduit semblable à la chambre 609 du King William, avec un simple réchaud pour cuisiner ? J'avais envie de croire que Cheri était suffisamment responsable pour ne pas soumettre sa fille à des risques inconsidérés. Mais plus je repensais aux deux meurtres commis de sang-froid, sans compter la troisième tentative, et plus je peinais à m'en convaincre.

Winky Melandrano avait joué les baby-sitters occasionnels. Cheri avait-elle amené Rambla le soir du meurtre ? Même si les présomptions s'accumulaient, j'avais du mal à concevoir une attitude aussi désinvolte de la part de la femme que j'avais évaluée. Une mère dévouée, responsable, attentive. J'y avais cru au point de m'engager par écrit. Peut-être l'instinct maternel avait-il viré à une compétition sanglante dont l'enjeu était un petit être innocent. Possible.

Toutefois, quand bien même je me serais trompé sur Cheri, le mobile que lui prêtait Milo me semblait fragile. Si son but était de ne partager sa fille avec personne, pourquoi ne pas se contenter de disparaître ? Parce que Connie n'était pas du genre à s'avouer vaincue et qu'elle avait les moyens de mener une longue bataille juridique, d'où la nécessité de la supprimer. Pourquoi pas, mais cela n'expliquait pas que Cheri s'en soit prise à Melandrano et à Chamberlain, présentés comme des amis d'enfance. Sans doute des amants. Partouze dans les collines de Malibu ? Complication supplémentaire.

Si Cheri n'avait rien à se reprocher, pourquoi avait-elle disparu ? Peut-être ne l'avait-elle pas décidé. Et si quelqu'un l'avait perçue comme gênante ? Le père de Rambla ferait un suspect tout trouvé, lui dont Connie s'était servie. Mais si Connie avait découvert son identité, pourquoi ne pas l'avoir dévoilée au cours de la procédure ? Elle ne voyait peut-être en Boris et Winky qu'un argument supplémentaire pour dépeindre Cheri comme une groupie débauchée. Auquel cas Connie avait peut-être commis une erreur fatale en réveillant l'instinct paternel d'un monstre qui s'était empressé d'éliminer la concurrence. D'abord Connie, puis Cheri dans la foulée, histoire qu'elle soit soupçonnée. Pas très compliqué, ainsi que d'abandonner la voiture à la gare pour lancer la police sur une fausse piste. Futé et méticuleux, le type. Sauf que tu as laissé une goutte du sang de Connie sur la moquette de Cheri, mon garçon. Comme quoi tu n'es pas si malin que tu le penses, père indigne.

Plus j'y réfléchissais et plus ce scénario me plaisait. Façon de parler, compte tenu de ce qu'il impliquait pour Cheri. Et pour Rambla. L'enfant en saint Graal, un bien à convoiter, comme c'était si souvent le cas dans les dossiers que me confiait le tribunal aux affaires familiales. Si je soumettais cette hypothèse à Milo, il aurait beau jeu de souligner l'absence de preuves. *Et toi, mon grand, quelles preuves as-tu de la culpabilité de Cheri ?* Inutile d'aborder le sujet avec lui. Que faire, alors ?

34

La nuit porte souvent conseil, mais parfois elle embrouille les idées. À six heures le lendemain matin, je ressentais un peu les deux. Je me réveillai en pensant à Lonesome Moan, comme si le groupe avait monopolisé mes rêves. Pas sa musique, mais la question obsédante des liens anciens entre Cheri et ses quatre membres. Deux d'entre eux avaient été pris pour cible, les deux autres épargnés. Chuck-O Blatt était-il menacé, tout comme le guitariste que je n'avais pas encore vu, Spenser « Zebra » Younger ? À moins que l'un ou l'autre ne soit le père de Rambla ? Blatt s'était montré très protecteur de Cheri quand je l'avais rencontré. Un type agressif, méfiant. Il ne m'avait rien dévoilé avant de savoir qui j'étais. Il m'avait fourni une explication plausible pour la disparition de Cheri : celle-ci craignait que sa sœur ne continue de la harceler. À la différence des autres membres du groupe, Chuck-O était un entrepreneur coriace qui avait ouvert trois bars grâce à ses cachets. Je l'avais vu tenir tête à ses clients éméchés avec une autorité naturelle. Boris Chamberlain était certes le plus musclé des deux, mais d'après ce que j'avais pu observer, le mâle dominant de la bande était plutôt Chuck-O. Et c'est à celui-ci qu'il vaut mieux s'adresser quand on se sent menacé. À plus forte raison si l'on a porté l'enfant du mâle en question. Quant à Zebra Younger, j'ignorais tout de lui. Si l'un ou l'autre courait un danger, je me devais de les alerter. Si l'un d'eux était le père meurtrier, le face-à-face promettait d'être instructif. Dans un cas comme dans l'autre, une deuxième visite aux Gémeaux s'imposait.

Je me rendis dans la Vallée à onze heures et me garai légèrement au-delà de l'établissement. Discret, vue en biais. Une nouvelle affiche avait été placardée par-dessus la banderole « Happy hour » : FERMÉ POUR UNE DURÉE INDÉTERMINÉE. Je patientai dans la Seville et me livrai à des recherches sur mon iPhone. Rien sur Marvin Blatt. J'essayai en vain « Charles », « Chuck » et « Chuck-O », seul le site du groupe me fut proposé. J'hésitais à repartir quand un homme s'arrêta devant la porte du bar. Soixante-dix ans, traits de basset, costume bleu élimé, chemise blanche, cravate avachie. Lloyd, le pilier de bar féru d'histoire. Peut-être s'intéressait-il aussi aux faits divers… Comme je m'apprêtais à traverser, il tira sur la poignée et la porte s'ouvrit. Il entra et ressortit peu après, un sac en papier kraft à la main. Trop petit pour dissimuler entièrement la bouteille remplie d'un liquide ambré et dont le col scintillait. Il s'adressa à quelqu'un à l'intérieur du bar. La personne en question s'avança et le visage charnu de Chuck-O Blatt fut éclairé par un rayon de soleil. Je vis Lloyd plonger la main dans sa poche et en sortir quelques billets. Chuck-O secoua la tête et tapota l'épaule du vieil homme, puis retourna à l'intérieur et referma la porte. Lloyd s'éloigna d'un pas guilleret, ravi du cadeau.

À mon tour.

Chuck-O se tenait derrière le comptoir, occupé à ranger des bouteilles dans des cartons. L'estrade était déserte, la batterie envolée. Une ampoule solitaire créait une ambiance de cellier.

– Vous liquidez le stock ! lançai-je.

Blatt se figea une seconde et je m'approchai. Il attrapa une bouteille de bourbon sur l'étagère derrière lui et la plaça dans la caisse.

– Je viens de voir Lloyd, dis-je.

Blatt posa les mains à plat sur le comptoir.

– Lloyd est un alcoolique incurable. Il ne fait que ça, considère pour ainsi dire que c'est sa profession. Voilà pourquoi il n'est plus grassement payé à vendre des assurances. Et pourquoi je n'essaye plus de le raisonner. Si ça l'amuse de me taxer du Jack Daniel's, grand bien lui fasse. De toute manière, c'est la fin.

Il balaya les lieux d'un regard nostalgique.

– À cause de la mort de Winky.

Il fit claquer ses dents.

– Monsieur le psy se doute bien qu'un groupe de rock qui perd son chanteur est mal barré. Vous êtes là pour le meurtre ? Pour me dire qui a tout fichu en l'air en tuant l'un des êtres les plus doux, les plus cool qu'on ait jamais vus sur cette saloperie de planète ?

Il plongea la main dans le carton, ressortit la bouteille qu'il venait d'y placer et la jeta rageusement. Elle se fracassa sur le mur derrière l'estrade. Une pluie d'éclats de verre retomba sur le plancher, produisant comme un glissando de harpe.

– J'emmerde le monde et les connards qui l'habitent ! s'emporta Chuck-O Blatt.

Il pivota, empoigna un flacon de vodka et le mit dans la caisse.

– Heureusement que Boris a eu plus de chance, dis-je.

Il se tourna vers moi, le regard furieux.

– Quoi ?

– Vous n'êtes pas au courant ?

– Au courant de quoi ?

Il quitta soudain son comptoir et vint vers moi, les poings brandis à la manière d'un boxeur.

– Jouez pas au con avec moi ! Si vous avez quelque chose à me dire, crachez-le !

Je lui racontai l'attaque à laquelle Chamberlain avait échappé. Il accusa le coup.

– Bordel, qu'est-ce qui se passe ? murmura-t-il.

– Je me pose la même question.

– Vous pensez que j'en sais plus que vous ? Si je suis au courant pour Winky, c'est seulement parce que mon chèque, le fric que je lui verse pour nos séances du lundi soir, était toujours aimanté à son frigo. Ce crétin gérait mal ses affaires, et je devais insister pour qu'il l'encaisse, sans quoi ma compta n'était jamais calée. Les flics l'ont récupéré, ils ont cru que j'étais son employeur et sont venus me prévenir. Un gros type m'a balancé la nouvelle sans ménagement : « Votre pote a été abattu. » J'ai failli avoir une crise cardiaque. Sérieux, dit-il en se frappant le torse. Une douleur inquiétante. Puis j'ai compris que le gars était là parce qu'il me soupçonnait ou espérait un coup de baguette magique. Winky est assassiné et je suis censé savoir qui est le meurtrier ?

La porte du bar s'ouvrit, un homme entra et s'approcha. Il marchait difficilement, aidé de cannes anglaises. Quadragénaire filiforme, cheveux blancs soigneusement coiffés et épais sourcils assortis. Chemise Oxford, jean repassé, baskets blanches. Malgré son handicap, il restait digne et souriant. J'eus droit à un coup d'œil rapide, puis il fixa longuement Blatt. Encore un habitué à l'affût d'une bouteille gratuite ? Sa tenue d'étudiant sage n'était pas celle d'un poivrot, mais je n'en étais pas à une généralisation près. Quand il fut assez proche, je vis qu'il avait les yeux rougis et le teint blême. Sa peau paraissait presque transparente sur son visage osseux. Comme s'il avait subi une saignée. Chuck-O expira d'un air las.

– Salut, mec.

Le nouveau venu se traîna jusqu'à la chaise la plus proche et mit un certain temps à poser ses béquilles par terre. Une fois installé, il me lança un nouveau coup d'œil.

– C'est le psy dont je t'ai parlé, lui dit Blatt. Il a aidé

Cheri pour son procès et maintenant il fricote avec les flics. Il est venu me soutirer des renseignements que je n'ai pas.

L'autre continuait de m'observer d'un œil noisette et bienveillant.

– Ah bon ? fit-il.

– Docteur machin chose, dit Blatt, je vous présente le meilleur spécialiste de la guitare *slide* depuis Johnny Winter. Spenser Younger, dit Zebra Man. Il doit son surnom à son instrument de prédilection, une Strat rayée noir et blanc. Une guitare Fender, au cas où monsieur ne s'y connaîtrait pas.

– Alex Delaware, dis-je.

Je serrai la main flasque de Spenser Younger.

– Du nouveau au sujet de Winky ?

– Le nouveau, dit Blatt, c'est que Boris l'a aussi échappé de justesse.

Younger agrippa les bords de sa chaise à deux mains. Sa poitrine était secouée de tremblements, mais les minces jambes drapées de toile bleue demeuraient inertes.

– Mon Dieu… Tu plaisantes ?

– Non, malheureusement, dit Blatt.

– C'est fou, Marvin. Complètement dingue. Boris est sain et sauf ? me demanda Younger.

– Par chance.

– Ça alors… Que s'est-il passé ?

Je lui livrai les faits.

– Un footing tard le soir dans un quartier louche, c'est Boris tout craché !

– Confiant parce qu'il est musclé ?

– Il y a dix ans, Boris était une loque. Il a décidé de changer. Il m'a dit qu'il en avait assez de se prendre des râteaux, il voulait retrouver la forme. Voyez le résultat ! Boris a toujours été costaud, il jouait au football au lycée, mais tout de même, quelle transformation !

Il massa sa jambe gauche atrophiée.

– Ce mec est monstrueux, renchérit Blatt. Il soulève d'une seule main un haltère de cinquante kilos.

– On devrait passer le voir, Marvin. Pour le soutenir.

– Je crois qu'il a quitté la ville, dis-je.

Younger contempla les quelques bouteilles encore sur l'étagère.

– Un petit remontant ? proposa Chuck-O. Dis-moi ce qui te ferait plaisir.

– Ce serait volontiers, Marvin, mais mon médecin me déconseille l'alcool avec le nouveau médicament.

– T'as un nouveau traitement ? Génial. Je suis sûr que tu gambaderas d'ici peu.

Younger esquissa un vague sourire.

– J'espère bien. Je prévois de m'inscrire à un dix kilomètres. Je suis atteint d'une maladie rare, m'expliqua-t-il. Une dégénérescence neuromusculaire. En gros, je fonds peu à peu. C'est héréditaire. Un oncle l'a eue. Il a tenu huit mois. On a fait des progrès. Moi, voilà quatre ans que j'ai été diagnostiqué et j'ai toujours l'usage de mes doigts.

– D'abord Winky, puis Boris, dit Chuck-O Blatt. C'est pour ça que vous êtes là, doc. Vous pensez que quelqu'un a décidé d'éradiquer le groupe. Pour quel mobile ? C'est insensé.

– Je veux bien que certains critiques descendent les artistes, lâcha Younger, mais là c'est pousser le bouchon un peu loin !

Il eut un petit rire, redevint sérieux.

Je me demande s'il n'y a pas un lien avec le procès de Cheri, avançai-je.

– Comment ça ?

– Winky et Boris étaient tous deux mentionnés dans les conclusions de l'avocate de Connie, s'agissant de l'identité du père de Rambla.

– Cette salope de Connie était une folle furieuse ! s'emporta Blatt. Soit elle délirait, soit elle racontait n'importe quoi ! Je n'y crois pas une seconde. Comme je vous l'ai dit la première fois que vous êtes passé, Winky et Boris se sont assagis depuis très, très longtemps.

– Je ne comprends pas le lien entre la paternité et le fait d'être pris pour cible, dit Spenser Younger.

– Moi non plus, renchérit Blatt.

Tous deux attendirent que je m'exprime.

– Il existe une hypothèse, dis-je. Le mobile serait d'éliminer la concurrence pour ne pas avoir à partager Rambla.

Tous deux affichèrent une mine perplexe. Chuck-O Blatt essuya rageusement les larmes qui lui venaient aux yeux. Il attrapa une bouteille de gin, la déboucha et avala une gorgée qui le fit grimacer.

– Un plan aussi pervers ne me surprendrait pas de la part d'une Connie, dit Younger. Mince, j'avais oublié Connie… elle aussi est une victime, non ? C'est insensé.

– Comme je n'arrête pas de vous le rappeler, s'énerva Blatt, Connie était une salope tordue. La terre entière pouvait lui en vouloir. Alors que Winky, c'était l'opposé. Tout le monde l'adorait.

Spenser Younger opina du chef.

– Et il regrettait de ne pas pouvoir avoir d'enfants… Mince, bredouilla-t-il en écarquillant les yeux. Il m'avait fait promettre de ne le répéter à personne… De toute façon…

Il s'empara de la bouteille et but une rasade à son tour.

– Tant pis si c'est déconseillé ! Winky ne pouvait pas avoir d'enfants à cause d'un faible taux de spermatozoïdes. Déjà autrefois… Il avait une copine. Tu te souviens de Donna, Marvin ?

– La rouquine ? dit Blatt en dessinant avec ses mains une silhouette pulpeuse.

– Elle était folle de Winky, elle aurait fait n'importe quoi pour lui. Elle n'arrêtait pas de le supplier de lui faire un marmot. Ça doit remonter à une vingtaine d'années. Tu te rappelles le voyage en car dans l'Ohio ?

– On a mis le feu à Cleveland, dit Blatt.

– Winky avait enfin accepté, mais ça n'a pas marché. Un jour, il m'a demandé de le conduire à une clinique de Cleveland, sans me préciser quel était le problème. Il avait besoin de moi parce que son permis était périmé. Il en est ressorti tout songeur. J'ai pensé qu'il avait un truc grave. Mais il m'a assuré que tout allait bien, que c'était un examen de routine. Puis il ne l'a plus ouvert. Quinze jours plus tard, un soir où on était bien shootés... tu te souviens de l'herbe qu'on emportait en tournée ?

– De la super-came.

Younger eut un sourire nostalgique.

– Oui, Winky et moi, on était carrément partis. Il a été pris d'un gros coup de blues et m'a confié qu'il avait fait une analyse de sperme, que le taux était beaucoup trop bas, qu'il ne serait jamais papa. Il a fondu en larmes. Puis il a retrouvé sa bonne humeur, comme s'il se forçait, et le sujet n'a plus jamais été abordé.

Blatt le dévisageait, incrédule.

– Sans déconner ? Pauvre Winky.

– En tout cas, docteur, ce n'est pas lui le père. Si Connie pensait ça, elle se trompait complètement.

– Connie racontait toujours des conneries, dit Blatt.

– Si elle s'est trompée, soulignai-je, quelqu'un d'autre a pu commettre la même erreur.

Qui, par exemple ?

– C'est ce que nous cherchons à découvrir.

Eh bien, fit Younger, la réponse ne se trouve pas ici ! Pourquoi vous n'interrogez pas Cheri ?

– Cheri a disparu peu après le meurtre de Winky.

– Peu après ? dit Blatt. Vous insinuez que c'est louche ?

– La police ne prend jamais à la légère un départ soudain et inexpliqué.

– Cheri est soupçonnée ?

– Vous ne regardez pas la télé ?

– Une perte de temps, maugréa Blatt. Les actualités, c'est toujours bidon.

– Bien dit ! approuva Younger en brandissant la bouteille de gin.

– Le portrait de Cheri a été diffusé, dis-je. La police souhaite l'interroger à propos des meurtres de Connie et de Winky.

– Comme suspecte ? demanda Younger.

– Pas tout à fait, répondis-je. Il n'y a pas d'indice sérieux.

– C'est ridicule !

Les deux hommes partirent d'un rire franc, mais une pointe de colère filtrait dans celui de Blatt.

– On a là deux des personnes les plus cool et les plus gentilles qui soient, dont l'une est morte et l'autre veut qu'on lui foute la paix, ce qui est son droit le plus strict, et ces crétins de flics en déduisent qu'elle a déconné grave ? Non mais, je rêve !

– C'est pour ça que je cherche une autre explication, dis-je.

– Pourquoi pas un cinglé qui bute des gens juste parce que ça lui chante ? suggéra Blatt.

– Et comme par hasard il tue Connie et Winky ? objecta Younger.

– En effet, pas très plausible. Alors peut-être qu'il a raison. Ça doit avoir un rapport avec la gamine, dit-il en se tournant vers moi. Mais lequel ? Perso, je ne vois pas. Je veux bien que ce soit une enfant adorable, mais faut pas pousser, ce n'est pas une riche héritière.

– Voilà une piste ! dit Younger. Cheri s'est tapé un mec super-blindé, le type a peur de se faire plumer alors il prend les devants.

– C'est ça, dit Blatt. Toi, tu dois lire des Harlequin en cachette.

– Je suis sérieux, Marvin. Cheri a nommé sa fille Rambla

parce que la conception a eu lieu à Malibu. Malibu, c'est un repère de riches !

– C'est bien vrai, reconnut Blatt. Un million de dollars le mètre carré de sable !

– Vous pensez à quelqu'un de précis à Malibu ? demandai-je.

– Pas du tout, dit Blatt. On n'est pas de ce monde-là !

Je me tournai vers Younger.

– Non, je ne me souviens même pas de la dernière fois où j'ai mis les pieds à la plage… maintenant que j'ai perdu le goût du surf.

Sentant qu'on était partis pour une séquence nostalgie, je préférai m'éclipser poliment.

35

Tout musicien a une part de comédien en lui, mais Blatt et Younger me paraissaient innocents, ou alors leur numéro était digne d'un Oscar. Malgré son handicap, Younger était sans doute capable de manier une arme à feu, peut-être même de suivre Boris Chamberlain au volant d'un véhicule adapté. Toutefois, il m'avait paru sincèrement stupéfait d'apprendre que leur camarade avait été pris pour cible. De même Chuck-O Blatt. Rentré chez moi, je consultai mon secrétariat. Le magistrat dont j'avais ignoré la proposition s'était à nouveau manifesté, au cas où son premier message se serait égaré. J'appelai son huissier et l'informai que je n'étais pas disponible. Kiara Fallows avait également tenté de me joindre, sans doute à propos de sa recherche d'emploi. Je me préparai un café, ouvris mon courrier et composai le numéro de la jeune femme.

– Je voulais vous dire que ça m'est revenu, dit-elle.

– Quoi donc ?

– La personne par qui j'ai entendu parler de l'affaire des deux sœurs. C'était un avocat, en costume cravate. Pas un policier en uniforme. Ils étaient un petit groupe, en train d'en discuter dans le couloir.

– Bien.

– Il me semble qu'il était d'origine hispanique. Ou peut-être du Moyen-Orient. J'espère que ça vous sera utile.

– Je transmettrai le renseignement. Merci. Avez-vous trouvé un travail ?

Après un silence :

– Euh… non. Je continue de chercher. Vous avez entendu parler d'un job ?

– Pas encore. Je vous tiendrai au courant.

– Super. Ce serait génial.

Étrange conversation. Plus j'y réfléchissais, plus j'étais intrigué. Pourquoi avait-elle jugé nécessaire de me rappeler pour me communiquer un renseignement sans intérêt ? Et pourquoi ma question sur sa situation professionnelle l'avait-elle prise au dépourvu ? J'effectuai quelques recherches sur Mlle Kiara Fallows. Je dénichai quatre personnes portant ce nom sur internet : une Australienne de soixante-deux ans domiciliée dans le Queensland, une adolescente de quinze ans vivant à Scarsdale, État de New York, une étudiante de Barnard qui passait un an au Sri Lanka et une fillette de Tyler, Texas, qui participait à des concours de beauté pour jeunes enfants. Plusieurs milliers de pages concernaient la Kiara du *Roi Lion 2*. J'étais sur le point d'abandonner quand un article de presse retint mon attention, publié sept ans auparavant dans le *Ventura Star* :

Une adolescente arrêtée pour une machination contre son professeur,

par Harris Rosen

Une élève de seconde d'un lycée de Ventura est accusée d'avoir placé de la drogue dans le jardin d'un professeur avec qui elle avait eu un différend. Désirée Kiara Fallows, dix-sept ans, sera poursuivie pour dénonciation calomnieuse et a été confiée à la garde de son oncle et de sa tante, l'un et l'autre huissier et adjoint aux services du shérif dans le comté de Los Angeles. Il lui serait reproché d'avoir enterré un sachet de cannabis sous un rosier au domicile d'un professeur de SVT qui envisageait de lui mettre une note inférieure à la moyenne. La jeune fille a ensuite contacté la brigade des stupéfiants de Ventura pour leur indiquer la cachette en alléguant que l'enseignant était « un drogué qui se permettait un comportement déplacé en classe ». Les enquêteurs se sont rendus chez l'homme qui les a autorisés à fouiller dans le jardin et a été fort surpris qu'on y découvre de la drogue. Aucune autre trace de stupéfiant n'a été relevée chez lui et il s'est volontiers soumis au détecteur de mensonges, avec succès. L'enseignant a indiqué à la police qu'il soupçonnait Fallows d'être l'auteur de la dénonciation anonyme. Orpheline logée en foyer, celle-ci était inscrite au lycée de Ventura dans le cadre d'un programme d'intégration. Selon son professeur, elle l'avait menacé de le « pourrir ». L'enquête a permis de réunir des indices matériels de l'implication de Fallows qui est ensuite passée aux aveux. La jeune fille sera majeure à l'ouverture de son procès, mais elle devrait être plutôt condamnée à un suivi psychologique qu'à une peine d'emprisonnement. L'enseignant compte en rester là.

Si l'épisode remontait à sept ans, Désirée Kiara Fallows en avait vingt-quatre aujourd'hui. Un âge plausible pour la jeune femme dont j'avais vu la photo sur la page du juge Appelbaum. Je cherchai en vain un autre article sur cette histoire et ne trouvai aucune Désirée ou Kiara Fallows sur Facebook et MySpace. Elle devait bien être la seule jeune femme de vingt-quatre ans du monde occidental à ne pas être sur les réseaux sociaux. Pas surprenant si elle avait quelque chose à cacher. Dix-sept ans en seconde, un retard peut-être dû à des difficultés d'apprentissage. Si Désirée et Kiara l'assistante ne faisaient qu'une, il semblait quand même difficile qu'avec un tel parcours scolaire elle ait pu décrocher un poste confortable dans une juridiction supérieure, en ces temps de restrictions budgétaires et d'embauches réduites. Et si c'était pourtant le cas, pourquoi démissionner au bout de si peu de temps ? À la réflexion, la facture d'essence semblait une justification moyennement convaincante. Mais bon, peut-être interprétais-je trop rapidement nos deux brèves conversations. Tout de même, la machination conçue par la jeune Désirée avait de quoi troubler, et cela faisait maintenant deux fois qu'elle m'appelait sans motif pressant. Son hésitation quand j'avais évoqué sa recherche d'emploi me chiffonnait aussi. Comme si elle devait se rappeler quelle fable elle m'avait sortie la première fois. Pourquoi me mener en bateau ? Quel pourrait être son but ? Ou je me montais tout bonnement la tête, pour oublier la sombre affaire des sœurs Sykes. Je passai en revue nos deux échanges téléphoniques, à la recherche d'un indice à décoder, mais je n'en retirai qu'une vague méfiance. Une jeune fille suffisamment retorse pour cacher de la drogue et se livrer à une dénonciation anonyme, tout autre chose qu'une adolescente rebelle ordinaire. À la quatrième exégèse, j'avais la tête qui tournait. Soudain, je mis le doigt sur l'information qui détonnait. *Un avocat, en costume cravate. Pas un policier en uniforme.* Plus de détails que nécessaire. Une fausse piste, pour me détourner de quelqu'un qui n'était pas avocat ? Subtil à première vue, mais maladroit quand on y réfléchissait. Phénomène bien connu des psychologues, ce trait se retrouve chez certains schizophrènes et chez de nombreux mythomanes. L'incapacité à en rester là, le petit détail en trop qui vous perd. Voilà qui collait parfaitement avec l'adolescente capable de fomenter un traquenard élaboré. Sous cet éclairage, la phrase la plus significative m'apparut soudain : *Pas un policier en uniforme.* Autrement dit, il me fallait chercher quelqu'un *en* uniforme. Un passage de l'article du *Ventura Star* me revint aussitôt en mémoire : *son oncle et sa tante, l'un et l'autre huissier et adjoint des services du shérif dans le comté de Los Angeles*. Le genre de relation qui permet de décrocher un boulot en or dans un tribunal. Je repensai au couple en uniforme beige que j'avais croisé dans le restaurant japonais. L'un d'eux avait accès au dossier de l'affaire Sykes. Je me mis à pianoter comme un diable. Cette fois-ci, je fis mouche sur Facebook. La souriante et dynamique Willa Nebe était inscrite, une page où elle partageait ses goûts musicaux avec ses onze amis. Il y avait aussi une photo prise lors de vacances en Arizona l'été précédent, en compagnie de son mari Hank et de sa nièce Désirée. Tous trois posaient, en jean et sweat, devant des rochers rouges. Willa, casquette des Dodgers et sourire permanent, tenait un soda XL. Sous son large Stetson et derrière ses verres teintés, Hank était plus musclé et mystérieux que jamais. La nièce Désirée – « je la considère comme notre fille », commentait sa tante sur la page – se trouvait entre eux. Elle esquissait un sourire, mais ses lèvres demeuraient hésitantes. Méfiantes même. Épaules contractées, regard fuyant. Toujours sur ses gardes, parce qu'elle mentait comme elle respirait et supposait que c'était le cas de tout le monde ? Quand la menace est partout, on en vient à passer des coups de fil non justifiés, au cas où. J'observai attentivement le visage de Fallows. Traits fins, teint clair, jolie malgré la nervosité. Une jeune femme qui s'intéressait de près à une affaire de garde qui ne la concernait en rien. La nièce des Nebe. J'avais dit à Lionel Wattlesburg qu'il n'était pas nécessaire que Kiara me rappelle. Et pourtant Kiara avait prétendu le contraire. Je le joignis au tribunal du juge Appelbaum.

– Salut, docteur.

– J'ai une curieuse question à vous poser, Lionel. Puis-je vous demander de garder ça pour vous ?

– Ma curiosité est aiguisée, docteur ! N'ayez crainte.

– Kiara Fallows m'a appelé hier en prétendant que vous lui aviez dit de me contacter.

– Bizarre. Voilà ce qui s'est passé : je suis tombé sur

elle quand elle est venue récupérer son chèque et je lui ai demandé pourquoi elle avait démissionné. Elle m'a répondu « l'environnement de travail est malsain ». Je n'ai pas caché ma surprise et elle a ajouté : « Trop de criminels ! » (Petit rire.) Quelle surprise, des criminels dans un tribunal ! Ça m'agace, ces jeunes gâtés qui renoncent à la première difficulté. J'avoue, je lui ai reproché son manque de courage. Elle s'est vexée et elle est partie furieuse. Mais je n'ai pas cité votre nom, docteur. Je ne vois pas pourquoi elle vous a appelé. Que voulait-elle ?

– Elle cherche du travail, m'a demandé si j'avais des pistes.

– Typique de la jeunesse d'aujourd'hui ! Eh bien, je n'y suis pour rien, docteur. Je mets un point d'honneur à rester discret. Ça vaut mieux, avec les trucs fous qu'on voit ici quotidiennement !

Et un mensonge de plus dans l'escarcelle. Les deux appels de Kiara Fallows prenaient tout leur sens si l'on y voyait les actes d'un esprit psychopathe. La première fois, son véritable but était de découvrir ce que je savais sur les sœurs Sykes. La manœuvre avait échoué et elle avait raccroché, frustrée. Comme la plupart des asociaux, elle supportait mal qu'un désir ne soit pas immédiatement assouvi. Ce qui avait conduit à sa plus grosse erreur, le deuxième coup de fil, sous couvert de me communiquer spontanément des renseignements. Pour diriger mes soupçons loin des Nebe. À leur demande ? Ou bien la petite sournoise avait-elle eu l'idée toute seule ? Question encore plus capitale : Pour quel motif ? Quoi qu'il en soit, elle avait commis la faute qui ne pardonne pas, se frotter à un adversaire dont on ignore tout. En esprit compulsif, j'ai ma manière de gérer la frustration. Je creuse encore et encore. Sans relâche. Je tamise et je creuse, jusqu'à ce que je trouve.

36

Dans plusieurs millénaires, il se trouvera un historien qui, du fond de sa cyber-piaule, braquera son bidule à laser intelligent sur un récepteur digito-sensoriel et il enregistrera une vérité évidente mais non moins profonde : le vingt et unième siècle a marqué la fin de la vie privée. Je ne trouvai pas où était domiciliée Désirée Kiara Fallows, mais cinquante-neuf secondes me suffirent pour obtenir l'adresse de Hank et Willa Nebe. Haynes Street, à Van Nuys. Ainsi que la superficie précise de la maison, son prix d'achat et le montant des impôts fonciers, le tout accompagné d'une photo couleurs. Un machin beige à un étage, en partie dissimulé derrière un grillage tapissé de vigne vierge. Portail verrouillé, pin gigantesque camouflant lui aussi une partie de la façade. Les propriétaires tenaient visiblement à préserver leur intimité. Dommage pour eux.

Le soleil se couchait quand Robin me rejoignit dans la cuisine. Elle remarqua que j'avais mes clés de voiture à la main.

– Je dois faire un tour rapide dans la Vallée.

– À cette heure-ci, tu risques d'être pris dans les embouteillages.

Elle sourit tandis que je pesais le pour et le contre.

– Ton tic te reprend, dit-elle.

Je regardai mes mains et constatai que je repliais et

dépliais machinalement les doigts, comme si je pianotais dans le vide. Je cessai immédiatement de le faire.

– Ce n'était pas un reproche, mon chéri.

– Ça m'arrive souvent ?

– Quand tu es dans ta bulle. Avant, je croyais que tu répétais des accords de guitare.

Je lui caressai la nuque, laissai courir mes doigts le long de sa colonne vertébrale, l'attirai vers moi et l'embrassai.

– Tu vas me donner des idées… murmura-t-elle quand le baiser prit fin. Tu penses en avoir pour longtemps ?

– Je propose qu'on dîne maintenant. Si je pars un peu plus tard, il y aura moins de circulation.

– Tu n'as rien préparé ? Moi non plus. Soit on se débrouille avec les restes, façon Milo, soit on sort.

– À toi de choisir.

– Crois-tu que je ressemble à Milo ? pouffa-t-elle.

Deux heures plus tard, après un repas italien sans alcool, je filais vers le nord. Quand ça roule bien, le trajet entre Bel Air et Van Nuys est très rapide. Le complexe judiciaire au centre-ville est situé assez loin de Van Nuys, mais beaucoup de gens s'en accommodent au quotidien, dont l'oncle et la tante de Kiara Fallows. Le mobile de l'éloignement, quant à sa démission, semblait de moins en moins plausible si leur nièce habitait avec eux. Déjà sournoise à dix-sept ans, elle n'aurait pas changé depuis ? Quel lien avec les deux meurtres ? J'avais beau me creuser la tête, la réponse m'échappait. En dernier recours, il ne restait plus qu'à fouiner.

La maison des Nebe était située dans une rue mal éclairée au nord de Victory Boulevard. Même dimension et même style que les demeures voisines, un pavillon tout à fait anonyme. Ce quartier de Van Nuys, autrefois blanc et populaire, comptait à présent une population majoritairement hispanique. Les Nebe y habitaient sans doute depuis longtemps et n'avaient pas éprouvé le besoin de déménager.

Fenêtres sombres au rez-de-chaussée, lueur ambrée derrière un store à l'étage. Trois véhicules dans l'allée : une Ford Focus, une Toyota foncée et un petit modèle devant la porte du garage, trop loin pour être identifié. Comme aux Gémeaux, j'optai pour un poste d'observation décalé sur le côté. À une distance suffisante pour ne pas me faire remarquer mais d'où je pouvais malgré tout surveiller les allées et venues. Rien à signaler la première heure. Pour tuer le temps, je me livrai à des recherches infructueuses sur mon iPhone.

Je me trouvais là depuis soixante-douze minutes quand la lumière s'éteignit à l'étage. J'étais sur le point de repartir quand la porte d'entrée s'ouvrit et qu'une silhouette apparut. Hank Nebe, vêtu d'un jogging. Il déverrouilla le portail et le fit coulisser. Il se mit au volant de la Focus, sortit en marche arrière et prit la direction de l'ouest. Je le vis passer et marquer l'arrêt au bout du pâté de maisons, alors qu'il n'y avait pas la moindre voiture à l'horizon. Quel conducteur consciencieux ! Il tourna à gauche. Je démarrai. Nebe se rendit dans une supérette ouverte vingt-quatre heures sur vingt-quatre, à l'angle de Victory et de Sepulveda. Je me garai à l'extrémité du parking. Il resta huit minutes à l'intérieur. Les grandes vitres et les néons me permirent de l'observer. Premier arrêt au rayon bière où il saisit deux packs de Miller Light. Il y ajouta une boîte de céréales format économique, sans doute des Cheerios à en juger par la couleur jaune. Puis il se dirigea vers la caisse. Un coup pour rien… pensai-je. Toutefois, il s'arrêta d'abord dans un autre rayon. Finalement, je n'avais pas perdu mon temps.

Ensuite il rentra chez lui. Pour un professionnel de la sécurité, il se laissait facilement suivre. Pas la moindre vigilance, même à un carrefour grouillant de jeunes fort agités qui buvaient de l'alcool au goulot de bouteilles dissimulées dans des sacs en papier kraft. Il les dépassa sans un regard. La confiance d'un homme accoutumé à incarner l'autorité ?

Ou bien Nebe se comportait différemment dans le civil. Comme il s'engageait dans Haynes Street, j'éteignis mes codes et me tins à bonne distance. J'attendis plusieurs minutes avant de me garer à la même place que précédemment. La Focus se trouvait à nouveau dans l'allée, portail clos et aucun signe de Nebe. Une heure s'écoula. Les fenêtres demeuraient sombres. Si les bières étaient pour tout de suite, c'était côté jardin qu'on en profitait. Je levai le camp au bout d'une nouvelle heure d'attente vaine. Je tentai de joindre Milo avant de me coucher et tombai directement sur sa messagerie. Nouvelle tentative le lendemain matin à huit heures, il répondit sur sa ligne professionnelle.

– Sturgis.

– Bonjour.

– J'ai vu que tu avais cherché à me joindre et j'étais sur le point de te rappeler. Si tu espères entendre que l'enquête avance, tu t'adresses à la mauvaise personne.

– Moi, j'ai du nouveau.

– À propos de Cheri ?

– Peut-être.

– À ce stade, tout est bon à prendre. Dis toujours.

Je lui racontai ma filature. J'entendis le bruit d'un tiroir qu'on ouvrait puis claquait.

– Une seconde…

Il pianota au clavier.

– Rien sur cette Fallows. Peut-être qu'elle est passée à l'acte il y a sept ans, mais depuis elle se tient sage.

– Un brin menteuse. Son oncle lui a parlé de l'affaire Sykes et elle a cherché à me détourner de lui.

– Elle regrettait peut-être d'avoir été bavarde avec l'huissier et craignait que son oncle ne la gronde s'il l'apprenait.

– Le dossier est libre d'accès, Nebe a parfaitement le droit d'en parler.

– Certes, mais au-delà du règlement *stricto sensu,* il existe la coutume tacite du motus et bouche cousue.

– Sans doute, mais ça me chiffonne que Fallows manifeste la même fourberie maladroite qu'à l'époque de la fausse dénonciation. Un mélange de stupidité et de sournoiserie. Par exemple, quand elle me raconte que Wattlesburg lui a dit de me rappeler alors que je pouvais facilement le vérifier.

– D'accord, mais elle n'avait aucune raison de penser que tu le ferais.

– C'est vrai, mais quand je l'ai eue au téléphone, elle n'avait en fait rien à me dire. Et la deuxième fois, j'ai bien senti que son histoire de recherche d'emploi, c'était du pipeau. Si je me suis renseigné sur elle, Milo, c'est qu'elle a éveillé mes soupçons. Il lui suffisait de la boucler. Ne pas pouvoir se taire, c'est la faille classique du psychopathe médiocre.

– Médiocre ? Ils font quoi, les doués ?

– De la politique.

Cela l'amusa.

– Okay, tu as su me convaincre. La jeune Kiara n'est pas très nette. Comment je m'y prends pour établir un lien avec les meurtres de deux personnes dont rien ne prouve qu'elle les ait jamais rencontrées ?

– Même si elle ne connaissait pas Cheri et Connie, je suis prêt à parier qu'elle en a beaucoup entendu parler par Hank Nebe. Un type bougon, je l'imagine bien exprimant son dégoût et sa rancœur quand il rentre du tribunal. Et Kiara entend probablement le même son de cloche de la part de la tante Willa qui bosse depuis des années aux affaires familiales. À force de voir des parents sous leur pire jour, les deux Nebe ont très bien pu en arriver au constat que ces gens-là sont indignes d'avoir des enfants. Pour une raison ou une autre, un cap a été franchi avec l'affaire Sykes contre Sykes et les Nebe ont jugé qu'eux-mêmes seraient mieux qualifiés.

– Ils auraient enlevé la gamine ? Allons…

– Hier soir, Hank Nebe est sorti acheter des couches.

Après un long silence :

– Leur réprobation aurait débouché sur un kidnapping et deux meurtres ? Tout de même, Alex… Pourquoi s'en seraient-ils pris aussi à Melandrano et à Chamberlain ?

– C'est parfaitement cohérent avec mon scénario. Tu avais raison quant au mobile : il s'agit d'éliminer la concurrence. Melandrano et Chamberlain ont l'un et l'autre été cités comme père putatif. Hank Nebe avait accès aux pièces du dossier. Tout comme il a dû apprendre que Connie Sykes menaçait sa patronne, car Medea Wright n'a pas eu Maestro en direct mais lui a laissé un message. Contrairement à d'autres magistrats, Nancy répond rarement au téléphone. Chaque fois que j'appelle, je tombe sur Nebe.

– Un huissier qui se décarcasse pour sa boss ? C'est insensé, Alex… Et quel rôle joue Kiara ?

– Elle fait partie du noyau familial. La pathologie en partage. C'est peut-être ce qui explique sa démission. Willa et Hank travaillent à plein temps, il leur faut quelqu'un pour s'occuper d'une enfant de quinze mois. Ils pouvaient difficilement passer une petite annonce pour une fille au pair.

– Ils remédient aux défauts du système en éliminant qui il faut. D'où tu nous sors cette hypothèse, Alex ? D'une pochette-surprise ?

– Je sais que ça semble aberrant, mais Hank approche la soixantaine et Willa n'est plus en âge d'être mère. Pourtant, il a acheté des couches hier soir. Peut-être que je fais complètement fausse route, qu'ils ont un fils ou une fille qui vient d'avoir un enfant, mais il n'y en a aucune trace sur leurs dernières photos de vacances. On n'y voit qu'eux et Kiara.

– Ça pourrait être le bébé de Kiara.

– Peut-être bien et peut-être qu'il n'y a rien de suspect chez eux, hormis des couches sales. Une seule façon pour en avoir le cœur net.

– En plus d'être bardé de diplômes, monsieur est un as

de la filature. Comme ça, tu as agi en solo… Ne le prends pas mal, mais est-il possible que Nebe t'ait repéré ?

– Si oui, il aurait coupé court à ses emplettes nocturnes.

– De la bière, des céréales et des couches. Pour tous les goûts. Bon, ne bouge pas.

Une heure et demie plus tard, il arrivait chez moi. Blanche vint l'accueillir à son habitude, mais il l'ignora. Il garda ses mains le long de ses cuisses. Regard alerte et brillant.

– Je viens d'avoir l'enquêteur qui avait arrêté Fallows pour la dénonciation calomnieuse. Il se souvenait à peine du dossier, mais il m'a quand même dit : « Oh oui, une gamine retorse… » Comme elle était mineure à l'époque, les archives ne sont pas consultables. J'ai également contacté Rosen, le journaliste qui avait écrit l'article pour le *Ventura Star*. Il a commencé par me déclarer : « Ce n'est quand même pas la famille Manson ! »

– Donc tu n'as rien appris de plus ?

– Au contraire. Il garde un souvenir très vif de la jeune Kiara. Une gamine effrayante, zéro remords, peu communicative, sans doute un peu dépressive. Probablement une sociopathe, selon lui. Il l'a interviewée et a enquêté sur son passé. Comme l'affaire a été rapidement réglée, il ne s'est jamais servi de ces éléments.

– Qu'a-t-il appris sur elle ?

– Parents junkies, qui négligeaient leur fille et la maltraitaient. Le père passait plus de temps en prison qu'à la maison. La mère ramenait des rencontres d'un soir, dont certains hommes qui n'étaient pas « insensibles » à la petite Kiara. Selon les dires de la demoiselle, car il n'y a jamais eu de poursuites. J'ai pu consulter le casier du père. Roger Walter Fallows, beau pedigree de crapule. Malgré tout, Kiara a deux frères aînés qui s'en sont sortis. Engagés dans l'armée où ils font carrière.

– Le père a commis des trucs graves ?

– Ivresse sur la voie publique, coups et blessures, trafic de stups à la petite semaine. Il jouait les bikers hors-la-loi, mais n'a jamais appartenu à un gang. Quelques jours après sa dernière libération conditionnelle, lui et sa femme se baladaient du côté de Ponoma et leur chopper a tamponné la glissière de sécurité. D'après ce que Kiara a confié à Rosen, ses frères ne sont pas rentrés pour l'enterrement et elle s'est sentie abandonnée. Elle a été placée en foyer, puis dans un établissement au régime plus sévère après plusieurs fugues.

– Tonton Hank et tata Willa ont fini par proposer de l'accueillir quand elle a été arrêtée.

– Il n'est jamais trop tard pour bien faire, grommela-t-il.

– Je vois bien Nebe prendre ses distances avec une nièce délinquante, mais Willa est plus sociable. C'est peut-être elle qui l'a convaincu. Ont-ils des enfants à eux ?

– Non. Kiara non plus. Je sais, je sais, les couches.

Il se mit à faire les cent pas dans le salon, s'arrêta le temps de se baisser pour caresser la petite tête fripée de Blanche. Elle sourit, rassurée, et se frotta le museau sur le revers de son pantalon.

– Alex, ton scénario est digne de *La Quatrième Dimension*. Pourtant, je commence à le trouver crédible. Malgré tout, deux paquets de couches, ça fait léger pour justifier une perquisition. Tiens, j'ai une petite crampe d'estomac. Tu aurais quelque chose à manger ?

Sans attendre l'inévitable réponse, il fouilla le frigo. Quelques instants plus tard, il humait du salami un peu racorni, le trempait dans le bocal de mayonnaise et grognait entre deux bouchées :

– Si ton hypothèse est la bonne, je me demande où ils ont enterré Cheri.

37

Plutôt que de s'appesantir sur l'éventuelle tombe de Cheri Sykes, il s'attaqua à une boîte de cookies entamée. Quand l'exercice de broyage fut terminé, je suggérai :

– Il faudrait se procurer l'emploi du temps des Nebe.

– Pourquoi donc ?

Je lui livrai mon raisonnement. Il contacta la secrétaire du procureur adjoint John Nguyen. Elle-même n'avait pas accès aux dossiers des employés du tribunal, mais elle lui fournit un nom à qui s'adresser. Sa source au service du personnel venait de prendre sa retraite, mais son remplaçant ne fit aucune difficulté pour communiquer l'information à Milo. Nul besoin de l'écrire, ça se retenait aisément : les huissiers Henry Wallace Nebe et Wilhemina Waters Nebe étaient tous deux affectés au service de jour, du lundi au vendredi.

– Il faut quelqu'un pour garder Rambla, dis-je.

– Vas-y que je te bute la tata et la maman, puis papa putatif numéro un, tandis que numéro deux y échappe de justesse… quant à la gamine, on la confie à cette sociopathe de nièce… Comment je m'y prends pour m'introduire dans la baraque et vérifier la présence de Rambla ?

– Tu surveilles les lieux en espérant qu'une occasion se présentera. Kiara sortira peut-être pour promener l'enfant.

– Les environs se prêtent à une planque ?

– Un quartier résidentiel et tranquille, nulle part où se

dissimuler. Mais la population est majoritairement hispanique, ce dont tu pourrais tirer parti.

– Tu me suggères de faire encore une fois appel à Raul ? dit-il en souriant. Voilà qui devrait l'enchanter.

– Au contraire, il pourrait y voir une chance à saisir. L'occasion de se racheter.

Le supérieur de Raul au central d'Hollywood répondit qu'il ne pouvait le détacher dans l'immédiat. Biro était accaparé par une nouvelle fusillade.

– Tu pourrais essayer Millie Rivera, dis-je.

– Comme quantité d'autres collègues. Le LAPD est le champion de la diversité culturelle.

Il l'appela malgré tout et mit le haut-parleur.

– Millie ? C'est Milo. D'humeur à tenir la tête d'affiche ?

– Quel genre de projet ?

Il lui expliqua la situation.

– J'ai juste à ouvrir les yeux ? Aucun risque que ça chauffe ?

– Non, je ne crois pas.

– Non peut-être ou non sûr ?

– Je te demande simplement de surveiller une maison. Si la chance nous sourit et que tu aperçois la petite fille, ton rôle est terminé et on intervient.

– Dommage. J'aime quand ça castagne.

– Alors, partante ?

– J'ai juste un problème, dit Rivera. Mais ça devrait pouvoir se régler.

La camionnette marron, qui arborait un autocollant crasseux avec l'inscription « Ramirez Déco », fut en place à cinq heures vingt du matin. Le numéro de téléphone indiqué était celui d'une authentique entreprise, montée par deux frères enquêteurs au Central qui occupaient leurs week-ends à des chantiers de rénovation. Mike Ramirez avait très volontiers prêté le véhicule.

– Parfait ! Peut-être que ça nous amènera des clients !

Et Steve Ramirez de renchérir :

– Avec la crise actuelle, on est même prêts à bosser pour des truands !

Cachés derrière les vitres teintées, Milo et moi buvions du mauvais café et n'avions pas encore entamé les *doughnuts* qu'il avait apportés. À six heures cinquante-quatre, Hank Nebe sortit en uniforme et s'éloigna lentement au volant de la Focus, dont je pouvais désormais distinguer le coloris gris clair. Il respecta le stop comme l'autre nuit et prit la direction de la 101. À sept heures deux, ce fut au tour de Willa Nebe, en civil et dans une Toyota gris foncé. Même destination et mêmes horaires, ils auraient pu en profiter pour faire le trajet ensemble. Après tant d'années de vie commune, les Nebe en avaient peut-être assez l'un de l'autre. Ou bien, comme des millions de Californiens, ils éprouvaient un sentiment de liberté à conduire. La troisième voiture, une Nissan blanche pas très récente, demeura devant la porte en alu du garage. Immatriculée au nom de Désirée Kiara Fallows, une adresse à Oxnard où elle n'habitait plus depuis des années. Son propriétaire se souvenait parfaitement d'elle. Une solitaire et une souillon, toujours en retard pour son loyer, partie sans préavis. Bon débarras !

Les caméras installées sur la plage avant de la camionnette étaient braquées sur la façade de la maison, mais on apercevait un petit bout du véhicule. Toujours rien de notable à huit heures et demie. Le stock de *doughnuts* avait bien baissé. Les deux que j'avais mangés me restaient sur l'estomac. Milo donna le signal par téléphone à neuf heures moins le quart et Millie Rivera se présenta dans Haynes Street. Chignon, leggins vert et ample, chemisier blanc sous lequel était dissimulé son Glock. Munie d'une poussette dans laquelle était confortablement installé le jeune Jorge, son fils de cinq mois. Elle avait montré sa photo à la réunion de préparation de la veille : un bébé souriant aux yeux noirs pétillants et aux pommettes café au lait. Le mari dont Millie était séparé, enquêteur spécialisé dans les incendies criminels à Van Nuys, était aussi commandant dans la garde nationale et actuellement posté à Bassora comme policier militaire. Millie confiait son petit garçon à sa mère pendant qu'elle travaillait.

– Elle adore ça et Jorge ne s'en plaint pas, mais moi je culpabilise ! J'ai préféré poser deux jours.

– Merci pour la disponibilité, dit Milo.

– Allons, être payée pour m'occuper de mon petit ange, c'est le pied !

Millie se livrait à sa promenade surveillance depuis un quart d'heure quand le haut-parleur de la camionnette nous transmit les geignements de Jorge. Millie mit le frein de la poussette, détacha son fils, écarta la couverture bleue et le prit dans ses bras. En même temps qu'elle le câlinait et le rassurait, elle chuchota dans le micro dissimulé sous le plastron du chemisier.

– Tout doux, *hijo*… allons, ne pleure pas… Lieutenant, c'est vraiment top comme mission ! pouffa-t-elle.

À dix heures moins le quart, il ne s'était toujours rien passé du côté de la maison beige. Millie Rivera, qui avait parcouru près d'un kilomètre, s'arrêta pour donner le biberon à son petit.

– Je lui donnerais volontiers le sein, lieutenant, mais je devrais me livrer à un strip-tease et dévoiler mes atouts !

Milo ne put que s'esclaffer.

– Dis-moi quand tu veux que je repasse devant, chef.

– Fais demi-tour d'ici cent ou deux cents mètres.

– Okay. Zut, ça ne sent pas la rose… Dis donc, mon Jorge, t'as bien rempli ta couche ! Lieutenant, il faut que je me pose un instant… Du calme, *hijo,* je vais te changer… Lieutenant, j'aperçois un petit parc. Il ne semble pas y avoir de junkies, je vais me mettre sur un banc pour gérer mon problème de déchets toxiques !

– De toute façon, R.A.S. de notre côté.

Milo réprima un bâillement. Une minute plus tard, la porte d'entrée s'ouvrait et Kiara Fallows sortait. Chemisier noir, jean, queue-de-cheval. Encore plus jolie qu'en photo, une jeune femme franchement séduisante. Démarche preste, un sac à main qui se balançait au bout de son bras, lèvres brillantes et incurvées en un petit sourire satisfait. Seule. Elle monta dans la Nissan, fit rugir le moteur et recula dans la rue sans se soucier de vérifier que la voie était libre. Elle accéléra et, contrairement à Hank Nebe, ne marqua pas l'arrêt au stop. Posté près de l'entrée de la 101, Moe Reed nous tint informés.

– Elle vient de passer, en direction de l'est comme les deux autres ! Peut-être qu'elle se rend aussi au tribunal.

– Suis-la, Moses, et tiens-moi au courant.

Dix minutes plus tard :

– Elle est sortie à Burbank, chef ! On dirait qu'elle se rend dans un haras près de Griffith Park… Oui, elle se gare.

– Ah, les filles et leur passion pour les chevaux ! soupira Milo. D'humeur à jouer les cow-boys, Moe ?

– J'ai eu l'occasion de monter l'an dernier avec Liz. Résultat, mal aux fesses et les jambes arquées pendant une semaine ! Je préférerais autant l'observer de loin, chef. J'ai repéré un endroit.

– Parfait.

Milo siffla un air de western et appela Millie Rivera.

– Une seconde, lieutenant, j'ai les mains occupées… Arrête de gigoter comme ça, *hijo* ! Voilà. Alors, j'y retourne ?

– Pas la peine. C'est terminé pour vous.

Quand il eut raccroché, il tendit la main vers les *doughnuts*, mais se ravisa.

38

Je bus une gorgée de café froid. Milo referma la boîte de beignets et la balança à l'arrière de la camionnette.

– Thérapie comportementale, dit-il.

Ton badin, surprenant compte tenu des circonstances. Il redevint sérieux et contempla la maison des Nebe, la mine sombre.

– Il y a deux possibilités, aucune réjouissante. Primo, il n'y a jamais eu de bébé ici, donc retour à la case départ. Deuzio, il n'y a aucun signe du bébé et personne ne s'en occupe car cela n'est plus nécessaire.

– Je te propose une troisième hypothèse. Rambla est vivante et bien portante, mais Kiara l'a laissée seule parce qu'elle n'est qu'une sociopathe et une minable qui se moque des conséquences de ses actes.

– Elle s'accorde une pause dans ses obligations de baby-sitter pour s'offrir une petite chevauchée ?

Il contempla de nouveau la façade, puis appela Reed.

– Où en cst-on, Moses ?

– Elle a pris un forfait d'une heure et se promène dans le parc.

– Bon. Préviens-moi dès qu'elle repart.

– Sans problème.

– Une balade à cheval, me dit Milo. Tu as peut-être vu juste, un moment de détente. Bon sang, pourvu que tu aies raison et que le pire à craindre soit une gamine affamée, paniquée ou ayant besoin d'être changée.

Le pire pour Rambla. Sa mère, c'était une autre histoire.

– Le risque de maltraitance pourrait justifier que tu entres.

– Jeter un coup d'œil à la rigueur, certainement pas enfoncer la porte.

– Si tu le dis…

J'ouvris ma portière et sortis. Kiara Fallows ne s'était pas donné la peine de verrouiller le portail. Avant de nous engager dans la propriété, Milo balaya les environs d'un regard circulaire. Personne à l'horizon, mais peut-être un voisin nous épiait-il derrière ses rideaux. Il ne verrait jamais que deux gars en jean et sweat. Milo avait aussi coiffé une casquette noire à la visière tordue. J'avais empoigné une boîte à outils vide qui traînait à l'arrière de la camionnette.

– Tu t'y connais en carrelage ? persifla Milo.

– Je m'y suis essayé il y a des années.

– Boulot d'été ?

– Non, dans ma première maison.

– Bonne expérience ?

– Je m'amuse nettement plus en ce moment !

Il me précéda dans l'allée déserte et gagna le jardin, modeste et rudimentaire : un carré de gazon pelé, barbecue rouillé de guingois dans un angle. L'unique touche de verdure était la haie de ficus bordant trois des côtés et qui cachait entièrement les parcelles voisines. La maison avait besoin d'une couche de peinture. La toiture en composite était abîmée par endroits. Les trois fenêtres étaient obturées par des stores vénitiens, mais pas les quatre carreaux de la porte de la cuisine. Milo monta les trois marches de la véranda et regarda à l'intérieur.

– Une brique de lait et un bol sur le comptoir. Apparemment, Kiara a oublié de débarrasser. Je n'aperçois rien d'inquiétant, ni aucun article de puériculture. À ton tour, dit-il en me cédant la place. Au cas où quelque chose m'aurait échappé.

Je ne me fis pas prier.

– Non, je ne vois rien.

Nous avons malgré tout inspecté les autres fenêtres, dans l'espoir que l'un des stores présente un léger interstice. J'en repérai un qui nous offrit un aperçu d'une chambre conjugale : lit à baldaquin en pin noueux, tables de chevet et commode assorties, lustre bas de gamme imitation Tiffany, moquette ordinaire. De retour dans le jardin, un examen attentif n'y révéla aucun signe louche : pas d'excavation récente, aucune démarcation suspecte dans la pelouse, la terre n'était pas retournée au pied des haies. Milo fit encore une fois le tour de la maison, plaquant l'oreille contre le mur tous les deux mètres. Il revint, l'air dépité, et forma un zéro avec le pouce et l'index. Il s'adossa au garage et se mit à donner des coups de talon, machinalement, dans le bâtiment. Chaque mouvement de pataugas soulevait un peu de terre et de poussière.

– Je vais demander à Binchy de surveiller la demeure cette nuit, mais ne te fais pas trop d'illusions.

– Ça ne risque pas.

– Mon pessimisme déteint sur toi ?

– Juste la réalité.

Sa chaussure continuait de heurter le mur et il en prit enfin conscience. Baissant les yeux, il s'aperçut qu'il avait sali la façade. Il s'agenouilla et sortit son mouchoir pour nettoyer. La tache s'atténua, sans disparaître entièrement. Milo fronça les sourcils et se redressa. Comme il rangeait le mouchoir dans sa poche, un léger son se fit entendre. À l'intérieur du garage. Étouffé, à peine audible. Après un long silence, cela recommença, deux fois. Nous nous retournâmes d'un même mouvement. Milo donna un coup de pied plus fort. La réaction fut immédiate : toc, toc, toc, toc, toc. Puis un autre son, lointain et terrifiant, aigu.

– On arrive ! cria Milo.

Le martèlement reprit. Puis une sorte de bourdonnement, suivi d'un hurlement. Nous nous précipitâmes vers la deuxième porte du garage, qui ouvrait sur le jardin. Bois peint en blanc, poignée basique en laiton. Mais c'était plus compliqué qu'il n'y paraissait : pas de charnières visibles, ni de serrure. Milo tenta en vain d'actionner la poignée. Il tira et poussa, rien n'y fit. À l'intérieur, les coups s'accéléraient. Toujours étouffés, mais insistants, martèlement angoissant. Milo botta violemment le battant. Pas le moindre soupçon de vibration, comme en produirait un panneau de bois simple. La porte était solidement renforcée. Milo approcha sa bouche de l'encadrement et cria :

– Cheri Sykes ? C'est la police !

Une pluie de coups.

– Encore un peu de patience !

Nous repartîmes tenter notre chance avec la grande porte en alu. Comme pour sa petite sœur en bois, elle n'offrait aucune prise extérieure, mais au moins ses charnières étaient visibles. Milo essaya vainement de la soulever. Ouverture électrique ? Un mécanisme de sécurité ?

– Il nous faut des outils, dit-il.

Tandis qu'il se précipitait vers la camionnette, j'observai la porte plus attentivement. De l'aluminium ondulé, qui n'atteignait pas tout à fait le sol côté gauche. Je m'allongeai par terre, regardai par la fente de quelques centimètres et aperçus un mur gris derrière le métal. Mortier à la base, rainures verticales, du béton qui dégageait encore une odeur de sable humide. Une prison de construction récente. Milo revint avec un pied-de-biche, poussa un juron quand je lui montrai l'obstacle. Il courut vers la porte latérale et chercha une fissure. Le panneau épousait parfaitement l'encadrement. Il essaya malgré tout d'insérer le levier, mais celui-ci ripa. Après plusieurs tentatives ratées – la partie pointue faillit même se planter dans son genou –, il sortit son Glock. La poignée offrait une autre curiosité : aucune plaque métallique ne l'entourait, le laiton semblait avoir poussé sur le bois comme un fruit étrange. Purement décorative. La surface métallique convexe présentait un risque de ricochet, de même que la porte si celle-ci était blindée.

– Advienne que pourra… marmonna Milo.

Il recula d'un pas, visa un point à côté de la poignée et appuya sur la détente. La balle pénétra dans le bois dans un chuintement amorti. Pas de rebond, dégâts circonscrits. Pas de tintement ni de vibrations comme en produirait du métal ou toute surface plus dure qu'une cartouche. L'effet n'eût pas été différent sur un morceau de cheddar. Il tira encore trois fois, de l'autre côté de la poignée, puis au-dessus et en dessous. Les trous dessinaient un cercle. Le martèlement sourd avait cessé. Les détonations ne risquaient pas de passer inaperçues dans ce quartier tranquille. Un voisin pourrait bien alerter la police. Génial. Milo agita la poignée. Un peu de jeu, pas encore suffisant. Pan ! Pan ! Pan ! Un nouveau son nous parvint de l'intérieur du garage, sorte de plainte haut perchée et cadencée, un peu comme une alarme. Les pleurs d'un enfant. Milo agrippa la poignée, et tira dessus, un pied en appui contre le mur. La poignée se détacha et Milo partit à la renverse, se retrouvant sur les fesses. Je l'aurais volontiers aidé à se relever mais il se redressait déjà, et puis j'avais mieux à faire. Je ramassai le pied-de-biche et l'introduisis dans l'orifice où s'était trouvée la poignée. Je cherchai une prise et tirai de toutes mes forces, mais la porte ne bougeait pas. Par le trou, on entrevoyait un panneau marron et granuleux. Du contreplaqué. Ce qui n'expliquait pas le son étouffé produit par les balles. J'y insérai l'index et tâtai à l'intérieur. Je sentis quelque chose de long et fin.

– Il y a des fils électriques. L'ouverture se déclenche certainement au moyen d'une télécommande.

– Fais gaffe, la porte est peut-être piégée… Cheri ! criat-il par l'orifice. C'est la police ! On va vous sortir de là, encore un peu de patience ! On a repéré des fils derrière la porte. Si c'est un piège, frappez un coup. Sinon, deux.

Toc, toc.

– Parfait. Si l'on peut s'attaquer à la porte sans risque, frappez un coup. Sinon, deux.

Toc.

– Okay. Si la porte s'ouvre avec une télécommande, frappez un coup.

Toc.

– Si la télécommande se trouve dans la maison…

Un seul toc, puissant. Milo se précipita vers la cuisine où il n'eut aucune peine à s'introduire. Il revint au bout de quelques minutes, brandissant un boîtier noir muni d'un seul bouton blanc carré. Modèle standard bon marché, adaptable à n'importe quelle installation électrique. Il n'eut qu'à appuyer et la porte coulissa.

39

Derrière la porte, la protection dans laquelle s'étaient fichées les balles était constituée de quatre épaisseurs : deux panneaux de contreplaqué et deux matelas en mousse, en alternance. Le tout maintenu dans un encadrement en bois monté sur charnières. L'ouverture fonctionnait grâce à un électroaimant fixé à une poutre. Mécanisme rudimentaire mais efficace. Parfaite insonorisation. L'isolation phonique ne s'arrêtait pas là. D'ordinaire, ce genre de garage dépourvu de finitions se limite à des planches tapissées de papier goudronné. Ici, l'intérieur avait été grossièrement bétonné. Cela donnait un lieu épouvantablement glauque, à peine éclairé par l'ampoule nue suspendue en hauteur. Au lieu de la fraîcheur attendue, il régnait une chaleur étouffante du fait d'un chauffage d'appoint réglé au maximum. Un lit parapluie était installé dans un angle. Des cadres étaient accrochés aux murs au moyen d'anneaux et de corde à piano. Des maximes à connotation religieuse, dans le style ouvrage brodé : « L'enfant est fait pour être aimé », « L'arbre verdoyant de la vie s'épanouit grâce à la fontaine du dévouement », « La famille est la recette, l'amour est l'ingrédient ».

Cheri Sykes se tenait loin de ces pieuses pensées, au centre du garage. Voûtée, les traits creusés et le regard affolé. Elle avait perdu au moins cinq kilos depuis notre dernière rencontre. Elle serrait Rambla contre sa poitrine. On lui avait coupé, très court et n'importe comment, ses longues mèches cuivrées. Rambla elle aussi avait perdu ses boucles noires. Pas de blessure apparente ni de signe évident de maltraitance, mais ses pommettes étaient trop saillantes pour une enfant de son âge. Ça empestait les selles de nourrisson et la compote. La poubelle métallique débordait de détritus. Il y avait des toilettes sèches, trois rouleaux de papier hygiénique posés par terre, et un paquet de couches – de la marque qu'avait choisie Hank Nebe. Cheri pouvait atteindre le lit parapluie, mais pas le chauffage, à cause du bracelet en acier passé à sa cheville et de la chaîne qui la reliait au mur de gauche, odieux cordon ombilical. Son rayon d'action se limitait à deux mètres, univers parcouru en trois pas. La porte matelassée demeurait hors d'atteinte, à même pas cinquante centimètres. La cheville prisonnière était enflée et parsemée de griffures, signe que Cheri avait vainement tenté de se libérer. Et s'était vite avouée vaincue ; en témoignaient les croûtes qui s'étaient formées. C'était là une séquestration sommaire. L'erreur avait été de l'enchaîner trop près du mur côté jardin, lui offrant la possibilité de signaler sa présence par ses coups. Nue sous sa chemise de nuit en coton bleu pâle, tenue de patient d'hôpital, Cheri Sykes grelottait malgré la chaleur. Rambla portait une grenouillère rose. Sa lèvre supérieure était couverte de morve.

– Nous sommes ici pour vous libérer, dis-je.

La mère et la fille poussèrent un cri déchirant.

40

Je m'approchai lentement. Rambla se détendit quand elle me reconnut. Son petit visage se rembrunit soudain et se contracta. Un frisson et un mouvement de recul, puis la fillette se blottit contre sa mère. C'était la deuxième fois que j'assistais à ce phénomène en l'espace de quelques jours, après l'épisode avec Cody dans l'hôtel borgne. L'un et l'autre avaient manifesté le même instinct primitif de survie, codage génétique remontant à la nuit des temps : se faire le plus petit possible. Comme Rambla cherchait à se réfugier dans les bras de sa mère, Cheri lui recouvrit le crâne d'une main protectrice. Je reculai. Cheri promena un regard tremblant autour d'elle.

– Ils sont cinglés !

Voix chevrotante de vieille femme.

– Je sais, murmurai-je.

– Il faut vite s'enfuir !

Elle agita le pied enchaîné et Rambla se mit à pleurer. Milo était au téléphone.

– Très bientôt, dis-je.

Je veillai à me tenir parfaitement immobile, que personne ne se sente menacé. Rambla m'épiait du coin de l'œil. Je lui souris. Ses lèvres tremblèrent, un flot de larmes s'échappa de ses yeux et ses petits doigts s'enfoncèrent dans la chemise de nuit de sa mère.

– Allons, susurra Cheri. N'aie pas peur, ma chérie. Tout doux… tout doux…

– Non… non… non… balbutia la petite avant d'éclater en sanglots.

Cheri me dévisagea et dit :

– Je ne sais pas comment la rassurer.

– Vous vous en sortez très bien.

– Il faut s'en aller !

– Oui, vous serez bientôt à l'abri.

– Nous deux, hein ?

Elle serra sa fille un peu plus fort et la berça plus vite.

– Évidemment.

– Je ne veux pas qu'on m'enlève ma fille !

– N'ayez crainte, Cheri. Vous seule êtes sa mère.

Elle me détailla, interdite, comme si elle découvrait ma présence.

– Vous… s'il vous plaît, serrez-moi dans vos bras.

La mère s'abandonna à mon étreinte, mais la fillette s'égosillait de plus belle. J'eus bientôt la manche imbibée de larmes et de morve. Les paroles rassurantes de Cheri n'étaient plus qu'un murmure machinal.

– Tout doux, mon ange… tout doux…

Je tendis l'oreille pour écouter la conversation de Milo. Il demandait une ambulance au 911, en précisant qu'il faudrait « une bonne pince » et qu'il s'agissait d'une « libération d'otages séquestrés ». Puis il obtint le lieutenant de garde au central de Van Nuys. Rambla ne s'était toujours pas calmée. Quand le bruit des sirènes nous parvint, Cheri dit :

– Quel bonheur !

Une fois évacuées la mère et la fille, un bataillon de techniciens envahit ce qui était désormais une vaste scène de crime. Je suivis Milo jusqu'à la camionnette. Il s'y adossa et tapota son talon contre la roue, comme il avait fait à l'extérieur du garage. Il joignit Moe Reed.

– Je ne vous ai pas rappelé, chef, parce qu'elle n'est

toujours pas sur le chemin du retour. Elle déjeune à Burbank, au Marie Callender. J'en ai profité pour jeter un coup d'œil à sa voiture. Une vraie porcherie, mais je n'ai repéré aucune affaire de bébé et rien de louche.

– Elle est seule ?

– Pour l'instant. Je suis dans le parking d'où je peux la surveiller.

– Dès que tu veux, arrête-la, Moses.

– Ah bon ? Vous avez des preuves ?

– On a la mère et la fillette.

Milo lui résuma la situation.

– Mince alors, j'ai raté le plat de résistance ! Il ne me reste que les miettes !

– Penses-tu qu'elle soit armée ?

– Tout au plus un petit calibre dissimulé dans son sac à main.

– L'une des victimes a été abattue avec un .25.

– J'en tiendrai compte, chef. Encore bravo.

– Pourquoi ?

– De les avoir récupérées vivantes.

Milo contacta ensuite le lieutenant du SWAT, Byron Bird, sur une fréquence sécurisée.

– Ouais ?

– J'ai besoin d'un coup de main, Byron.

– Moi qui pensais que vous alliez m'offrir deux places pour le match… Je vais vous planter le décor, Milo. Je suis debout depuis trois heures. Une interception à la demande des Stups, perte de temps vu que la livraison n'a jamais eu lieu. Je ne veux plus entendre parler de boulot. Je me dirige de ce pas vers la salle de sport.

– J'ai beaucoup mieux qu'une séance de muscu comme activité cathartique à vous proposer, Byron.

– Du style ?

Milo lui décrivit la situation.

– Deux huissiers ? Bigre ! Ils travaillent pour quelles juridictions ?

– L'un au tribunal des tutelles et l'autre au tribunal aux affaires familiales.

– Deux purgatoires qui me sont familiers ! J'ai divorcé deux fois et ma mère n'avait plus toute sa tête. Bon, j'en suis déjà à réfléchir à la disposition des lieux. Des couloirs grouillant de civils, je préconise d'agir en finesse. Autrement dit, avec une brutalité canalisée.

L'équipe serait constituée de seize agents en civil, parmi les plus costauds dont disposait Bird.

– Huit pour lui et huit pour elle. Je ne voudrais surtout pas que ma nouvelle copine me taxe de sexisme !

Malgré son ton badin, Bird n'était pas du tout ravi de devoir miser sur les muscles. Toutefois, une équipe armée jusqu'aux dents risquerait de provoquer une certaine agitation au palais de justice. Il fut donc décidé que chaque agent aurait droit uniquement à un 9 mm dissimulé sous une chemise flottante et à ne sortir qu'en dernier recours. On privilégierait le surnombre pour neutraliser les Nebe au moment où chacun quitterait sa salle d'audience. À condition de pouvoir intervenir dans un endroit peu fréquenté où les risques collatéraux seraient minimes. Si les couloirs demeuraient bondés, les arrestations seraient remises à plus tard.

L'équipe était en place depuis une heure quand Hank Nebe quitta le tribunal de la juge Nancy Maestro et l'interpellation se déroula sans encombre.

– Vous auriez vu sa tête ! dit Bird quand il informa Milo par radio. On aurait dit un puceau qui a chié dans son froc lors d'un premier rendez-vous amoureux ! Puis il est monté sur ses grands chevaux : « Inutile de m'adresser la parole, j'exige de parler à un avocat ! » Pas mon problème, il est sur le point d'être déféré. Ça promet, non ? Un adjoint du shérif écroué par ses pairs, et qui va se retrouver dans une cellule en charmante compagnie !

– Ça s'appelle l'ironie du sort, dit Milo.
– Ça s'appelle surtout la putain de justice !
– À plus, quand on aura pincé l'épouse.

Dix minutes plus tard, Bird rappelait.

– On a un problème, Milo. L'audience a été ajournée il y a deux heures, le juge a une gastro.

– Nebe était présente ?

– Les vérifications sont en cours.

– Sa voiture ne se trouve pas dans le parking du personnel ?

– Pas encore repérée. On fouille partout, y compris la section réservée aux visiteurs. Je vous préviens dès qu'il y a du nouveau.

Milo raccrocha et se frotta les yeux. Il rabattit son dossier et s'étira. J'en fis autant. Il eut un rire amer, puis appela Reed.

– Rien de neuf, chef.

– Si, Moses. Sois sur tes gardes si la tante se présente. Aucun signe d'elle, alors que l'audience a été ajournée devant son tribunal. Vu qu'elle était en civil quand elle est partie ce matin, il se pourrait qu'elle ne se soit pas rendue au palais. Elle pourrait bien être armée.

– Merci de m'avoir prévenu, chef.

Milo posa le téléphone, bâilla, se détendit les cervicales, desserra sa cravate et ferma les yeux.

– Pourvu que ça ne dure pas une éternité, soupira-t-il.

Il se mit bientôt à ronfler, mais je dus aussitôt le réveiller.

– Ton vœu est exaucé, dis-je.

41

La Toyota venait d'apparaître, tache foncée au bout de la rue. Elle roulait vers nous à une allure modérée. Avant d'avoir atteint l'agitation devant la maison, le véhicule pila, effectua un rapide demi-tour et repartit en trombe.

Milo redressa son siège, alluma le moteur et enfonça la pédale d'accélérateur. La camionnette n'eut aucune peine à rattraper la petite cylindrée. La femme au volant avait les cheveux gris bouclés, comme Willa Nebe. Elle tourna soudain dans un crissement de pneus et enfila une ruelle bordée de pavillons. Milo ne se laissa pas surprendre et réduisit encore l'écart. Rallye dans les rues de Van Nuys. Des piétons en auraient fait les frais, mais à Los Angeles la marche se pratique exclusivement sur tapis en salle de gym. Pour une fois, la population s'en portait mieux.

La chaussée était parsemée de nids-de-poule. La municipalité néglige le plus souvent l'entretien des routes, sauf quand un proche du maire ou sa maîtresse bénéficie d'un contrat de travaux publics. La Toyota ne put éviter un trou particulièrement profond, décolla un moment, fut déportée à gauche et retomba en vacillant.

Je crus un instant que la poursuite allait s'arrêter là. Mais la voiture se remit dans l'axe et repartit dans un épouvantable vacarme. Elle reprit de la vitesse et parcourut trois pâtés de maisons sans incident. Jusqu'à ce qu'un panneau signale que la voie était sans issue. Seule solution pour la conductrice, s'engouffrer de justesse dans la petite rue qui partait à gauche. La Toyota roula tout droit pendant un kilomètre. Au quatrième croisement, Milo ralentit en apercevant des piétons qui traversaient, deux femmes avec des poussettes. La Toyota fonça et les deux mamans bondirent en arrière, bouche bée, sidérées d'avoir frôlé la mort. Milo scruta les environs puis accéléra jusqu'à serrer de très près la fugitive. Il n'avait pas sorti son arme. Au cinéma, les policiers et les méchants n'hésitent pas à se tirer dessus en pleine course-poursuite. Dans la vraie vie, on est trop occupé à ne pas partir dans le décor.

Quoique ballottée, la Toyota ne ralentissait pas. Au loin, on apercevait un carrefour encombré. Van Nuys Boulevard. Sur une artère aussi passante, le facteur risque augmenterait dans des proportions effrayantes. Si la Toyota parvenait à atteindre la voie express, toutes les télés et radios locales diffuseraient la poursuite en direct et le pire serait à craindre. La petite voiture grise filait vers son salut.

À deux cents mètres du but, un obstacle se présenta côté droit. Un mastodonte en acier d'un vert déplaisant, qui avançait au ralenti sur ses six roues. Un camion municipal de ramassage d'ordures. Ce n'était pourtant pas le jour de la collecte, aucune poubelle à l'horizon. Le véhicule était néanmoins de sortie, son allure limitée aux vingt-cinq kilomètres à l'heure réglementaires. Le conducteur avait les yeux baissés – occupé à textoter ? – et ne se doutait pas du drame qui se jouait dans son dos. La Toyota heurta de plein fouet l'arrière du camion. L'impact produisit un bruit de succion, sourd et peu puissant : le savoir-faire des constructeurs japonais et leur prédilection pour le plastique ne pouvaient rien contre une lourde carrosserie en acier.

Le temps que nous descendions de la camionnette, le chauffeur se tenait sur la chaussée, bedaine et grosse moustache blanche. Portable en main, il contemplait la tôle en accordéon. Milo inspecta la Toyota côté conducteur, pour la forme. La voiture avait été réduite à la moitié de sa taille d'origine, l'avant et l'arrière occupant désormais le même espace. De Willa Nebe, il ne restait que quelques cheveux gris bouclés parsemés d'une bouillie rose, par-dessus une fricassée d'entrailles.

– Je n'ai pas pu m'arrêter, bredouilla le conducteur.

Milo se tourna vers moi.

– Si tu veux jouer les thérapeutes, ne te gêne pas.

42

L'analyse de la Toyota prendrait du temps, d'abord sur les lieux de l'accident et ensuite au laboratoire. Le coffre, toutefois, livra immédiatement quelques surprises, le hayon s'étant ouvert sous l'effet du choc. Trois armes furent retrouvées à l'intérieur, dans leur étui en toile. Un fusil à pompe Remington 870, un Heckle & Cock P2000, 9 mm semi-automatique autorisé comme arme de service pour les shérifs adjoints, auquel, apprendrait-on par la suite, correspondaient les douilles récupérées après la tentative de meurtre contre Bernard Chamberlain. La troisième, emballée dans un napperon orné de roses brodées, était dissimulée dans un coin et baignait à présent dans une mare de sang. Un petit revolver à canon très court, un Taurus P25 dont on établirait qu'il avait servi pour le meurtre de William Melandrano. Faute d'être enregistré, le numéro de série permit d'en retrouver la provenance. On l'avait confisqué à un déséquilibré qui tentait de l'introduire dans le palais de justice, ainsi qu'un poignard, sans doute pour s'en prendre à son ex-femme qui ne cessait de le traîner devant le tribunal aux affaires familiales pour obtenir une revalorisation de sa pension. Les armes avaient été rangées sur une étagère au sous-sol, avec d'autres prises destinées à la destruction. Hank Nebe était l'un des huissiers qui avaient accès à cet espace de stockage. Pour arrondir ses fins de mois, il faisait des heures supplémentaires comme sentinelle, tâche barbante mais assez bien payée.

Sur les conseils de son avocat, il refusa de s'exprimer sur le sujet, comme sur le reste. Il était incarcéré depuis cinquante-six jours à la prison du comté quand il fut violé et passé à tabac par un ou plusieurs prisonniers dont l'identité ne put être établie, alors même qu'on l'avait placé dans une cellule hautement surveillée et protégée. Kiara Fallows s'en tenait elle aussi à un parfait mutisme. Aucun incident n'avait émaillé son séjour au quartier des femmes et l'on rapportait qu'elle s'y faisait facilement des amies.

Quant à Cheri Sykes, elle avait beaucoup de choses à raconter.

43

Déposition de la victime Cheri Sykes
Accusés : H.W. Nebe, D.K. Fallows

Articles du Code pénal visés : 182 (préméditation), 187 (meurtre), 664/187 (tentative de meurtre), 206 (torture), 207 (enlèvement), 236 (séquestration), 273A (mise en danger ou atteinte à la santé d'un mineur)

Lieu : non précisé
Personnes présentes : John Nguyen, procureur adjoint ; Milo B. Sturgis, lieutenant du LAPD ; Dr Alexander Delaware, psychologue de la victime ; Deborah Marx, greffière

John Nguyen : Bien. Si vous commenciez par nous raconter, avec vos propres mots, ce qui vous est arrivé ? Prenez votre temps.

Cheri Sykes : C'est arrivé très vite. Je connaissais le mari, Hank Nebe. Je l'avais croisé au tribunal où il était huissier. Un homme pas très sympathique, mais de là à imaginer qu'il… enfin, je le connaissais lui, mais pas sa femme. Alors, quand elle s'est présentée un soir à ma porte et m'a annoncé que je devais signer des documents pour le tribunal, je n'avais aucune raison de me méfier. Il était tard, mais je me suis dit qu'ils devaient avoir des horaires bizarres. Que voulez-vous que j'en sache ? Et puis, elle avait l'air plutôt sympathique, en plus elle était en uniforme et armée… J'ai voulu mettre mes lunettes, pour voir ce que je signais. J'ai suffisamment entendu de discussions entre avocats pour savoir qu'il faut être méticuleuse… Je n'arrête pas d'égarer mes lunettes. J'étais persuadée de les avoir retirées dans la salle de bains pour me maquiller. Pendant que je les cherchais partout, la femme attendait dans le salon avec Rambla qui n'était pas farouche. Elle m'a demandé la permission de prendre ma fille dans ses bras et j'ai accepté sans problème. J'ai enfin mis la main sur mes lunettes, dans la chambre, et quand je suis ressortie, il n'y avait plus une mais deux femmes. La jeune était là aussi et c'était elle qui portait Rambla. La petite n'avait pas du tout l'air contente, elle devait sentir quelque chose. Les enfants sont comme ça, ils comprennent.

Une pause de vingt-trois secondes, le temps que Cheri Sykes se reprenne.

Cheri Sykes : Désolée. Bon. Donc, Rambla était dans les bras de cette inconnue et elle se débattait. Tout à coup, la femme lui plaque la main sur la bouche. Moi qui n'en revenais déjà pas, j'ai eu peur qu'elle lui bloque le nez, alors je lui ai crié de la laisser respirer. Je sais bien que ça peut paraître bizarre, me focaliser là-dessus, mais je ne pensais qu'au risque d'asphyxie. Elle m'a montré que les narines demeuraient libres et elle a serré ma fille encore plus fort. J'ai voulu la récupérer, mais la vieille m'a poussée et menacée avec son revolver. Je n'ai pas eu le temps de dire ouf qu'elle m'avait retournée, menottée et bâillonnée.

Pause de trente-deux secondes, Cheri Sykes boit un verre d'eau.

Cheri Sykes : C'est bon… Ensuite, nous quittons l'appartement, c'est comme un cauchemar. Je n'arrête pas de me répéter que ça ne peut pas être vrai, mais si. C'est une histoire de dingue, un mauvais rêve qui m'est tombé dessus comme ça. J'ai tout de suite pensé que c'était un coup de ma sœur… Je ne savais pas encore… Enfin, je ne l'ai su que quand vous me l'avez appris… après nous avoir libérées. Dehors, j'ai voulu trouver de l'aide, mais c'était tard le soir, il n'y avait personne. Et puis, elles s'étaient garées devant mon immeuble, tout est allé très vite. On m'a balancée dans le coffre et je me suis dit : « Il n'y a pas de siège bébé pour Rambla ! Elle ne peut pas voyager sans siège bébé ! »

Pause de quatorze secondes.

CHERI SYKES : Où en étais-je ?

DR DELAWARE : Le siège bébé…

CHERI SYKES : Je ne peux pas vous dire combien de temps a duré le trajet, ça me paraissait interminable. J'étais morte d'angoisse. On a fini par arriver chez eux. Je les ai vues détacher Rambla du siège bébé et ça m'a rassurée. Au point où j'en étais, je me raccrochais au moindre truc positif. Elles avaient aussi pensé à prendre des couches et un tas d'affaires. Bon. J'ai cru qu'elles voulaient kidnapper ma fille et me tuer. Au moins, on prendrait soin de mon enfant. Puis on nous a enfermées toutes les deux dans le garage. J'ai eu la vie sauve. On ne nous a pas séparées. Mais que voulaient-ils, dans ce cas ? On m'a retiré les menottes et on m'a enchaînée au mur, un peu comme un chien. Malgré tout, j'avais Rambla dans les bras et je pouvais atteindre son lit. Par contre, si je la posais par terre et qu'elle s'éloignait trop, je ne pouvais rien y faire.

JOHN NGUYEN : Cela s'est-il produit ?

CHERI SYKES : Non, jamais. Pas une seule fois. Rambla est toujours restée collée à moi…

Pause de vingt-six secondes.

DR DELAWARE : Ce sont Willa Nebe et Kiara Fallows qui vous ont installées dans le garage ?

CHERI SYKES : Ah, non… à notre arrivée, il nous attendait. L'homme que j'avais croisé au tribunal, avec ses lunettes de soleil qui lui dissimulent les yeux. Je n'en revenais pas. Deux shérifs adjoints capables de commettre pareil crime ? Puis j'ai compris qu'ils étaient mariés et aussi fous l'un que l'autre. Mais bon, Rambla ne s'est jamais éloignée de moi. Elle m'aimait toujours autant. Même si les autres me traitaient de mère indigne et m'accusaient de tous les maux.

DR DELAWARE : Ils vous faisaient des reproches ?

CHERI SYKES : Tout le temps. Ça n'arrêtait pas. Ils me donnaient cette explication. Ils savaient qui j'étais par leur travail. Au tribunal, ils entendaient parler de minables et d'incapables à longueur de journée. C'est leur expression à eux : « Cette bande d'incapables, de minables et de marginaux qui ne méritent pas d'avoir des enfants, alors que tant de personnes méritantes en sont privées ! »

DR DELAWARE : Eux, par exemple.

CHERI SYKES : C'est ce que j'ai supposé au début. Mais l'autre était encore plus folle.

JOHN NGUYEN : L'autre étant… ?

CHERI SYKES : La jeune. Kiara. C'était la plus terrifiante, si j'ose dire. Ils étaient tous horribles, mais elle…

DR DELAWARE : Kiara Fallows était particulièrement terrifiante…

CHERI SYKES : Oui, parce que les deux autres, Hank et Willa, au moins ils disaient qu'ils le faisaient au nom du bien. Leur folie avait une justification, liée à leur travail ou à un jugement moral de cinglé, je ne sais pas trop, mais au moins ils m'expliquaient leur motivation. Alors que la jeune, elle s'en fichait et trouvait même ça amusant. Une vraie garce. Elle était chargée de nous apporter à manger et de vider les toilettes. Elle le faisait, mais toujours avec méchanceté. Elle renversait la nourriture par terre, ou bien pire encore… Exprès, pour m'obliger à nettoyer. Je ne pouvais pas laisser Rambla marcher dans des ordures. Et elle veillait bien à mettre les saletés juste assez loin, j'arrivais à les atteindre mais j'étais obligée de tirer sur ma chaîne au maximum, ce qui me blessait la cheville.

Dr Delaware : Un comportement sadique.

Cheri Sykes : Exactement. Elle me disait aussi des horreurs. Avec Willa et Hank, c'était une mise à l'épreuve. Ils n'avaient que cette expression à la bouche, la « mise à l'épreuve ». J'étais là pour être évaluée, pour voir si j'étais apte. Ça me laissait de l'espoir, au début en tout cas. Si je leur donnais satisfaction, je pensais qu'on me relâcherait. Alors que…

Interruption de deux minutes.

Cheri Sykes : Désolée, mais quand je pense à ce qui aurait pu arriver… J'essaye de ne pas ressasser, même si vous me dites que c'est normal, que ça passera. Je vous crois, docteur. J'ai confiance en vous. Dès le début, j'ai senti que vous étiez quelqu'un de bien. Et maintenant… jamais je ne pourrai vous remercier assez ! Vous aussi, lieutenant Sturgis ! (Petit rire.) Et vous, monsieur Nguyen ! Vous êtes tous dans mon camp, en gros ! Vous aussi, madame la greffière, je peux vous remercier de tout noter ! Que mes paroles passent à la postérité… Enfin…

Dr Delaware : Vous nous disiez que vous espériez leur donner satisfaction.

Cheri Sykes : Pour qu'ils me relâchent et qu'on en reste là. Mais au fond de moi, je me doutais… Je savais à qui j'avais affaire. Ils ne pouvaient pas se permettre de me libérer. Alors je m'inquiétais pour Rambla, qui serait élevée par ces gens, parce qu'on me jugeait mauvaise mère. Quand Kiara venait, elle se moquait de moi, elle ricanait et ne s'intéressait pas du tout à Rambla. Et puis, le deuxième jour je crois, elle m'a dévoilé quel était leur véritable plan. En fait, Rambla lui était destinée. Hank et Willa étaient son oncle et sa tante, ils l'avaient élevée et se considéraient comme ses parents. Mais elle les trouvait « chiants ». Sévères, stricts et chiants, ses mots à elle. Elle les haïssait, un jour elle s'occuperait d'eux. Elle m'a adressé un clin d'œil et une grimace diabolique, comme si elle comptait vraiment le faire et me défiait de le prouver. Donc, le deuxième jour elle me sort : « Ils l'ont enlevée pour moi. » Elle n'avait jamais un regard pour ma fille, jamais un sourire. Elle l'ignorait complètement. Son oncle et sa tante pensaient que ça la responsabiliserait d'avoir un enfant. Elle disait ça en ricanant. Toujours avec son air de garce.

Interruption de quatorze secondes.

CHERI SYKES : Okay… on inspire profondément… comme vous m'avez appris hier, docteur. Respirer calmement. Allez… donc, Kiara me sort que Rambla sera un jour à elle, qu'elle pourra en faire ce qu'elle veut. Elle n'aime pas les enfants, elle trouve ça pénible. Elle se dit qu'elle pourrait lui apprendre des tours, pour qu'elle mendie sur le trottoir et lui rapporte un peu d'argent. Toujours ce sourire diabolique. Et elle me lance : « Tu sais quoi, connasse ? Je serai seule à décider et tu ne peux rien y faire ! »

LIEUTENANT STURGIS : En avez-vous parlé à Willa ou à Hank ?

CHERI SYKES : J'y ai pensé, mais j'étais sûre qu'elle me traiterait de menteuse et qu'on me punirait, peut-être en me retirant Rambla. J'ai préféré me soumettre, pour ma fille.

Une minute et demie d'interruption.

JOHN NGUYEN : Vous sentez-vous capable de continuer ?

CHERI SYKES : C'est à peu près tout. Ils m'ont enfermée, ils m'ont torturée, et je savais qu'on allait me tuer et me prendre ma fille. Mais vous êtes arrivés et vous m'avez libérée. Je vous en serai éternellement reconnaissante. Si jamais j'ai un deuxième enfant, je lui donnerai votre prénom. Si c'est un garçon. Si c'est une fille, je trouverai une solution, peut-être Alexa ou Mila.

Réaction amusée de John Nguyen, de Milo Sturgis et du docteur Delaware.

CHERI SYKES : Vous savez, la fin m'a paru aussi irréelle que tout le cauchemar. Jamais je n'ai imaginé que je serais libérée.

JOHN NGUYEN : Il vous a donc été indiqué clairement que le principal mobile de votre enlèvement était de s'emparer de votre fille ?

CHERI SYKES : Enfin… les deux autres, ils ne parlaient que de la « mise à l'épreuve », mais je ne les ai plus vus après les deux premiers jours. Juste elle.

JOHN NGUYEN : Kiara Fallows ?

CHERI SYKES : Oui. Comme si c'était désormais sa responsabilité. Une sorte d'apprentissage, nous apporter à manger et nettoyer. Elle était toute-puissante, une déesse maléfique. Elle me répétait que j'étais à sa merci, que j'étais son « affaire ». Une fois tous les problèmes évacués, elle serait une bonne mère. Elle a eu un rire démoniaque et elle a craché sur Rambla. Ma fille comprenait très bien ce qui se passait, les enfants sont comme ça. Chaque fois que Kiara nous apportait à manger, ma petite chérie se mettait à hurler. L'autre, ça l'amusait. Plus Rambla s'égosillait et plus Kiara jubilait.

44

Milo et John Nguyen convinrent qu'il fallait mettre Cheri au courant pour Winky Melandrano et Boris Chamberlain. Je fus désigné comme émissaire. Le lendemain de sa déposition, je la retrouvai dans la suite du petit hôtel de West L.A. où on l'avait installée pour qu'elle se remette. Un agent du nom de Ray Roykin montait la garde dans le couloir, avec un iPad pour s'occuper. Je n'eus pas à lui montrer mes papiers car j'étais présent quand Milo lui avait transmis ses consignes. Rambla dormait paisiblement dans le berceau qu'on avait placé dans le salon. Allongée sur le lit soigneusement fait, Cheri lisait *People*. Je bavardai quelques instants avec elle, puis jugeai que ça ne servait à rien d'atermoyer et lui annonçai la triste nouvelle. Cheri passa par diverses phases au cours de l'heure suivante : stupeur, désir de tout savoir par le détail, sanglots convulsifs, culpabilité de celle qui a survécu. Rambla se réveilla au bout de vingt minutes et sa mère parvint à surmonter son chagrin pour s'occuper d'elle. Quand la fillette se fut rendormie, Cheri me dit qu'elle aussi devait se reposer. Je proposai de repasser dans la soirée, ou même plus tôt si elle le souhaitait.

– C'est sûr que j'aurai besoin de vous parler. Je la couche à sept heures, elle est réglée comme une horloge. Après, quand vous voulez.

– Elle a repris ses habitudes.

– À peu près. Je me dis que ça aurait pu être pire. Si Rambla avait été séparée de moi.

Je subodorais que les Nebe n'auraient pas tardé à décider que Cheri avait échoué dans sa « mise à l'épreuve ». Une pensée qui l'effleura sans doute aussi : elle était toute tremblante en me raccompagnant à la porte. Je serrai ses deux mains dans les miennes.

– Peut-être allez-vous me trouver intéressée, dit-elle, mais je compte demander des dommages et intérêts. Pas seulement aux Nebe, aux services du shérif et au comté qui devrait mieux gérer les tribunaux. Même d'autres organismes, s'il faut !

– Vous avez engagé un avocat.

Elle rougit.

– Myron m'a appelée. Il est décidé à tous les poursuivre. Puis-je compter sur votre soutien pour témoigner que je suis une bonne mère et que ma fille se porte bien, et pour décrire ce qu'on m'a fait subir ?

– Bien sûr. Il faut aussi veiller à ce que vous et Rambla soyez bien remises de cette épreuve...

– Une thérapie ? D'accord. On réclamera ça aussi. Je serai peut-être tellement riche que vous n'arriverez pas à vous débarrasser de moi ! pouffa-t-elle.

– Je me ferai une raison, dis-je en souriant.

Elle se pencha en avant et déposa un baiser tiède sur ma joue.

– Pardon si mon geste vous semble déplacé, mais je ressentais le besoin de vous toucher. N'y voyez rien de sexuel, c'est pour vous exprimer le lien fort qui nous unit, ma gratitude. Dès le début, vous saviez la vérité.

– Ravi d'avoir pu me rendre utile.

Elle comprima ses lèvres.

– Pauvre Winky. Boris s'en est sorti, Dieu merci. Je l'ai appelé, mais il n'a pas répondu. Je doute qu'il ait très envie de me parler !

– Vous n'y êtes pour rien, Cheri.
– Oui, c'est ce que je me répète.
– C'est la vérité.
– Je sais, je sais, mais c'est plus fort que moi… Enfin, ça prendra du temps, comme vous me le répétez. Si Myron arrive à obtenir ce qu'il espère, j'aurai tout mon temps ! Mais je ne changerai pas pour autant. Être riche, ce n'est pas un but en soi. L'honnêteté et la bonté, voilà ce qui compte dans la vie. Winky l'avait compris. C'était un ami merveilleux. Vraiment gentil. Je ne le reverrai plus.
Aucune mention de l'autre victime assassinée. Elle s'appuya au chambranle, gagnée par la tristesse.
– Cheri, comme nous allons aborder toutes ces questions, il serait préférable de me dire toute la vérité, tôt ou tard.
– Comment ça ?
– Vous avez déclaré que Winky n'avait rien à voir avec cette histoire. Moi, j'en déduis que…
– Qu'il n'était pas… le père de Rambla ? Non, ce n'était pas lui. Il aurait fait un bon père, mais il ne pouvait pas avoir d'enfant. Maintenant, vous vous demandez si c'était Boris ? Encore une fois, la réponse est « non ». Se pose alors la grande question, n'est-ce pas ?
– En effet, Cheri.
Elle gonfla les joues, tendit par réflexe la main vers la natte qui avait disparu.
– Si j'ai caché son identité, docteur, ce n'est ni par crainte ni par honte. Je l'ai fait pour le père, parce qu'il n'est pas au courant et que, s'il l'apprenait, ça entraînerait une profonde remise en cause pour lui et d'autres personnes.
– Sa famille.
Elle acquiesça d'un hochement de tête.
– Il est marié.
Nouvelle confirmation, hésitante.
– Un homme bon, qui a fauté ! Il a employé cette expression, après coup. Moi, ça ne me faisait ni chaud ni

froid, alors que lui culpabilisait. Il m'a expliqué que c'était la première fois que ça lui arrivait.

– Vous l'avez cru.

– Oui et j'y crois toujours. C'était un concours de circonstances. Le destin a voulu qu'on se croise au bar Moonshadows. Lui se trouvait là parce qu'il s'était disputé avec sa femme, moi parce que je venais de me faire larguer une fois de plus et que j'avais le moral à zéro. On s'est mis à discuter, il était adorable, un parfait gentleman. Les hommes d'un certain âge ont de l'élégance. (Petite moue.) On a décidé de faire un tour, sur le Rambla Pacifico. Dans sa voiture, qui était nettement plus confortable que la mienne. Un modèle luxueux, ne m'en demandez pas plus. On bavardait en roulant tranquillement, puis on s'est arrêtés à un endroit avec une vue magnifique sur l'océan et on a continué à se parler… Je ne peux même pas vous expliquer comment on en est arrivés là, docteur, dit-elle en détournant le regard. Nous étions stupéfaits l'un et l'autre. Lui se reprochait d'avoir « fauté ». J'ai dû le réconforter. Quand je n'ai pas eu mes règles, je ne voulais pas y croire. Le mois suivant, j'ai fait le test et c'était positif. Vous vous demandez comment je suis sûre qu'il était le père ? Pour moi, c'était le désert à l'époque. Il n'y a eu que lui. En plus, elle lui ressemble. Aussi à ses enfants. Il m'avait montré des photos au bar. Ils sont grands, avec de belles situations. Il a une vie parfaite. Il adore sa femme, mais ce soir-là ils s'étaient disputés. Pourquoi voulez-vous que je vienne tout gâcher ?

– Vous ne lui avez plus jamais parlé après cette soirée ?

– Non. Une fois, je me suis amusée à l'épier. Je sais où il habite, il m'avait emmenée devant. Une magnifique propriété, près de là où on s'était garés. Il tenait à ce que je la voie pour comprendre sa tristesse. Il avait consacré beaucoup d'efforts à cette maison, mais sa femme s'en était lassée et voulait déménager. Il espérait qu'elle n'en avait pas assez de lui aussi. Quand je suis passée en voiture, après, je les ai aperçus tous les deux. Une femme ravissante, ils se promenaient, bras dessus, bras dessous. Voilà. C'est tout. Il a « fauté », et moi j'y ai gagné un trésor. Je l'aimerai toujours, d'une certaine manière, pour m'avoir donné ma fille. Je ne ferai jamais rien pour lui nuire. D'ailleurs, je suis fière de moi. D'avoir été là pour lui dans ce moment de déprime. D'avoir su le consoler quand il se reprochait ce qu'il avait fait. J'ai le sentiment de l'avoir aidé, d'avoir été là au bon moment. J'imagine que ça vous parle, non ?

45

L'instruction des faits reprochés à Hank Nebe et Kiara Fallows prendrait plusieurs mois. Au soixante-septième jour de son incarcération, Hank Nebe subit une nouvelle agression qui lui valut d'être transféré en un lieu tenu secret. Une prison fédérale au Nouveau-Mexique, me confia-t-on.

D'après les surveillantes du quartier des femmes, Kiara Fallows régnait en « reine mère » sur son allée, d'où le projet de la déplacer elle aussi. L'avocat de la jeune femme prit alors contact avec John Nguyen. Sa cliente était disposée à parler, en échange de l'indulgence du procureur. Comme l'on pouvait s'y attendre, elle livra une version des faits tout à son avantage. Kiara n'avait joué qu'un rôle mineur dans le meurtre de Connie Sykes, perpétré conjointement par l'oncle Hank et la tante Willa. Certes, la jeune femme avait accompagné Willa pendant l'enlèvement de Cheri et de Rambla, mais elle ne se doutait pas une seconde de ce qui se tramait, sa tante lui ayant simplement dit qu'elle avait « une affaire à régler pour le tribunal ».

On releva d'infimes traces du sang de Connie sur les chaussures de service de Willa Nebe, l'explication de la gouttelette retrouvée sur la moquette de Cheri. L'arme du crime pourrait bien être l'un des deux poignards récupérés dans la table de chevet de Hank Nebe, mais la preuve irréfutable ne pourrait jamais en être apportée.

Nguyen répondit à l'avocat qu'il devait soupeser les

choses. À Milo et moi, il confia qu'une peine clémente lui semblait encore moins probable que des températures polaires en Haïti. Myron Ballister ne perdit pas de temps pour exiger de grosses réparations au civil.

Je sortais d'une réunion, pas moins de la troisième, avec le prestigieux cabinet d'avocats représentant le comté quand j'aperçus le juge Marvin Appelbaum, flanqué d'une jolie brunette de son âge. Il ne m'avait pas remarqué, mais je lui fis signe.

– Bonjour, Alex ! Je vous présente Jeannie, mon épouse. Le Dr Delaware est un de nos experts en matière de garde d'enfants, chérie.

La main fraîche de Jeannie ne s'attarda pas dans la mienne.

– Ma chérie, si tu permets…

– J'ai l'habitude ! dit-elle en souriant.

Elle quitta le bâtiment. Quand la porte à tambour se figea, Marvin me dit :

– Nous sortons de chez un avocat spécialiste du patrimoine. Nous cherchons la meilleure solution pour nous assurer la reconnaissance de notre progéniture ! Dites donc, chuchota-t-il d'un ton sérieux, épouvantable cette affaire Sykes ! Je n'arrive pas à croire que Willa était impliquée. On travaille avec quelqu'un pendant des années, sans se douter de rien.

– Elle jouait bien la comédie.

– Une mère de famille sortie d'une série télé des années cinquante ! Elle nous apportait toujours des cookies faits maison. J'imaginais qu'elle avait une flopée de bambins chez elle. Pas du tout. Complètement tarée. Elle éventre une sœur et enlève l'autre, tout ça pour chiper la gamine…

– C'est à peu près ça.

– Nancy Maestro ne s'en remet pas. Enfin, elle est toujours excessive dans ses réactions. Bon, enchanté !

– À propos de Singapour…

– Pardon ? Ah, ça… Désolé, j'aurais dû vous prévenir.

Tombé à l'eau. Ils se sont réconciliés. Pour l'instant, du moins.

– C'est parfait, Marvin. L'affaire Sykes devrait m'occuper un certain temps. Je comptais me défiler.

Il jeta un coup d'œil à l'extérieur. Sa femme fumait une cigarette en l'attendant.

– Alors tout le monde est satisfait. À un de ces jours !

46

Trois mois après la libération de Cheri et Rambla Sykes, Millie Rivera appela et demanda à me voir. Je supposai qu'elle souhaitait me soumettre quelques questions concernant le développement de son petit garçon, Jorge.

– Pas de problème. Quel jour vous conviendrait ?

– En fait, je suis devant votre portail.

Elle gravit les marches, dans une tenue adaptée au travail de policier : tailleur-pantalon marron, chignon, holster visible sous la veste. Je la menai dans mon cabinet.

– Sympa, dit-elle. Bon, je ne vais pas y aller par quatre chemins : Efren Casagrande est mort. Assassiné. Je ne voulais pas que vous l'appreniez par la bande, et vous donner l'impression que votre implication m'était indifférente. Pas du tout. Chapeau pour le rôle que vous avez joué dans l'affaire Sykes. De manière plus générale, je m'en veux de vous avoir manqué de respect. Efren était votre patient, je n'avais pas à me comporter ainsi.

Une seule pensée me vint : *Qu'est-il arrivé à Efren ?* Ma bouche se refusait à formuler la question.

– Maintenant qu'il est mort, poursuivit-elle, je me sens encore plus minable. Même si j'avais raison sur son compte, je sais que vous lui étiez attaché. Mais faites-moi confiance, il a commis un tas de trucs épouvantables.

– Je sais.

– Il vous en a parlé ?

– Non, mais je m'en doutais.

– Oui, j'imagine. En tout cas, désolée pour ma sale attitude. Dans mon métier, les succès comportent souvent leur part de frustration. Très différent de votre fonction, docteur. Vous êtes là pour améliorer l'existence de gens qui ne sont pas foncièrement méchants. Moi, je dois piéger des rats, ce qui implique de descendre dans les égouts. On en ressort changée. Je ne dis pas qu'Efren était un rat. À la vérité, c'était quelqu'un d'honorable, compte tenu de la situation. Un garçon intelligent. Né dans une autre famille, allez savoir ce qu'il aurait donné.

– Tout à fait d'accord.

– Et je ne dis pas ça pour tous, docteur. La plupart sont lâches et crétins. Sans leur gang, ce sont des incapables en tant qu'individus. Genre Ramon Guzman.

– Il a tué Efren ?

– C'est ce que dit la rumeur. Mais je ne peux plus rien y faire, ni prouver quoi que ce soit, car lui aussi a passé l'arme à gauche. Une heure et cinquante-trois minutes après le meurtre d'Efren. Abattu devant chez lui par un tueur en voiture. Un temps record pour des représailles, à mon avis.

– Comment Efren est-il mort ?

– Il se trouvait dans une boîte *after hours* de Cesar Chavez Avenue. Ce que mes parents appelaient Brooklyn Avenue, à l'époque où c'était un quartier juif. Ils ont déménagé et regrettent bien les *bagels*. Les communautés juive et hispanique ne se fréquentaient pas, mais au moins on ne se tirait pas dessus à tout bout de champ. Enfin… soupira-t-elle en se triturant une cuticule. Efren y faisait la fête avec son entourage. À un moment, il s'est senti mal et a décidé d'aller aux toilettes se faire une piqûre. Sa garde rapprochée voulait l'accompagner, normal pour une figure de son niveau. Mais cette fois-ci, il a décliné la proposition et y est allé seul. Comme il tardait à revenir, ses sbires sont partis à sa recherche. Il n'était pas aux toilettes, ils se sont demandé où il avait pu passer. Les gars ont fini par emprunter une porte à l'arrière de la boîte et ils l'ont retrouvé par terre dans l'impasse. Une seringue piquée dans le bras et une fiole posée à côté de lui. Les types ont pensé qu'il avait fait une overdose d'insuline. Très surprenant, vu qu'Efren était toujours hyper-méticuleux sur le dosage. En y regardant de plus près, ils ont repéré des traces de sang. On l'a retourné et il avait deux impacts de balle sur la nuque.

– Un guet-apens. Vous êtes certaine que Guzman est responsable ?

– Oui, vu que Guzman avait été sévèrement désavoué par Efren et que lui-même est mort juste après. On règle ça en famille, docteur. La folie insensée à laquelle j'ai affaire quotidiennement.

– Ça paraît crédible, Millie.

– Je vais tout de même enquêter. Sans trop d'illusions. Bon, la vie va continuer, dit-elle en se levant. Mais si jamais je prends les choses trop à cœur et que je déprime, vous m'accorderez un rendez-vous ?

– Bien entendu.

– D'accord, mais on n'en est pas encore là. En tout cas, je tenais à vous annoncer moi-même la nouvelle.

– Merci.

– Vous aviez de l'affection pour lui.

– Efren était mon patient.

Sur ce, je la raccompagnai à sa voiture.

DU MÊME AUTEUR

Double Miroir
Plon, 1994
et « Pocket », n° 10016

Terreurs nocturnes
Plon, 1995
et « Pocket », n° 10088

La Valse du diable
Plon, 1996
et « Pocket », n° 10282

Le Nid de l'araignée
Archipel, 1997
et « Pocket », n° 10219

La Clinique
Seuil, 1998
et « Points », n° 636

La Sourde
Seuil, 1999
et « Points », n° 755

Billy Straight
Seuil, 2000
et « Points », n° 834

Le Monstre
Seuil, 2001
et « Points », n° 1003

Dr la Mort
Seuil, 2002
et « Points », n° 1100

Chair et Sang
Seuil, 2003
et « Points », n° 1228

Le Rameau brisé
Seuil, 2003
et « Points », n° 1251

Qu'elle repose en paix
Seuil, 2004
et « Points », n° 1410

La Dernière Note
Seuil, 2005
et « Points », n° 1493

La Preuve par le sang
Seuil, 2006
et « Points », n° 1597

Le Club des conspirateurs
Seuil, 2006
et « Points », n° 1782

La Psy
Seuil, 2007
et « Points », n° 1830

Double Homicide
(coécrit avec Faye Kellerman)
Seuil, 2007
et « Points », n° 1987

Tordu
Seuil, 2008
et « Points », n° 2117

Meurtre et Obsession
Seuil, 2010
et « Points », n° 2612

Habillé pour tuer
Seuil, 2010
et « Points », n° 2681

Jeux de vilains
Seuil, 2011
et « Points », n° 2788

Double Meurtre à Borodi Lane
Seuil, 2012
et « Points », n° 2991

Les Tricheurs
Seuil, 2013
et « Points », n° 3267

L'Inconnue du bar
Seuil, 2014
et « Points », n° 4050

Un maniaque dans la ville
Seuil, 2015
et « Points », n° 4341

Des petits os si propres
Seuil, 2016
et « Points », n° 4560

RÉALISATION : NORD COMPO À VILLENEUVE-D'ASCQ
IMPRESSION : NORMANDIE ROTO IMPRESSION S.A.S. À LONRAI
DÉPÔT LÉGAL : AVRIL 2017. N° 131528 (1700622)
– Imprimé en France –